Angela, l'ange est là !

Olivier HILDEVERT

Angela, l'ange est là !

Roman

Édition : BoD - Books on Demand
12-14 rond-point des Champs-Élysées, 75008 Paris
Impression : Books on Demand, Norderstedt, Allemagne

Crédit portrait couverture : didierlautner.com

ISBN : 978-2-3222-5606-8
Dépôt légal : juin 2021

Merci

À

ma famille,

mes ancêtres,

mes amies et amis,

mes patientes et patients,

mes guides et enseignants,

mes hasards et coïncidences,

mes vérités et faux mensonges,

mes rêves et grandes illusions,

mes joies et vraies réussites,

ma lumière éternelle,

ma belle vie.

Je dédie ce livre à mes parents,
Ginette et Jean-Claude,
sans qui rien ne
serait possible.

Et à toi mon autre pour cette vie,
celles d'avant et celles d'après...

Si le soin est souvent utile,
le prendre soin est toujours indispensable.

Ici-bas...

Chapitre 1

La ville s'agite dans tous les sens.

Le temps défile.

Angela est assise sur ce banc depuis près de trois heures.

Les écouteurs de son téléphone vissés dans les oreilles, elle écoute en boucle *Crying* de *Joe Melson et Roy Orbison*.

Elle est comme hypnotisée par la musique qui la glace et la réchauffe à la fois.

Le temps défile pour les autres, mais à cet endroit précis il s'est arrêté pour elle.

Immobile, le regard vide et humide, elle est figée comme sur une photo ternie par les années. Plus rien ne semble l'atteindre. Tous ses sens paraissent débranchés. Elle n'est plus en contact avec cette réalité qui, quelques heures auparavant, lui tenait tant à cœur.

« Comment les choses sont-elles allées si vite ? », se demande la jeune femme, déboussolée. Elle se répète sans cesse qu'elle aurait pu empêcher ça. Les mêmes mots, les mêmes reproches qui martèlent son esprit sans qu'elle n'arrive à les faire taire. Les images la hantent aussi. Angela veut les chasser. Elles sont tellement envahissantes.

Des images insupportables mixées à des souvenirs pourtant si agréables.

Une sorte de smoothie raté, trop sucré et trop aigre à la fois. Le choix des mauvais ingrédients pour un résultat indigeste.

Mais tout ce qui la ramène à lui est vital à cet instant.

Elle ne peut et ne veut surtout rien oublier. Ni le bon ni le mauvais. Ni le doux ni l'acide.

En venant précisément s'asseoir sur le banc de ce parc, elle veut croire que les évènements vont se modifier d'eux-mêmes. Que les aiguilles de la pendule du temps vont reculer. Que tout va s'arranger. Un peu comme dans ces rêves qu'elle fait par dizaines. Angela a l'impression de rêver depuis toujours. Déjà petite, elle saoulait ses parents avec les incroyables histoires de ses personnages nocturnes. Tout le monde s'accordait à dire qu'elle débordait d'imagination et qu'elle en ferait bien quelque chose, un jour.

Pour l'instant, elle les compile dans son journal intime pour s'en souvenir au cas où.

C'est surtout à Julien qu'elle aime les raconter le matin au petit-déjeuner.

Bien sûr, elle sait qu'il n'écoute qu'à moitié ses délires de la nuit. Ces vagues de mots qui déferlent trop tôt au réveil et qui contrarient son coma caféiné. Mais c'est si bon, les matins d'été, de planter ses pieds nus dans l'herbe encore humide du jardin et de raconter, entre deux gorgées de thé rouge brûlant, les stupéfiants scénarios de la nuit. Sentir le soleil réchauffer son visage et laisser gentiment son corps se désengourdir au son du vent léger dans les feuilles. S'étirer comme un chat fainéant et regarder les nuages cotonneux s'effilocher pour faire place au ciel bleu éclatant.

Ah ! Le ciel si gris, si épais et si menaçant aujourd'hui qu'il anéantit à lui seul toutes les meilleures volontés du monde.

Le jour baisse très vite et le froid s'enracine peu à peu dans la terre.

Dans un frisson aussi puissant que soudain, Angela sort brutalement de sa torpeur. Relevant d'un coup la tête et balayant d'un regard vif les alentours, elle réalise que la nuit est tombée. Le parc s'est vidé.

Elle arrache, d'un coup, les écouteurs de ses oreilles et bondit du banc comme un polichinelle sort de sa boîte à l'ouverture du couvercle. Sans réfléchir, elle interpelle :

— Réveille-toi, mon amour ! Vite, on s'est encore assoupis. Je vais rater mon rendez-vous chez le Docteur. Allez bouge-toi !

Sans attendre de réponse, elle se lance aussitôt dans une course folle pour arriver aux grilles du parc avant que le gardien ne les ferme.

Dans sa précipitation et après quelques foulées rapides, elle s'écrie sans se retourner :

— Dépêche-toi, je t'attends à l'entrée, je vais faire patienter le gardien.

Sa voix s'efface au fur et à mesure qu'elle s'enfonce dans la nuit déjà plus épaisse.

Angela court avec l'agilité d'un félin. Elle connaît si bien le chemin qui va du banc Voltaire aux grilles de l'entrée, qu'elle survole tous les obstacles.

C'est sur ce banc qu'Angela et Julien se sont rencontrés pour la première fois. Côte à côte, ils lisaient tous les deux le même livre et s'en étaient amusés. Il s'agissait de *L'Homme aux quarante écus*, d'un certain *François-Marie Arouet*, plus connu sous le nom de Voltaire.

Le banc porte son nom depuis l'époque où le philosophe eût dit avoir été inspiré près du chêne centenaire qui surplombe encore le banc aujourd'hui. Lorsqu'il écrit son *Traité sur la tolérance*, publié en 1763, Voltaire intitule le vingt-troisième chapitre « Prière à Dieu » et déclare que le texte est descendu jusqu'à lui par des voies impénétrables. Il aurait perçu le chant des anges qui l'aurait porté pour écrire sans discontinuer, sans manger ni dormir.

En se rencontrant sur ce banc mystique, Angela et Julien avaient, sans le savoir, estampillé leur histoire du sceau du mystère.

À l'instant, c'est Angela qui est divinement guidée sur son parcours à haut risque. Elle évite tous les obstacles du parc. Elle coupe par les pelouses interdites, saute la petite clôture du coin des balançoires, s'agrippe aux troncs des arbres pour mieux négocier ses virages. D'un écart de tête, elle snobe les branchages et se paye même le luxe de sauter par-dessus une poubelle compartimentée pour le tri, plus haute et plus large que les autres. La prétentieuse masse dodue semble dire à la joggeuse – tu ne passeras pas – mais Angela, plus déterminée que jamais, s'envole par-dessus l'obstacle comme si elle avait déployé des ailes invisibles perlées de sueur.

Malgré une respiration maitrisée, Angela ressent une fulgurante douleur dans le bas-ventre. C'est comme un point de côté rythmé par des décharges électriques anarchiques. Bien que les puissantes contractions la ralentissent, elle ne s'arrête pas. Ses yeux s'habituent à la nuit d'encre qui forme maintenant devant elle un mur invisible. La confiance en sa mémoire du parc et son instinct animal chassent très vite l'angoisse de l'obscurité.

Elle a l'agilité d'une célèbre femme-chat moulée de latex noir qui bondit sur les toits luisants d'une ville imaginaire du New Jersey.

Les grilles apparaissent enfin. Elles se dessinent sombres et jointes.

Dans sa course folle, la jeune prodige de la course acrobatique ne peut ralentir. Elle se fracasse contre les barreaux d'acier ornés de feuilles métalliques torsadées et saillantes.

La violence du choc la projette à terre, quelques mètres en arrière.

Sa douleur au ventre redouble de puissance et la sueur chaude coule le long de ses cuisses.

Angela est immobilisée au sol. Elle secoue la tête pour éteindre les centaines de chandelles qui se sont allumées autour d'elle et se frotte l'épaule, déjà bleuie par le choc, avant de s'exclamer, excédée :

— Merde, trop tard !

Elle tente de reprendre son souffle et regarde sa montre.

Le verre brisé emprisonne deux aiguilles tordues, bloquées sur 21 h 30.

Angela laisse échapper un profond râle de tristesse.

— Oh non, ma montre ! Un si beau cadeau...

Elle se relève lentement et caresse son ventre secoué de crampes anormales.

D'un geste rapide, elle éponge l'intérieur de ses cuisses humides avec le tissu de son pantalon, avant de réaliser que le portail métallique est resté fermé.

Malgré la violence du choc, la grille ne s'est pas ouverte.

Dans un ultime effort, Angela empoigne brutalement les barreaux et les secoue de toutes ses forces en hurlant :

— Amour, viens m'aider, la grille est bloquée !

Comme aucune réponse ne se fait entendre, elle renouvelle son appel au secours en s'agitant de plus belle :

— Julien ! Viens m'aider, ils ont fermé la grille ! Hurle-t-elle.

Consumée par la douleur et éreintée par sa course folle, la jeune femme exténuée et livide stoppe net sa danse hystérique. Elle pivote pour s'adosser à la grille. Ses grands yeux exorbités de souffrance traduisent son effroi. Son corps glisse lourdement le long du métal humide et glacé.

Angela ne sent même pas les griffures des feuilles d'ornement qui tailladent la peau de son dos, tant sa détresse l'anesthésie. Elle s'effondre sur le sol gelé, désarticulée comme une poupée de chiffon usée par le temps.

— Julien ! Juliiiieeennn ! S'époumone-t-elle, affolée.

— Jullliiiieeeeennnnn, je t'en prie... Viens ! Supplie-t-elle.

Son regard se perd dans la profondeur de la nuit et ses yeux débordent de larmes plus glacées que la terre givrée qui la porte.

Réalisant l'absence de Julien, elle comprend en une fraction de seconde qu'il ne viendra pas.

Un éclair de conscience la rappelle à l'horrible réalité.

Tout est fini, elle ne le verra plus.

Julien est mort.

Chapitre 2

Bon réveil ! Nous venons d'écouter *Crying* mais pas de pleurs prévus pour aujourd'hui, car le soleil pointe déjà le bout de son nez et c'est une belle journée de mai qui s'annonce. Vous êtes bien, sur « *Musica, la radio de vos meilleurs choix* ». C'est vous qui faites le programme. N'hésitez pas à appeler le standard pour partager vos coups de cœur ! Bienvenue si vous nous rejoignez. Il est sept heures passées de quelques minutes. Tout de suite place à l'info. Le journal avec Julien Delahaut. Pardon pour le retard, Julien.

L'insupportable voix perchée et speed de l'animateur s'écrase sur le jingle du journal, lancé précipitamment comme pour dire « *c'est bon, tais-toi maintenant !* ».

— Julien ? S'interroge Angela, les paupières encore scellées par le sommeil.

Ensuquée et bouleversée, elle quitte lentement les bras de Morphée. Elle se redresse avec peine dans un lit qui ressemble à un champ de bataille. La nuit agitée a laissé des traces humides sur le drap plissé de douleur.

Angela jette un coup d'œil furtif au réveil qui affiche 7 h 07.

C'est samedi. Elle réalise très vite que ce n'est pas un jour comme les autres.

Elle frotte ses joues à pleines paumes et palpe son dos,

qui n'est marqué d'aucune griffure. Pas plus de traces d'hématome à l'épaule.

— Putain de cauchemar ! Y en a marre de ces rêves, marmonne-t-elle.

Elle est en sueur. Avec un coin du drap, elle essuie son front et sa poitrine avant de repousser le tissu d'un violent coup de pied pour se dégager de son emprise moite.

Excédée par sa propre agitation, Angela soupire de lassitude. Le silence de la chambre la glace de désespoir.

Son regard glisse avec tristesse sur l'oreiller posé à sa gauche. Elle le caresse avant de le serrer amoureusement contre son torse à peine sec.

Ses yeux s'inondent de larmes chaudes au contact réconfortant de ce doudou consolateur qui la persuade de rester forte.

Il émane du tissu humide les effluves d'un parfum masculin qui la transporte vers le visage souriant de Julien. Puis, d'un geste aussi inattendu que violent, elle envoie valdinguer l'oreiller qui improvise une voltige aérienne. Après quelques courtes arabesques peu académiques, l'objet volant très bien identifié percute le radio-réveil qui se fracasse au sol.

Angela, enragée, bondit du lit pour piétiner l'oreiller valseur redevenu son souffre-douleur.

Elle hurle de désespoir :

— C'est dégueulasse ce que tu m'as fait, Julien ! T'avais

pas l'droit de m'abandonner comme ça, t'avais pas l'droit ! Pourquoi t'as fait ça ?

La fulgurance d'une nouvelle douleur au ventre interrompt sa crise de nerfs. Pliée en deux, tendue à l'extrême, ruisselante de larmes et luisante de sueur, Angela s'écroule à bout de force au pied de son lit, tremblante de tout son corps, étouffée par ses pleurs.

Ses sanglots en disent long sur la détresse qui l'habite.

Reprenant ses esprits aussi vite qu'elle avait perdu la maîtrise d'elle-même, la jeune femme ramasse les débris du radio-réveil.

— Pauvre idiote, c'est malin, maintenant t'as plus d'heures ! Julien n'aurait jamais réagi comme ça, il se serait contrôlé, s'admoneste à haute voix Angela.

D'un geste plus doux, elle retend le drap sur le lit et retape les oreillers pour les caler à leurs places respectives.

Elle perçoit quelques images décousues de son rêve : le parc, le banc Voltaire, sa course folle pour arriver avant la fermeture des grilles et sa montre brisée, bloquée sur cette maudite heure qu'elle n'oubliera jamais. Les aiguilles se sont figées sur 21 h 30. L'heure de la mort de Julien.

Les larmes qui glissent sur ses joues empruntent les sillons des premières rides sculptées par le malheur. Elles sont guidées vers les commissures de ses lèvres qui dessinent, malgré tout, le début d'un timide sourire.

— Allez, ma belle, il faut y aller. Julien n'aurait pas aimé te voir comme ça. Tu ne dois pas t'effondrer. Prends sur toi et secoue-toi. Allez courage !

Samedi, fin de matinée, il fait beau dehors mais c'est un hiver glacial qui gèle le cœur d'Angela.

Il faut entrer dans ce bâtiment austère. Pousser les portes et demander à le voir.

Julien est là. Allongé et immobile, dans une pièce froide du funérarium de l'hôpital Saint-Vincent.

Chapitre 3

Je n'ai rien vu venir. Le choc a été si violent. Je ne sais pas ce qui s'est passé.

Il fait presque nuit et doux mais la route est brillante, peut-être un peu glissante. Je conduis machinalement, comme souvent sur ce trajet familier que nous empruntons souvent, Angela et moi.

Je suis fatigué et trop stressé. Il faut que j'arrive à temps. Il est déjà 21 h 23.

La radio passe *Hotel California,* des *Eagles*, ça me détend.

J'aime bien cette chanson. Je me laisse toujours embarquer par le solo de guitare. C'est le meilleur de tous les temps.

Les yeux de biche et le sourire d'Angela se superposent au son strident et hypnotique.

Je l'aime plus que tout. Je serai bientôt à ses côtés.

Des appels de phares m'éblouissent.

Je me suis peut-être un peu déporté en roulant dans ce nid-de-poule, mais si peu.

J'envoyais un SMS à Angela et je me souviens que le téléphone m'a échappé des mains à cause de la secousse. J'ai essayé de le récupérer et j'ai baissé la tête quelques millièmes de seconde... Juste quelques minuscules secondes décisives dans une vie !

Je ne l'ai pas vu arriver sur moi. Quand je me suis redressé, c'était déjà trop tard. J'ai été percuté de plein fouet. La musique s'est arrêtée net. La détonation du fracas résonne encore dans ma tête.

Mon corps est propulsé en avant. Je n'ai plus aucun contrôle, je suis désarticulé.

Mon front percute la vitre qui explose en milliers d'éclats bleus. Ma tête est compressée. Mon visage me brule et mes yeux se troublent. Un liquide chaud et épais, au goût métallique, coule dans ma bouche. J'ai une horrible douleur au nez et ma langue est pincée entre mes dents ; je crois qu'elles se déchaussent.

La tôle se froisse autour de moi. Les sifflements des frottements de métal m'assourdissent.

Mon thorax est écrasé. Ma respiration est coupée. Mes yeux dégoulinent. Je ne peux plus lutter.

L'air froid et humide s'infiltre dans mon corps tout entier. Le vent s'engouffre, je m'envole... Je virevolte... Je plane...

Et je m'écrase au sol. Mes os éclatent. Ma peau se déchire. Mes cheveux s'arrachent.

Je roule et rebondis plusieurs fois avant de m'immobiliser. Ça y est, je ne bouge plus. Enfin !

Le sol est glacé. Je suis trempé. Je pense à mon nouveau blouson. Je l'ai mis aujourd'hui pour la première fois. Il n'a pas dû résister au choc. J'ai horriblement mal à la tête, je ne peux pas m'agiter ; de toute façon, je n'en ai pas envie. Je suis épuisé et en même temps reposé... C'est bizarre cette sensation.

Je veux juste dormir, dormir, dormir...

Tiens ! Maman est là, souriante. Elle me tend les bras et me parle avec une étrange douceur :

— Ça va Julien, Tu m'entends ? Tu peux me suivre si tu veux.

Il y a longtemps que je n'ai pas vu ma mère sourire. Elle a l'air heureuse.

— Maman, je ne peux pas, voyons ! Tu sais bien que je dois rejoindre Angela. C'est important et puis je dois racheter un blouson en cuir kaki, celui-là est déchiré.

Elle n'a jamais pris en compte mes priorités. Elle s'acharne à vouloir me faire rater ce rendez-vous essentiel.

— Allons, Julien, sois raisonnable, tu vois bien que tu as autre chose à faire...

Julien reconnaît l'émotion qui le parcourt : de l'agacement empreint de colère. Il a souvent ressenti cela envers sa mère, trop possessive, trop maladroite, mais à cet instant précis, il regrette de l'avoir parfois malmenée. Il lui répond posément et avec amour, comme pour se faire pardonner.

— Maman, s'il te plaît. Je sais que tu penses agir pour mon bien, mais fais-moi confiance. Laisse-moi vivre comme je l'entends, maintenant.

« Tiens, voilà mon père aussi ! Décidément, c'est un vrai conseil de famille. Et il lui prend la main... Encore plus étonnant. Eux qui n'ont jamais laissé transparaître un sentiment d'amour l'un envers l'autre. Ils ne se sont jamais entendus sur rien et, tout à coup, les voilà presque fusionnels. Mais ils se marrent. Ils se fichent de moi ! C'est bizarre... Ils sont très brillants. Et ces halos lumineux autour d'eux, c'est quoi ? Qu'est-ce qui se passe ici ? »

— Alors, Julien, tu es prêt ? Demande son père, radieux.

— Papa ? Mais qu'est-ce que tu fais là et depuis quand t'es rentré à la maison ?

— Je suis juste de passage, mon fils, précise-t-il dans un éclat de rire. Ta mère m'a prévenu que tu allais venir, j'ai voulu être là pour t'accueillir.

— M'accueillir ? Mais qu'est-ce qui vous prend ? Vous avez quoi tous les deux ?

La vision de Julien se trouble de plus en plus. Les contours des corps de ses parents deviennent flous pour n'être plus que deux visages démesurément grossis. Ils sont suspendus dans l'air, affublés d'un sourire indélébile. On dirait les effets spéciaux d'un mauvais film de série B. Ils paraissent irréels et éphémères, presque ridicules. Ils gondolent comme un ruban de guimauve multicolore.

Ils semblent n'être qu'un agréable souvenir dépouillé de défauts et de souffrances.

Julien est arraché à sa vision par une effroyable douleur à l'arrière de la tête. Il use du peu de force qui lui reste pour appeler à l'aide.

— Au secours ! Au secours ! Crie-t-il.

Ce qu'il pense être un hurlement n'est en fait qu'un infime couinement, imperceptible à l'oreille humaine.

Sa mâchoire est bloquée et la vibration stridente de son cri ne perce que ses propres tympans. Dans une sensation horrible de déchirement musculaire, il se sent soulevé pour être arraché du sol, avant d'être immédiatement reprojeté à terre. Il perçoit le bruit de ses os réduits en miettes secoués dans son corps comme les graines dans un bâton de pluie africain.

L'insupportable phénomène se reproduit trois fois de suite.

Julien, paralysé par la douleur, perçoit une mélodie de clochettes ou de carillons zen agités par le vent. Sur ce concert improbable, une voix inconnue se fait entendre.

— Plus tu vas lutter, plus tu vas souffrir, Julien. Laisse-toi aller et tout se passera bien, promet le son bienveillant.

La douleur est tellement insupportable. Quel autre choix que de s'abandonner au conseil venu de nulle part ?

— Mais qui parle et qui est là ? Murmure Julien.

— En voilà une bonne question ! Tu as peut-être perdu ton corps, mais tu as gardé toute ta tête. Je m'appelle Valexaire. Je suis ton accompagnateur pour ce passage.

Ne t'inquiète pas, tout va bien se passer. Allez, on bouge mon ami !

Julien, pétrifié par la peur et perclus de douleurs, trouve la force d'insister :

— De quoi vous parlez ? Perdu mon corps ? Un accompagnateur ? Quel passage ? Appelez les secours, j'ai eu un accident. Magnez-vous et arrêtez ces putains de clochettes !

La voix de Valexaire s'impose à nouveau.

— Okay, je suis face à un rebelle ! Enfin, un gentil rebelle qui s'éclate, dans tous les sens du terme, sur *Hotel California*... Si tu avais écouté *Music* de *John Miles* en version remixée, là au moins on se serait un peu plus ambiancés !

Alors, je t'explique très cher Julien. Je suis une sorte d'ange gardien. Je suis là pour toi et dans l'état où tu es, mon ami, considère que les secours, c'est moi ! Je sais c'est un peu brutal dit comme ça, mais tu dois faire un choix maintenant : t'abandonner à l'inconnu avec moi et au soulagement ou t'accrocher ici-bas et t'enfoncer dans des douleurs abyssales et grignoteuses jusqu'à que quelqu'un d'autre, beaucoup moins sympa que moi, vienne te récupérer...

Alors, que décide-t-il Monsieur « j'ai fait n'importe quoi avec mon téléphone en conduisant » insiste la voix avec assurance.

— C'est quoi ce délire, tu joues à quoi ? Arrête de radoter et soigne-moi, si c'est toi les secours ! Grogne le blessé.

Un courant d'air chaud parcourt l'échine de Julien qui finit par s'apaiser.

La voix insiste alors avec beaucoup plus de fermeté :

— Écoute mon jeune ami, je ne suis là ni pour te soigner ni pour t'accabler, c'est beaucoup plus simple. J'ai été désigné pour te guider dans ton expérience de passage. Je suis ton guide, c'est aussi simple que ça. L'accident que tu viens d'avoir t'a été fatal. Navré de t'annoncer que tu n'es plus vivant, Julien Pierre Édouard Flochin. Ta vie a été suspendue en ce mardi de mai, à 21 h 30, dans ta trente-troisième année de vie sur Terre. En d'autres termes, tu peux te considérer comme mort.

— Mort ? Suffoque Julien.

— Ah, oui ça a fait couic ! Tu as bien compris et si tu t'élèves un peu pour voir les choses de plus haut, tu t'apercevras que l'état de ta voiture ne laisse planer aucun doute. C'est un chantier sans nom cet accident.

Puis Valexaire ajoute avec fierté :

— Maintenant s'il te plaît, accepte l'introduction musicale des fées clochette et écoute les paroles de la symphonie du plus haut qui t'accorde bien volontiers l'aide que tu réclames pour te soulager. Que la pureté de ton âme d'enfant éclaire dès maintenant ton chemin et te montre la voie du juste choix. Tu es reconnu comme Source d'amour universel et inconditionnel. Sois confiant et suis-moi.

Valexaire aime toujours prononcer ces phrases cosmiques et sait les effets qu'elles peuvent produire. En fait, c'est encore nouveau pour lui d'utiliser ces mots magiques d'accueil et d'accompagnement. Il les a maintes fois répétées au cours de ses formations pour devenir guide-préparateur-passeur, mais c'est la première fois qu'il les utilise pour un accidenté de la route. Malgré tout, le discours fait son œuvre sans délai.

Un souffle d'air vanillé atteint les narines de Julien tandis que des tremblements incontrôlables envahissent son corps. Une succession de courants froids, tièdes puis brûlants serpentent de sa tête à ses pieds. L'immense vague de tendresse qui le submerge vient s'enraciner en plein cœur. Il sent l'émotion se propager en lui. L'humeur qu'elle déclenche semble appartenir à des souvenirs lointains. C'est un jaillissement sensoriel issu d'une mémoire très ancienne qui redevient accessible et agite ses entrailles.

Dans un ultime tressaillement, Julien est traversé par un flux électrique fulgurant et saccadé. Son corps n'est plus une masse unique, encombrante et lourde, mais un assemblage de milliards de particules scintillantes qui décident, à cet instant précis, d'exploser pour s'éparpiller. Julien oublie les limites de son corps physique. Il se dilate pour atteindre un état gazeux.

Des lucioles pétillent autour de lui et projettent des images et des réflexions étonnantes.

Les visages, les paysages, les évènements, les émotions, les sentiments et les pensées baignent dans des couleurs irisées. Une lumière argentée transporte des odeurs sucrées et épicées qui parfument le tout.

Contre toute attente, Julien est léger et joyeux. Dépouillé de l'inutile, il se sent libre et heureux, imbibé de foi et d'espoir. Il ne doute plus de rien. Il n'a jamais ressenti quelque chose d'aussi doux et fort à la fois.

Sauf peut-être, se souvient-il, pendant cette sortie scolaire en maternelle, lorsque la petite Isabelle lui avait pris la main dans l'autocar qui les ramenait du zoo.

Son premier émoi. Mais c'est si loin, si loin. Pourquoi s'en souvient-il maintenant ? Drôles de pensées. Des dizaines d'autres émotions fantastiques se bousculent à l'entrée de sa conscience. C'est comme s'il assistait à la projection d'un film sur une partie tendre de sa vie. Comme recevoir une multitude de cadeaux extraordinaires. C'est une évidence, il faut ouvrir cette pochette surprise pour être heureux maintenant. Un lâcher-prise acidulé enveloppe Julien qui voit défiler les évènements joyeux de sa petite enfance.

Les douces siestes de la maternelle dans la pénombre rassurante d'une classe baignée par le soleil de mai. Les goûters dans la cour, sur un banc contre lequel on essuie les doigts dégoulinants de confiture. La joie de voir maman à la grille à l'heure de la sortie. Les déguisements du carnaval et la cacophonie des instruments de musique dans le préau de l'école primaire. Les rires des copains et la fierté de défiler dans les rues en *Robin des Bois*.

Les parties de billes sous le préau pour dégommer à vingt pas des soldats démontables qui redorent le blason de l'honneur. Et l'ultime bille d'argile rouge, propulsée avec assurance au fond d'un trou de terre pour remporter le pot. Le trésor qui redonne de la force au petit égo en construction !

Julien se régale à revivre les grandes séquences de ses premiers bonheurs insouciants.

La construction d'un château de sable sur une plage ensoleillée en attendant la baignade autorisée seulement après les trois heures de digestion obligatoires ! L'odeur de la crème solaire et les coups de soleil piquants qui finissent par donner bonne mine. Un dixième anniversaire sublimé par le vélo de course bleu flambant neuf pour conquérir les routes de la gloire d'une vie débutante. Noël, et son superbe babyfoot en bois vernis installé au pied d'un sapin aussi synthétique que la pelouse du terrain des joueurs-acrobates. Les médailles et les coupes de champion d'athlétisme qui rappellent le courage et la foi qu'il faut pour triompher. Tout est là, comme autant de témoignages d'expériences utiles et fondatrices.

À l'image des souvenirs créatifs qui ont permis les premières expressions des talents et des dons pour dire « Je t'aime » et « Je m'aime » pour avoir réussi le sous-main de la fête des Pères ou la boîte à bijoux de la fête des Mères.

Puis ce sont les saveurs familiales qui s'imposent à Julien dans cette relecture de début de vie. L'odeur gourmande des pommes de terre sautées au beurre de tata Gilberte et l'odeur acide du savon de Marseille de sa salle de bain. La fraîcheur des bonbons à la menthe à la fin d'un repas, offerts comme une récompense par tonton André, pour avoir bien mangé. Le parfum de l'eau de Cologne ambrée sur un mouchoir brodé aux initiales de mamie Lucienne. La sensation des gorgées froides de mie au lait glacé pendant les vacances d'été chez tata Yo. Le goût d'une merveilleuse omelette à la ciboulette des tantes de Chantilly. Le goût rhumé de l'incontournable salade de fruits en boîte de tata Monique et de son assortiment de biscuits toujours trop secs.

Les effluves tenaces de la persillade des escargots de Noël mélangée aux émanations toxiques des boîtes neuves de jeux déballées au réveil d'un 25 décembre enneigé.

Le parfum enivrant d'un premier baiser alcoolisé qui flirte avec les effluves acides d'un fluide corporel excitant. Et les volutes d'une première cigarette trop mentholée qui donne de l'assurance, mais, surtout, mal au cœur.

La farandole d'images et d'émotions qui dansent dans l'esprit de Julien est animée par des musiques tout aussi marquantes. Les comptines d'un soir, les chants traditionnels face au sapin scintillant, les hits à la mode hurlés à tue-tête sous la douche, les musiques de films incontournables, le slow du premier baiser qui fait exploser le cœur. Et la puissance révélatrice de l'orgue de l'église qui éveille et réjouit l'âme un jour de communion solennelle.

Julien est submergé par cette cascade de souvenirs plus agréables les uns que les autres. Il est emporté par ce tourbillon émotionnel et sensoriel surnaturel. Saturé de bons souvenirs, il s'abandonne, nourri de joie et étourdi de bonheur.

Le cœur en paix, il s'endort, serein et soulagé. Son choix est fait, il passe ailleurs.

— Voilà mon Julien, c'est une bonne décision ! Attache ta ceinture, on décolle mon ami. Commente Valexaire, ravi de constater l'endormissement favorable de son nouveau passager.

Novice dans l'accompagnement des défunts de la route, le guide providentiel prépare et révise ses fiches pratiques pour guider son voyageur dans les meilleures conditions.

Son rôle est de préparer le nouveau défunt à passer dans l'ailleurs.

Tous deux quittent l'Ici-bas et progressent déjà vers l'Au-delà.

Chapitre 4

La douleur de la solitude occasionnelle reste très supportable comparée aux profondeurs abyssales de l'absence définitive de l'être aimé.

Un seul être vous manque et tout est dépeuplé, Angela se laisse pénétrer par la puissance de cette phrase qui prend tout son sens aujourd'hui.

« Ah, les grandes phrases... Il aimait tant les mots », soliloque Angela, tremblante à l'idée de pousser les portes du funérarium.

Elle sait qu'elle doit le faire.

Il est impensable de ne pas le revoir une dernière fois pour lui dire adieu et surtout merci.

Malgré son désespoir, elle se sent portée par une force irréelle et bizarre, comme venue d'ailleurs. Cette humeur est un véritable cocktail vitaminé et anesthésiant, identique aux effets grisants des mélanges d'alcool et de neuroleptiques.

Cette chimie de détermination, de sentiments désinhibés et de désespoir la rend plus solide pour pousser les lourdes portes en verre fumé du lugubre bâtiment.

« C'est des choses qu'on voit que dans les films », pensera-t-elle plus tard quand elle réalisera la dimension surréaliste de son aventure.

Elle se souviendra toujours des murs froids de cet endroit sans vie, des odeurs javellisées, des couleurs délavées et des lumières blafardes.

La petite salle qui fait office de hall d'accueil est dépouillée de raffinement. Quatre chaises en bois blanc au look suédois annoncent la dureté de leurs assises.

Ce modèle *OKLINGÜT* au dossier à huit barreaux horizontaux et verticaux est un supplice pour le dos. Il est pourtant l'article le plus acheté par les hôpitaux et les administrations.

À croire que les concepteurs nordiques appartiennent tous à des familles de kinésithérapeutes, d'ostéopathes ou de rhumatologues à qui ils renvoient leurs clients.

La table basse au plateau de verre fumé qui entrave l'accès au comptoir n'est guère plus attirante. Elle n'offre que de fades revues people écornées et un catalogue funéraire d'un autre temps.

Sur la haute banque d'accueil en mélaminé blanc trône un vase en plastique fourré de fleurs séchées poussiéreuses. À côté du pot, dépassent deux mains, dont les doigts pianotent avec nervosité le rythme du *Concerto pour mandoline en C majeur RV425* d'*Antonio Vivaldi*.

À cet instant, la musique en sourdine est la seule alliée d'Angela qui se laisse emporter par les arabesques des notes guillerettes.

Surpris par la présence d'une visiteuse, l'homme de permanence se dresse d'un coup, mains derrière son dos, à l'image d'un soldat au garde à vous.

Sa raideur et son teint blafard inexpressif le font ressembler à un mort-vivant. Certainement un mimétisme inconscient, par solidarité avec ses pensionnaires. Reçue et questionnée sur un ton policier, Angela se sent de plus en plus mal. Elle est prête à défaillir. Ses jambes tremblantes peinent à la porter.

— Bonjour, vous venez pour qui, Mademoiselle ? Demande sans détour le préposé à l'accueil.

Pétrifiée à l'idée de se rapprocher de Julien, Angela balbutie son nom et son prénom dans un début de sanglot qui étouffe sa voix.

— Je n'ai pas compris le patronyme du défunt. Pouvez-vous répéter, Mademoiselle ? Insiste l'homme qui réduit d'un geste rapide le volume de la musique.

Angela tente de maîtriser son émotion, ravale sa salive et répète l'identité de Julien.

— Ah oui ! Monsieur Flochin Julien. C'est l'AVC de mardi 21 h 30, valide l'homme tout en feuilletant un épais registre.

Surprise par cette remarque, Angela intervient avec un peu plus de vivacité.

— Mais Julien n'a pas eu d'Accident Vasculaire Cérébral ! Vous êtes certain de ne pas vous tromper ? S'angoisse-t-elle, étonnée.

L'employé cireux extirpe la tête de son livre d'admissions et précise avec un dédain à peine dissimulé :

— *AVC* pour *A*ccident sur *V*oie de *C*irculation, Mademoiselle. C'est un code... mais pas de la route... glousset-il en ricanant sans desserrer les dents. C'est un code interne à notre service, et heureusement que nous le respectons nous le code... S'esclaffe-t-il comme pour égayer sa journée.

Angela reste sans voix face à l'indécent cynisme du personnage.

— Vous êtes de la famille ? Reprend-il.

Parce que seule la famille est autorisée à entrer pour les visites de recueillement, insiste-t-il avec assurance.

— Encore un code ? Interroge Angela un peu plus agacée encore. Je suis son amie, sa fiancée, sa chérie, si vous préférez. Insiste-elle, nerveuse.

Elle comprend immédiatement, au regard noir du pâle personnage, que le ton qu'elle utilise n'est pas le bon pour obtenir gain de cause.

— Alors, Mademoiselle, ça ne va pas être possible, désolé. Rétorque l'employé en refermant d'un claquement définitif le lourd livre des défunts.

Stupéfaite et désemparée, Angela reste sans voix. Elle devrait donc se plier bêtement à ce règlement débile qui la tient à distance de Julien. C'est impensable ! Inimaginable ! Intolérable ! Pas ça aujourd'hui.

Désespérée, mais profitant d'un sursaut de lucidité et d'énergie elle réclame :

— Monsieur, pouvez-vous au moins lui mettre ça autour du cou pour que je sois encore un peu avec lui là où il va.

Elle tend sous le nez de l'employé une chaîne dorée au bout de laquelle tournoie un médaillon à l'effigie d'un angelot souriant.

L'homme recule la tête et explique d'un ton très solennel :

— Mademoiselle, je ne suis pas accrédité pour recevoir les objets personnels des défunts, et encore moins habilité à les déposer sur leurs dépouilles.

L'aplomb avec lequel l'homme du musée Grévin répond ne laisse aucun doute quant à l'impossibilité de la chose.

Bien qu'étourdie de douleur et engourdie de tristesse, Angela pense que cet homme est un abruti fini. Il n'a pour cerveau qu'un pois chiche qui se balade sous sa voute crânienne. La bille sèche doit rebondir comme une boule dans un flipper, à chaque tentative de réflexion.

Elle s'essuie les yeux pour mieux voir et soutenir le regard impassible de la statue cireuse figée devant elle.

— Je comprends, dit-elle, finaude, en esquissant un sourire ravageur.

Et comme si elle recevait une violente décharge électrique, elle se redresse, claque violemment ses deux mains à plat sur le comptoir collant et déclame toute tendue :

— Dans ce cas, cher Monsieur, il va falloir me présenter le règlement intérieur qui stipule les détails de ce que vous avancez, car je ne suis pas habilitée et encore moins accréditée pour recevoir et accepter votre refus catégorique sans une vérification préalable qui validera peut-être votre décision et entérinera ma position pour clore définitivement la procédure qui a généré ma requête !

L'interminable tirade avait jailli de sa bouche à la vitesse d'une rafale de mitraillette.

D'une seule traite et sans ponctuation respiratoire, Angela avait canardé de mots la face grisâtre de l'homme au comptoir. Les impacts semblaient avoir fissuré le marbre de son visage. Il se décomposait. Comme un boxeur touché par un uppercut, il libéra une toux significative qui en dit long sur la précision de la baffe verbale qu'il venait de se prendre.

« Dans les dents ! », pense Angela avec jubilation, encore surprise de ce qu'elle vient de faire.

Elle a parlé et agi comme Julien l'aurait fait, avec son aplomb et son humour. C'est comme s'il lui avait soufflé cette réplique surréaliste. C'était bien son genre de souligner le ridicule des situations en faisant le pitre.

Cette impression bizarre la rend un temps joyeuse, malgré les circonstances.

Les yeux de l'employé rentrent dans leurs cavités oculaires. Il reprend ses esprits, ce qui est plutôt bon signe dans son milieu professionnel, et argüe qu'il ne dépend pas d'un règlement, mais d'une hiérarchie qui lui impose les procédures.

— Très bien Mademoiselle, votre demande ne sera traitée que si vous remplissez les documents que voici, précise-t-il.

Il fait claquer une liasse de feuilles roses et jaunes sur le comptoir pour affirmer sa position et reprendre la main dans le combat d'égos qui se joue. Le violent courant d'air provoqué par le mouvement décapite les fleurs du bouquet artificiel. Les pétales volent au-dessus du comptoir tandis qu'une étiquette se décolle d'une des tiges. Le vase vacille avant de tomber pour se craqueler au sol comme un œuf à la coque fracassé par une cuillère meurtrière.

« Une belle occasion de remplacer cette horreur... » Marmonne Angela.

L'étiquette poussiéreuse poursuit son vol. Elle est comme guidée par une main invisible qui la fait virevolter autour de la jeune fille. Après quelques arabesques poétiques, l'insolent petit bout de papier amorce un dernier virage avant de filer tout droit vers sa cible.

En moins de temps qu'il n'en faut pour le dire, elle vient se plaquer sur la joue droite de l'employé. On eût dit qu'un lanceur invisible avait visé et lancé le projectile. L'homme médusé se paralyse d'effroi.

L'étiquette révèle son texte : fleur artificielle fabriquée en France. Entreprise Tronchedequon. Maison fondée en 1882 – Pompes funèbres générales – 83340 Le Cannet-des-Maures.

La scène s’est déroulée au ralenti, comme pour offrir à Angela le temps de tout apprécier. La jeune fille libère un éclat de rire hystérique et obstrue sa bouche avec son mouchoir pour étouffer cette rigolade déplacée. Ce rire libérateur lui fait un bien fou, mais déclenche une salve de spasmes abdominaux qui lui vrille le ventre.

L’employé étiqueté agite les bras dans tous les sens, comme pour chasser une horde de moustiques imaginaires. Il finit par se libérer du papier collant pour le froisser nerveusement avant de retourner à sa procédure administrative.

— Mademoiselle, dans le meilleur des cas, la réponse vous sera communiquée sous trois semaines, à condition de me remettre le document aujourd’hui et de n’omettre aucune rubrique.

Angela prend à son tour cette manchette qui la sort de sa joie pour l’installer dans un agacement très mal contenu. De tout son sérieux elle rétorque :

— Vous êtes en train de me dire que je peux avoir gain de cause dans trois semaines ! Et par quel miracle Julien pourrait-il porter mon médaillon autour du cou dans trois semaines puisqu’il sera enterré dans trois jours ?

— Ah ça Mademoiselle je l’ignore. Se gargarise l’homme raide et sec, fabriqué à base de résine de synthèse et de plastique recyclé.

— Allez vous faire voir ! S’exclame Angela en faisant voler d’un revers de manche la liasse rose et jaune.

Dans un accès de colère incontrôlable, elle attrape l'employé livide par le col et l'arrose d'insultes mouillées de postillons.

Les effluves chlorées et javellisées qui émanent de la blouse de mister morgue attaquent directement les nerfs olfactifs d'Angela. Elle ne peut retenir un éternuement digne de l'éruption du Vésuve.

L'explosion nasale s'accompagne d'un son strident rappelant le cri d'une célèbre Castafiore. Le coup de grâce est asséné par un jet baveux qui s'écrase sur le front blafard de l'employé, définitivement meurtri et déshonoré.

S'ensuit, sans complaisance, un échange d'insultes entre les duellistes. Les hurlements des deux gladiateurs de l'extrême s'enlacent pour gronder dans le hall de l'institut, jusque-là silencieux et désert. L'écho du combat se propage dans les couloirs et les bureaux. Les voix guerrières s'infiltrent jusque dans les tiroirs réfrigérés où reposent les corps inertes qui pourraient, malgré tout, en grimacer d'effroi.

Afin d'éviter les plaintes de ses collègues et de ses clients à l'humour glacial, un homme en costume sombre et sobre surgit dans l'encadrement d'une porte qui ouvre sur un couloir.

— Que se passe-t-il ici ? Demande-t-il d'une voix rauque empruntée au cowboy taiseux d'un vieux western américain.

Le bon, la brute et le truand se regardent fixement tandis que la perfide musique d'un pet, long et nourri, brise ce silence Morriconien. Sans mot dire, tous trois s'accusent du regard.

L'homme au costume sombre corrige très vite le malentendu. Il se retourne, comme pour rebrousser chemin et passe la tête dans l'embrasure de la porte, côté couloir.

— Étienne, tu veux bien fermer la porte du labo s'il te plaît. Chuchote-t-il à l'attention du thanatopracteur occupé à dégazer le corps d'un obèse cadavre.

La seule réponse à cet ordre est un violent claquement de porte qui clôt toute discussion.

La rudesse du fracas aurait pu être remplacée par un « oh, fais chier ! » tout aussi approprié dans le cas présent.

— Désolé, Mademoiselle, je suis navré de cet incident, déclare l'homme mystère.

Face à Angela, c'est une véritable statue grecque qui se dresse. L'apollon puissant et sexy au crâne rasé impressionne. La douceur et la force de son regard émeraude pénètrent l'âme de la jeune femme. La voix profonde et caverneuse rappelle celle de *Sean Connery* dans la version parlée de *In My Life* des *Beatles*. Mais, il émane aussi de l'homme une étrange odeur de javel très incommodante.

— Ce... ce... ce n'est pas grave, bredouille Angela, subjuguée.

Tout en s'approchant du comptoir, l'homme interroge le préposé :

— Pourquoi ces hurlements ?

L'employé s'avance avec fierté pour argumenter en sa faveur.

— Monsieur le Directeur, cette jeune personne ne veut pas comprendre qu'il lui est impossible d'approcher la dépouille de son ami.

Angela fixe les traits parfaits du visage de bellâtre qui se tourne vers elle.

— Expliquez-moi, Mademoiselle.

Aspirée par le magnétisme de l'homme, Angela tente de reconstruire sa pensée.

— Mon amour, Julien, est décédé dans un accident de voiture et les pompiers l'ont amené dans cet hôpital. Je sais qu'il repose dans ce funérarium. Je veux juste le voir une dernière fois pour lui dire au revoir.

L'émotion trop forte submerge à nouveau la jeune femme. Ses muscles défaillent. Ses jambes ne la portent plus et elle vacille.

— Apportez une chaise, vite ! Ordonne l'homme en récupérant *in extremis* Angela dans ses bras d'athlète.

L'employé approche aussitôt une des sinistres chaises suédoises.

— Tenez, asseyez-vous et calmez-vous, Mademoiselle. Insiste le Directeur.

Entre deux sanglots d'épuisement, elle ajoute :

— Votre employé me dit que ce n'est pas possible de le voir parce que je ne suis pas de la famille. Pourtant, j'ai tellement de choses à lui dire avant que...

Sans attendre la fin de la phrase, le *John Wayne* de l'archipel des Cyclades prend sa plus belle posture de héros et se tourne vers la statue de cire jaune, devenue verte de peur.

Le ton est ferme et menaçant.

— Vous allez tout de suite organiser la présentation du défunt dans le salon rubis. Prévenez-moi quand ce sera prêt et faites disparaître ces documents inutiles.

Tandis que l'employé pétrifié s'éclipse pour s'exécuter, l'homme en costume prend la main de la belle.

— Je vous présente toutes nos excuses et nos condoléances, Mademoiselle. Vous allez pouvoir passer un moment auprès de votre ami. Je m'y engage. Prenez tout le temps dont vous avez besoin pour communier avec lui dans la sérénité. Patientez encore quelques minutes. Nous viendrons vous chercher pour vous mener auprès de lui. Courage, soyez forte.

La chaleur de cette main providentielle et virile apaise enfin Angela. Les mots magnétisent son corps et anesthésient ses pensées.

Dans un sursaut de lucidité, la tête baissée et alourdie de soulagement, elle remercie l'homme de l'Ouest américain de la Grèce Antique ! Angela est désorientée.

— Merci, Monsieur, vous êtes un ange. Sans vous, l'histoire n'aurait pas continué de la même manière.

Relevant la tête pour lui adresser un sourire de gratitude, elle constate, stupéfaite, que le héros a disparu, sans aucun bruit. Il s'est évaporé !

Elle reste seule dans ce hall blafard. Son regard désabusé se pose sur une affiche punaisée au mur. Elle vante les services funéraires de la société Cadavaire, spécialisée dans la crémation. Le slogan s'impose en écriture grasse ***Chez Cadavaire on peut tout faire même sans terre.*** Atterrée par le mauvais goût du jeu de mots, Angela, dépitée, ne fait pas attention à mister morgue, revenu sournoisement à sa hauteur.

— Si vous voulez bien me suivre, Mademoiselle, le salon rubis est par ici.

Expulsée de sa torpeur par cette macabre invitation, Angela se lève et suit, docile, la voix qui la commande.

À ce moment, elle comprend qu'elle marche vers l'inacceptable.

Elle réalise qu'elle va voir le corps sans vie de Julien.

Cette fois c'est certain, elle est au cœur de son pire cauchemar.

Chapitre 5

Le long couloir est velouté par des éclairages doux et rassurants. Plusieurs portes massives en bois d'acajou rouge et ornées de poignées dorées brisent la longueur monotone du corridor. Des plaques en cuivre gravées affichent les noms des salons : saphir, émeraude, turquoise, opaline ou rubis.

Le guide qui précède Angela s'immobilise devant cette dernière plaque.

Après un pas de côté, il désigne la double porte d'un geste solennel et pose sa main sur la poignée dorée. Tête baissée, il tend son bras en direction du salon pour inviter Angela à entrer. Il actionne la clenche et précise d'un ton mielleux, mais corrosif.

— Prenez tout le temps dont vous avez besoin pour vous recueillir Mademoiselle... Mais n'oubliez pas que nous fermons à 18 h, il serait dommage que vous restiez enfermée ici toute la nuit. Son cynisme n'a d'égal que son indécence. Il a gagné, Angela est anéantie.

Sans avoir seulement le temps d'émettre un son, elle voit la lourde porte s'ouvrir sur une petite salle à la lumière blanchâtre. Submergée par un tsunami de désespoir et de dégoût, elle sent son cœur imploser et déverser un torrent de lave incandescente mélangée à des larmes gelées. Les moindres espaces de son corps sont meurtris. Ses yeux coulent sans fin et les frissons qui l'envahissent la glacent d'effroi.

Dans un claquement feutré, la porte se referme derrière elle.

Paralysée et asphyxiée, elle se retrouve à quelques mètres de la dépouille de Julien, incapable de dévier son regard du corps étendu.

La pièce froide est juste carrelée de blanc et de gris. L'air javellisé transporte des odeurs médicamenteuses et acides, qu'une petite ventilation tente d'aspirer dans un couinement régulier. Une unique fenêtre au verre opaque laisse passer ce que l'on devine être la lumière du jour. Au centre, une table métallique supporte le corps recouvert d'un drap blanc à liserés bleus.

Le bruit du silence est effrayant. Il anesthésie toute pensée. Ici, il n'y a rien d'autre que la mort.

Le mélange d'odeurs attaque les sens. Angela est vide et creuse. Le temps s'est arrêté. La vie n'est plus ici. Tremblante, mais décidée, elle s'approche de Julien.

Seul son visage est découvert.

Hébétée et sanglotante, Angela bredouille, un peu sotte :

— Qu'est-ce qui se passe, mon amour ?

L'impassibilité du faciès cireux pousse Angela à insister :

— Dis-moi quelque chose, chéri, je t'en prie.

Rien ne se passe. Les yeux de Julien restent horriblement clos. De sa bouche verrouillée ne sort aucun son. Le corps inerte n'affiche aucune réaction. Seuls les cheveux soyeux et coiffés paraissent vivants. Le léger filet d'air de la ventilation rotative qui réfrigère la table anime quelques mèches rebelles. Elles semblent lutter coûte que coûte contre la mort.

Dans un sursaut instinctif, Angela recule pour s'éloigner de l'insupportable. Elle bute et s'effondre sur une chaise en bois massif de style ancien, bien placée pour accueillir la lourde et légitime détresse des visiteurs.

Envahie par un vertige prêt à l'emporter dans l'inconscience, Angela tente de récupérer son équilibre tout en luttant contre des écœurements qui surgissent par vagues. Les spasmes vomitifs décuplent ses douleurs corporelles. Tandis que les râles s'unissent aux sanglots et aux tremblements, l'acidité viscérale remonte dans sa gorge et l'étouffe davantage. Terrassée par les émotions, elle s'épuise à lutter avant de s'abandonner à cette horrible purge incontrôlable, mais nécessaire. Dans un ultime haut de cœur, Angela finit par vomir ses tripes et sa détresse.

Le malaise s'estompe enfin et les derniers soubresauts s'éloignent. Le cœur reprend un rythme plus normal. La jeune femme redresse la tête, essuie d'un revers de manche les larmes, la sueur et la salive accumulées aux commissures de ses lèvres. D'un pas de côté, elle s'écarte de sa flaque grumeleuse et constate que Julien est resté impassible face à cette scène d'horreur.

Le regard plus clair et désembué, elle respire avec profondeur et s'avachit contre le dossier de l'inconfortable chaise aux épais reliefs. Fixant le corps et le visage de celui qui reste l'éternel amour de sa vie, elle l'interpelle avec courage dans un monologue obligatoire :

— Mon amour, j'ai compris, tu sais. J'ai compris que tu ne te réveillerais plus et que je vais devoir te laisser partir. Je te regarde ici, sans vie, mais je veux encore croire que tu vas te tourner vers moi avec ce sourire que j'aime tant. Après un clin d'œil comique, tu vas t'asseoir et t'esclaffer : « j't'ai bien eu mon amour ! » ; pourtant, j'attends et rien ne se passe. Tout est terminé, je sais. Je t'aime et tu ne pourras plus jamais m'entendre te le dire.

À cet instant précis, Angela croit entendre une voix lui traverser la tête.

« T'exagères, Pilou. Je t'entends. Je t'aime aussi et pour toujours. C'est juste un p'tit accrochage. On en verra d'autres ! »

Elle se redresse d'un coup, bondit de sa chaise et se précipite auprès du corps de Julien.

— Tu m'as parlé ? Se surprend-elle à demander, oubliant l'horreur de la situation.

Comme aucune réponse ne se fait entendre, Angela insiste :

— Dis tu m'as parlé, Julien. J'ai pas rêvé !

Bien sûr, la dépouille froide et figée ne laisse apparaître aucune réaction.

Reculant de quelques pas, Angela réalise qu'elle parle à un cadavre. Elle s'effondre, horrifiée, sur la fidèle chaise toujours disponible.

— Je deviens dingue, c'est horrible, murmure-t-elle en se prenant la tête entre les mains.

— Pourtant, j'ai bien entendu. Même qu'il a dit Pilou !

Pensive et désorientée, Angela se remémore tout à coup l'origine de ce surnom. Elle se souvient avec tendresse de ce premier épisode de leur saga amoureuse...

Chapitre 6

C'est Julien qui lui avait donné ce sobriquet, à cause d'une histoire de nuisette...

Lors de leur première escapade amicale, alors qu'ils ne se connaissaient que depuis quelques semaines, ils avaient décidé de partager la même chambre d'hôtel pour réduire les frais de leur week-end touristique en Bretagne.

Rien d'innocent dans cette décision qui les obligeait aussi à partager le même lit... Chacun avait sa petite idée derrière la tête pour inviter l'autre à une découverte sensuelle et excitante des sentiments et des anatomies.

Fait étonnant, Angela avait oublié d'emporter sa nuisette, pourtant choisie et achetée pour l'occasion. Nuisette sur laquelle elle comptait beaucoup pour attirer Julien dans les filets de sa sensualité.

Dépouillée de cet accessoire essentiel – bien qu'elle n'eût besoin d'aucun artifice pour séduire le futur grand amour de sa vie –, elle expliqua à Julien qu'elle avait, par étourderie, oublié sa chemise de nuit, se gardant bien de préciser qu'il s'agissait d'un redoutable hameçon...

Comme il lui était impensable que Julien envisage cet acte manqué comme une stratégie sexuelle, Angela insista pour acheter en ville un vêtement de nuit décent. Elle précisa avec humour qu'elle ne pouvait pas s'allonger à côté d'un homme en tenue d'Ève dès le premier soir, aussi sexy et bienveillant soit cet Adam. Le jeune homme, déjà aguerri à l'humour séducteur, avait rétorqué avec malice « d'autant que moi, c'est Julien ». Le ton était donné !

Malgré tout, il n'avait pas été dupe et avait donc accepté de participer à ce jeu de piste érotique qui amplifiait d'autant son désir pour Angela. Ils parcoururent les rues commerçantes de la vieille ville pendant des heures. Ils découvrirent à cet endroit leurs goûts communs pour le Moyen Âge et les mystères de l'architecture sacrée. La promenade, ponctuée d'étonnements, d'éclats de rire et de rapprochements maladroits, avait été très agréable. L'après-midi se termina dans un bar lounge décoré d'objets improbables, à l'image d'un cabinet de curiosités. Face à deux gigantesques cocktails aux strates multicolores, les deux aventuriers commentèrent l'achat d'Angela qui avait fini par accéder au Saint-Graal grâce à un article en promotion. L'écho d'un phonographe chiné chez un vieil antiquaire diluait dans la lumière tamisée la mélodie sucrée de *Dreamy Lullaby,* de *Jacobs Lee*. La musique veloutait à merveille ce moment magique. Le temps était suspendu. Les deux tourtereaux, déjà amoureux, étaient reliés par leurs sens et leurs cœurs. Il n'en fallu pas plus pour qu'ils s'embrassent avec délicatesse.

Lors de la mission quasi sacrée de l'après-midi, Julien avait osé afficher sa préférence pour un pyjama rose fuchsia, en pilou. Il avait écarté les dentelles, les transparences et les mousselines de soie. Angela, amusée et rassurée de ne pas être perçue comme une catin affamée, avait finalement acheté cette sorte d'armure de coton. À ces yeux, un vrai tue l'amour sur lequel un slogan aurait pu être brodé : *je ne suis pas une femme facile et j'ai besoin de douceur. Mais déshabillez-moi vite quand même !* Le vêtement était rigolo. Il plaisait à Julien. Plus encore, il l'excitait.

Dans la nuit, tel un vaillant poilu, il enfonça avec fougue les faibles barrières du faux ennemi qui résistaient encore à ses assauts. Il démonta avec force et puissance les dernières barricades déjà fragilisées pour ouvrir la voie au triomphe. Julien pénétra en fait sans grande résistance dans la forteresse réputée imprenable. Angela fut vite soulagée de pouvoir se libérer de sa cuirasse laineuse et s'abandonna avec volupté à la douceur de l'assaut tant attendu et espéré !

L'anecdote de la nuisette resta imprimée dans la mémoire des deux amoureux comme un merveilleux symbole de préliminaires doux et sensuels. Elle marqua de son sceau respectueux et humoristique le début d'une histoire d'amour éternel. C'est de cette époque qu'Angela tient son doux sobriquet de Pilou.

Elle s'en souvient comme si c'était hier, mais rattrapée par la dramatique réalité du moment, la jeune femme est ramenée dans son malheur immédiat.

Écrasée sur sa chaise et les yeux dans le vague, Angela, absorbée par sa nostalgie, perçoit à peine la vibration insistante de son smartphone. Les secousses répétées font trembler le sac à main posé sur ses cuisses. Elle finit par extraire le téléphone du fouillis de sa besace. Sur l'écran s'affichent le prénom et la photo de son interlocuteur. Effrayée par ce qu'elle aperçoit, Angela rejette l'appareil avec violence, comme s'il lui brûlait les doigts. Le téléphone à la pomme s'éclate sur le carrelage javellisé et s'ouvre en deux, comme une coquille de moule trop cuite. La batterie éjectée glisse sous la table réfrigérée.

Affolée, elle balbutie, tremblante : « c'est Julien ! »

Là-haut…

Chapitre 7

Valexaire profite du sommeil temporaire de Julien pour favoriser l'apaisement de son nouveau partenaire de voyage.

Dans cette phase de repos intermédiaire, le jeune homme recontacte la partie la plus douce de lui-même. Cet état de bonheur empreint d'amour l'aide à prendre la décision de passer ailleurs avec légèreté.

Le guide a fanfaronné face à un Julien désemparé et désorienté pour l'aider dans le processus de libération. Mais il n'oublie pas son exceptionnelle responsabilité en tant qu'accompagnateur. Il joue un rôle de tout premier plan dans cette super production. Le passage entre la vie et la mort est un évènement considérable et bouleversant pour tous les êtres et toutes les âmes concernées. Quelles que soient les conditions d'une fin de vie, il est primordial que le processus d'accueil et d'accompagnement de l'être, dans son nouvel univers, soit digne et respectable.

Tout défunt doit bénéficier des meilleures conditions pour passer d'un monde à l'autre, quelle qu'ait été sa vie. C'est une loi universelle à laquelle les guides-accompagnateurs ne peuvent pas déroger. Et aucun d'entre eux ne s'est surpris à penser autrement depuis la nuit des temps.

Valexaire a été formé pour ça sur l'unique base de l'amour à partager avec et pour l'autre.

Dans ce processus, aucune défaillance n'est possible. Valexaire est novice et peut faire des erreurs, mais il est soutenu par sa hiérarchie divine. Si nécessaire, il sera aidé à toutes les étapes du protocole de passage qui invite chaque guide à respecter des séquences précises.

En premier lieu, Valexaire doit vérifier la bonne constitution énergétique de son protégé, et ce avant qu'il ne se réveille de son sommeil transitoire. C'est un principe de précaution élémentaire enseigné à tous les passeurs d'âmes.

Julien va entrer dans le plan 1. Cette première dimension prolonge le monde de la matière visible. Cet univers dit, astral, enveloppe le monde terrestre à l'image d'un voile de mousseline léger et opaque. Sur cette fine pellicule d'une incroyable solidité, sont projetées instantanément les images du monde terrestre, à l'identique de la réalité du moment. Dans ce miroir céleste se reflète l'activité énergétique des êtres, des situations, des émotions, des pensées, des réflexions, des comportements, des actions individuelles et collectives, positives et négatives.

Ce calque vibratoire garde toutes les traces et les mémoires de la conscience planétaire.

Julien est mort, mais son corps est toujours bien présent sur Terre. Sa dépouille ne disparaitra qu'une fois réduite en poussière. De fait, il continue à projeter des informations dans le miroir astral grâce à ses corps énergétiques.

Le guide doit les contrôler en vue d'éventuelles réparations pour aider au fameux passage.

Depuis qu'il a été affecté au service dit de transition, Valexaire n'a guidé que mille-quatre-cent-vingt-et-une âmes sur un temps équivalent à deux années terrestres.

C'est peu au regard des dix-sept-millions d'âmes déjà passées, sur la même période, grâce aux milliers d'accompagnateurs invisibles mieux rodés à l'exercice.

Son expérience, encore incomplète, l'oblige à consulter des fiches pratiques. Il s'agit plus exactement du *modus opérandi* décrit par sujets dans le « *Traité Universel des Secrets des Âmes* ».

Le **TUSA**, véritable encyclopédie du fonctionnement des mondes invisibles est une banque de données intemporelles mise à la disposition des êtres initiés à la guidance multidimensionnelle. La totalité de ces volumes, géniaux et magiques, leur est accessible en permanence. Elle est livrée sur demande aux utilisateurs, sous la forme qui leur paraît la plus adaptée.

Lors de sa formation, Valexaire a opté pour la méthode de l'Apparition Spontanée. Plus connue sous le nom d'**AS** dans le langage des guides. Ainsi, pour chaque questionnement sur les procédures ou le fonctionnement des systèmes quantiques des âmes, ses fiches pratiques vibratoires lui apparaissent et l'encodent automatiquement. À l'image d'une mise à jour d'ordinateur. La conséquence est immédiate : le guide agit mieux et corrige ses erreurs dans l'instant.

Valexaire peut donc compter sur ses antisèches cosmiques pour mener à bien ses missions célestes !

Dans le cas présent, il doit réviser une partie du chapitre consacré à « *L'anatomie subtile des défunts* » pour soigner les corps énergétiques de Julien.

En fonction de l'âge, du sexe du défunt et des conditions du décès, les protocoles sont tous différents et parfois, Valexaire les confond. Il se souvient tout particulièrement de l'une de ses premières interventions qui avaient fait grand bruit au plan I. Cela lui avait valu de suivre une formation complémentaire express pendant ses jours de repos, ou plutôt ses jours de flottement, comme on les appelle ici. Le jeune diplômé avait été désigné pour récupérer et accompagner une femme décédée dans son sommeil. La défunte était allongée dans son lit à côté de sa compagne somnolente. Le cœur de la nuit était propice au sommeil profond et le couple n'était pas conscient de ce qui venait de se passer. Valexaire, tout fougueux, avait effectué une descente du plan I vers le plan de la Terre à une vitesse fulgurante. Pour tester ses nouveaux pouvoirs de téléportation, il avait, assez maladroitement, réalisé de nombreuses arabesques à l'image d'un mauvais pilote de haute voltige. Les secousses et les virages lui avaient tourneboulé les énergies et sa boussole astrale lui avait fait perdre son précieux sens de l'orientation.

Tant bien que mal, il était arrivé dans les toutes premières secondes du décès, comme le préconisait le **TUSA**, mais il s'était placé du mauvais côté du lit.

Dans son élan bienveillant, il s'était lancé dans une tirade maladroite et scolaire pour expliquer à la femme qu'elle était morte et qu'il fallait le suivre sans résistance.

À plusieurs reprises, Valexaire avait tenté d'extraire le premier corps énergétique, anormalement lourd, de la défunte qui s'agitait beaucoup trop. Les hurlements d'effroi qu'elle poussait n'auguraient rien de bon. Elle s'évanouit en quelques secondes. Constatant la difficulté qu'il avait eue à convaincre l'élue de l'accompagner, il interrompit son protocole pour tourner la tête vers l'autre côté du lit. Malgré l'agitation et les hurlements, le corps allongé à gauche était resté inerte. La boulette intersidérale... Le guide novice s'était trompé de personne et avait grossièrement tenté d'embarquer un vivant ! La galaxie tout entière en rigole encore...

Depuis ce temps, au moindre doute sur le protocole, Valexaire révise ses fiches.

Pour le cas de Julien, la lecture ne prend que quelques secondes et révèle qu'il faut scanner les onze corps vibratoires qui enveloppent le corps physique. Ils sont encastrés les uns dans les autres comme des poupées russes. C'est une étape classique du protocole général décrit dans le **TUSA**. Valexaire est assez à l'aise avec cette séquence.

L'imagerie révèle que l'anatomie subtile de son voyageur ne présente pas de gros dégâts. Valexaire s'étonne même de la stabilité des systèmes électromagnétiques des corps, étant donné les circonstances violentes dans lesquelles Julien est mort.

Le guide-passeur suppute que cette stabilité, malgré le stress subi, est en lien direct avec l'expérience d'une période de joie survenue avant la mort. La charge positive d'amour engrammée dans la structure énergétique des émotions atteste bien de l'excitation et de l'émerveillement qui animaient Julien, peu de temps avant le choc.

Bien que le premier diagnostic soit plutôt positif, Valexaire se heurte à une petite défaillance qui l'intrigue. L'un des onze corps, connu sous le nom d'« émotionnel » est déformé et vibre de manière anormale. Dans ce cas, les antisèches du guide novice précisent qu'il faut inspecter le corps dit « ombral » du défunt. La structure apparaît boursoufflée. Elle écrase le corps des émotions qui respire mal. L'inspection détaillée de ce corps de souffrance révèle des mémoires de colères qui affaiblissent Julien. Ces conflits ont fabriqué des résistances qui ralentissent son épanouissement. Le diagnostic est vite posé : c'est une très vieille blessure de trahison qui endommage lourdement le cœur du voyageur.

Tout cela peut compromettre le parcours de Julien dans l'Au-delà.

Pour en savoir plus et agir au mieux, Valexaire accède au second cœur de Julien. Il s'agit de son cœur vibratoire, invisible et dissimulé derrière son cœur organique. Le tissage de la fibre du cœur énergétique révèle une déchirure.

Valexaire s'attarde sur la plainte gémissante qu'il contacte. C'est une partie de l'âme du jeune homme qui fait pleurer son deuxième cœur. La révélation du conflit intérieur est projetée au guide sur un écran identique à celui d'un cinéma. L'évènement à l'origine de la déchirure est dévoilé au passeur. Il n'est pas rodé à ce genre de projections satinées qui préparent aux explications, mais il sait qu'il sera mis en contact, d'ici peu, avec une guidance supérieure pour élucider ce mystère.

Sur l'écran blanc nacré, la scène se précise. Elle affiche l'utérus de la mère de Julien. La poche rosée et vascularisée est en partie occupée par un placenta rougeâtre. Une sorte de gelée de groseille veinée et lumineuse.

Les pulsations attestent que la veine ombilicale apporte bien le sang oxygéné du placenta vers l'embryon. Niché dans une bulle jaunâtre et presque transparente, Julien n'est encore qu'un fœtus de 9 semaines et demie qui mesure deux centimètres et sept millimètres. Il pèse cinq grammes. C'est pourtant le parfait début de l'homme qu'il deviendra.

Tout est là, en développement : les yeux, le nez, les oreilles, les lèvres, la langue et même les dents de lait primordiales. Les ébauches de bras, de mains, de jambes et de pieds sont tout à fait reconnaissables. La physionomie humaine est nette, même si pour l'instant il ressemble plus à une petite crevette rose sans carapace qui flotte dans de l'albumine.

Ce futur homme est en apesanteur dans un gigantesque blanc d'œuf cru !

Autour de lui s'amalgament, avec une divine précision, des nuages rosés cotonneux chargés de précieux nutriments.

Une barbe à papa cristallisée orangée adhère aux parois de la capsule du futur Julien.

Elle s'agglomère autour du vaisseau bulleux et s'effiloche au fur et à mesure des besoins nutritionnels du petit homme. Le cordon qui le nourrit est enraciné au centre de l'ébauche de son minuscule corps physique. Il serpente autour de lui comme un tuyau d'arrosage tortillé et mal enroulé. Son cœur forme une minuscule tache carmin qui pulse avec une belle régularité.

Deux-cent-soixante-dix jours programmés pour une vie cachée et protégée.

Protégée, pas tout à fait... Grâce à la porte entrouverte d'un champ vibratoire, Valexaire franchit la frontière du visible et pénètre la masse organique du petit cœur de Julien.

Il sait que la blessure de trahison est ancrée au-delà des cellules organiques carboniques.

« L'information précède toujours la matière », murmure-t-il, confiant.

Mais avant d'aller contacter le message de l'âme, il faut capter l'information cellulaire. Elle a mémorisé l'origine du choc et codé l'organe pour qu'il enregistre le message de souffrance. La blessure formée déclenchera l'émotion colérique pour créer la réaction et l'humeur. De cet état d'esprit naîtra un réflexe douloureux qui programmera un comportement inconscient autodestructeur.

Comme prévu, Valexaire est guidé par la puissance d'une énergie bienveillante qui lui ouvre les chemins de l'infiniment petit.

Les masses graisseuses sont traversées à la vitesse de la lumière et les artérioles s'écartent comme par magie. Les couches empilées du muscle strié sont traversées pour accéder aux fibres nerveuses. La plaque neuronale s'excite sous l'influence d'une électricité anarchique. Valexaire pénètre enfin la dimension énergétique du cœur de Julien.

Les images organiques font place à un tout autre décor. Les profondeurs de ce second cœur dessinent les reliefs d'une cité perdue. Les monts et les vallées baignés de lumière bleutée dévoilent des rivages verdoyants et un océan multicolore fluorescent.

À la surface de l'eau flottent des îlots octogonaux saturés de gouttelettes luisantes. Chacune abrite un petit rubis clignotant contenant une information codée essentielle.

Celle que Valexaire recherche porte le n° 5148284759.

C'est le code référencé dans le **TUSA** sous le nom de « *Syndrome de détresse du fœtus* ».

Chapitre 8

À la demande vibratoire : « puis-je accéder aux informations inscrites dans le code 5148284759 ? », Valexaire s'entend répondre « oui ». Dans la seconde, les images lui sont projetées. C'est dans ce milieu aqueux que tout s'est passé.

Le guide-accompagnateur vit la scène.

La pointe de l'aiguille s'est enfoncée jusqu'à atteindre l'utérus pour libérer un liquide verdâtre. La solution acide à base d'herbes et de savon s'est infiltrée dans l'organe creux en forme de poire. Les parois translucides de la capsule se sont occultées et la fibre gélatineuse s'est à peine durcie avant de craqueler. Le liquide a tout de suite viré au bleu foncé au contact du sang.

L'embryon, déjà passé au stade de fœtus, était plus costaud, mais il a tout de même suffoqué un temps avant d'expulser un semblant d'éternuement qui a repoussé l'attaque mortelle.

Au même instant, des secousses régulières ont chahuté le petit corps en devenir qui s'est accroché tant bien que mal pour résister.

Une chaleur insoutenable a envahi l'espace réduit avant de laisser la place à un courant glacial. Avec une extrême violence, tout s'est expansé avant de se rétracter aussi vite.

De nouveaux spasmes interminables ont secoué la poche d'eau. Le petit poisson a subi le déchaînement d'une tempête dans son bocal. Des vagues, des clapotis, des tourbillons, des craquements et des sifflements stridents ont assailli les capteurs du fœtus désorienté. Son cœur s'est emballé au point de défaillir. Certaines cellules se sont déchirées. Beaucoup de cristaux atomiques ont éclaté. La dalle neurologique s'est fissurée. Les prémices d'une crise cardiaque se sont annoncées.

Un souffle chaud mystérieux a stoppé net l'hémorragie pour réparer les dégâts et éviter *in extremis* la catastrophe.

L'intensité des balancements a faibli. Les bruits se sont éloignés et le souffle est redevenu fluide. Le risque s'est écarté. Le calme est revenu, enfin !

C'est à cet instant précis qu'une énorme poche bleue s'est formée. Elle a laissé son empreinte autour du minuscule cœur. C'est ainsi que s'est formé l'hématome, « aime atome » ... L'atome de l'amour de soi s'est formé sur la base d'un combat contre la mort. Difficile pour un humain de s'aimer avec force et confiance dans ce cas. L'inconscient de Julien a mémorisé qu'il n'était pas digne d'être aimé puisqu'il n'avait pas été désiré. Pire on avait tenté de le tuer pour se débarrasser de ce qui s'annonçait être un perturbateur de vie.

Valexaire acquiesce et accueille avec bienveillance l'information. Il connaît ce code. Il est régi par l'archétype Amour-Haine. C'est un encodage destiné à développer l'amour de soi et des autres. Le message est là : *aime-toi jusqu'au plus profond de tes cellules pour contacter ta Source d'amour inconditionnel qui contient ta force créatrice éternelle et indestructible.*

— Finalement, cette tentative de lui ôter la vie est une aubaine pour Julien, s'il comprend comment l'utiliser, il aura à sa disposition un moyen infaillible pour persévérer avec confiance et réussir tous ses projets de vie. Une magnifique opportunité de comprendre son ombre pour augmenter sa lumière. Commente le guide, heureux d'avoir saisi le sens de cet évènement si particulier.

La raison intrinsèque de la colère humaine de Julien est donc bien là. Engrammée dans les cellules créatrices de son cœur. L'interprétation d'une expérience de rejet et de non-amour. Elle est transportée par le souvenir d'un attentat morbide perpétré contre lui dans les premiers jours de sa vie physique. L'enregistrement de cet évènement traumatisant sur son disque dur le confronte très souvent à la peur inconsciente d'être trahi et rejeté. Les circuits énergétiques ont remonté l'information jusqu'au corps émotionnel qui l'a stockée et mémorisée. À chaque risque de trahison, l'information s'exprime sous la forme d'une croyance à laquelle Julien est loyal. Il se met en réaction, s'identifie comme une victime potentielle et devient vulnérable. Son corps émotionnel se fissure, son corps physique somatise et Julien défaille. Sa confiance est émoussée et sa volonté s'efface au profit de la peur.

C'est donc à ce moment de vie que le sentiment d'illégitimité et de dévalorisation ressenti par Julien a pris racine.

Valexaire comprend que l'évènement a marqué son hôte au fer rouge, mais il ne peut pas intervenir. Avant de nettoyer le corps émotionnel, de libérer et d'archiver l'information, il doit écouter les arguments de l'âme de Julien à ce sujet.

Tout le contenu de ces cellules constitue un patrimoine indispensable. Chaque information nourrit les expériences de l'âme qui a choisi d'investir le corps physique. Ce corps est un véhicule. L'âme est un des pilotes. Aucune pièce de la mécanique de ce merveilleux vaisseau haute technologie n'est inutile.

Valexaire a carte blanche, ou presque, pour aider un être en transit dans le plan 1, mais là il doit accéder aux plans supérieurs des âmes créatrices avant d'agir. C'est un déplacement compliqué pour un guide novice. Il faut souvent rejoindre ces âmes au 19e plan où elles se régénèrent et c'est un voyage éprouvant pour un passeur débutant.

C'est un niveau « du futur » dont l'accès n'est autorisé aux guides novices que dans certaines conditions, car il contient l'avenir. Valexaire possède ce passe-droit, mais s'il veut solliciter une âme de ce plan pour un conseil ou une question, il doit passer par de très hautes fréquences. C'est une épreuve inconfortable et il le sait.

Dans le cas présent, il préfère éviter cette pénible opération. La réponse dont il a besoin ne justifie pas un tel processus.

Pour le coup, il ne s'agit pas d'obtenir des précisions sur l'avenir de Julien. Il faut juste s'assurer de l'utilité du maintien de la fameuse information dans ses cellules et dans le corps énergétique inspecté. C'est à cette unique condition que le cheminement de son protégé peut continuer correctement.

Valexaire sait qu'une âme est divisée en plusieurs parties et que la plus accessible est l'âme primordiale. C'est elle qui gouverne l'incarnation de Julien. Il se souvient des enseignements des maîtres du **TUSA** qui expliquaient que l'âme primordiale est toujours nichée derrière les cellules physiques. Pour la contacter, il suffit de passer une barrière cellulaire pour traverser un filtre fréquentiel assez basique. Valexaire l'a déjà fait. Ça ne devrait pas être trop compliqué.

Comme il a déjà passé la masse dense des organes, le guide décide d'utiliser le même faisceau magnétique pour entrer dans le monde de l'âme primordiale.

Pour la deuxième fois, la puissance de l'énergie bienveillante qui le guide dans ces étapes essentielles accepte de lui ouvrir la voie.

Chaque cellule physique est reliée à un dédale de fibres lumineuses qui plongent dans un vide abyssal. Ce réseau scintillant tournoie dans un énorme tunnel sombre comparable aux gigantesques toboggans des parcs aquatiques. Émotion assurée pendant la glissade !

Au terme d'une descente vertigineuse agrémentée de couleurs extraordinaires, Valexaire arrive sur une plateforme ronde ornée de milliers d'alvéoles enflammées.

Ce tapis de flammes violines marque l'entrée du territoire de l'âme primordiale.

Valexaire est arrivé à destination. Aussitôt, l'énergie de guidance l'interpelle.

— Celle que tu veux entendre est là. Elle est disponible.

— Soyez-en remerciée, chère guidance.

Bien que novice, le guide-préparateur-passeur a déjà visité ce plan, cinquante-sept fois. À chaque entrée, il a dû s'ajuster à la fréquence particulière de ce monde et surtout, à sa chaleur ! De son côté, l'âme primordiale sollicitée sait qu'elle doit attendre cet ajustement pour se manifester.

Au moment le plus pertinent, des chiffres métalliques s'échappent d'une des alvéoles de feu pour s'aligner et former le code 5148284759.

La combinaison numérique glisse dans l'espace pour venir encercler Valexaire. La lumière argentée qui se dégage de cette improbable écharpe ondule pour émettre des fréquences sonores. Chaque oscillation correspond à une parole émise et comprise sans délai par le jeune passeur. La mélodie est cristalline. La communication est parfaite.

— Satisfaite de te revoir sur notre territoire cher Valexaire. On me dit que tu progresses vite. Tu es un passeur très prometteur, malgré quelques étourderies de débutant.

— Je vous rends grâce pour cette bienveillance, chère âme primordiale.

Valexaire sait très bien à laquelle des étourderies l'âme fait référence...

— Je sais que tu es en quête d'une réponse. Tu viens ici pour l'ajustement du nommé Julien Pierre Édouard Flochin, n'est-ce pas ?

— C'est exact, acquiesce Valexaire avant de poursuivre. Tu es bien l'âme primordiale de Julien ?

— Je suis bien cela et je suis habilitée à te renseigner. Tu m'as sollicitée pour t'expliquer le code que tu as identifié. Tu penses qu'il est à l'origine du déséquilibre partiel de l'être humain que tu guides. Et que son bon passage peut en être menacé.

— C'est bien cela. Je viens à toi pour savoir s'il est nécessaire de laisser ce code en place pour la suite du cheminement de l'être. Faut-il dissoudre cette information de souffrance ou la conserver pour l'archiver dans ses dossiers de mémoires Akashiques* d'incarnations ?

— Tu n'es pas autorisé à détruire ou archiver ce code. Il reste dans l'état, utile à l'évolution commune de l'âme et de l'être.

* *Voir le lexique en annexe.*

À ce stade du dialogue, la lumière argentée des chiffres devient bicolore. L'or s'invite pour créer un arc électrique doré.

Valexaire comprend qu'à partir de cet instant privilégié, les réponses essentielles vont lui être délivrées.

— Pour cette incarnation, il est indispensable pour la partie de l'âme que je représente, de continuer un travail commencé il y a plusieurs *Éons**. Dans mon *Actria**, j'ai choisi d'introduire un *Epryon** qui est une clé majeure pour la réussite du projet de vie. C'est grâce à l'*Oparus** dans lequel tu as trouvé le code souffrant que je vais guérir et transmuter dix-neuf-mille-sept-cent-quatorze blessures relatives à l'*Opus** de la trahison et du mal-amour.

Valexaire connaît les grands principes qui gouvernent un projet d'incarnation et les lois énergétiques qui le régissent. Mais la masse d'informations qu'il reçoit en ce moment est trop intense et il se sent un peu dépassé. Face à la puissance de son interlocutrice, il est préférable d'intégrer son propos sans erreur.

Il est aussi souhaitable de ne pas décevoir cette âme si flatteuse, surtout après ses éloges ! Il ne faut pas donner une image négative, on ne sait jamais...

Dans l'univers, tout se sait très vite...

Mais à l'endroit où il se trouve, le passeur ne peut pas être aidé par l'Apparition Spontanée d'une fiche simpli-

---

* *Voir le lexique en annexe.*

fiée du **TUSA**. Il lui aurait fallu celle sur « *Le lexique de la mécanique quantique de l'incarnation* ».

Il ne peut compter que sur sa mémoire pour réviser son vocabulaire et intégrer rapidement le discours de l'âme primordiale.

— Voyons... Concentre-toi, se dit-il. Les définitions c'est le b.a.-ba !

Il y a...

- *Éons* = une année-lumière.
- *Actrias* = programmes d'incarnation ou missions de vie.
- *Epryons* = clés magnétiques pour libérer les énergies utiles aux expériences.
- *Oparus* = sujets anciens déjà travaillés dans différentes incarnations.
- *Opus* = expériences à vivre pendant l'incarnation.

Aussi...

- *Génélopes* = sujets inédits à travailler pendant l'incarnation.
- *Epryon Kristalame* = clé de guérison universelle.
- *Limsènes* = rotules énergétiques qui articulent les évènements de vie entre eux.

Et...

- *Lois Matriciales* = lois qui gouvernent les expériences prévues dans l'incarnation.

« C'est bon » se confirme à lui-même Valexaire.

Durant tout le temps de l'intériorisation du guide distrait, l'âme primordiale de Julien continue de délivrer les explications.

— Pour mener à bien ce projet d'incarnation, j'ai besoin de la collaboration active de l'humain que j'ai investi. J'ai reconnu cet être comme celui qui sera, le moment venu, capable d'animer mes propositions. Le contexte dans lequel j'ai développé le corps que j'habite est essentiel.

L'épisode souffrant de la vie intra-utérine qui t'a été dévoilé est nécessaire. Il est le fruit des accords passés entre les âmes concernées. Celles qui ont construit la famille de Julien, en amont de lui, ont validé l'acte violent que tu as découvert. L'âme de celle qui est aujourd'hui la mère humaine de ton voyageur a programmé cette action par amour. C'était le seul moyen de me transmettre l'information dont j'avais besoin. Ainsi, j'ai pu très vite encoder les cellules du futur corps de Julien au début de mon processus de pénétration de la matière dense. Le poison appelle l'antidote. C'est la polarité indispensable à tout phénomène énergétique et évolutif. L'action est initiée grâce à la réaction. Ainsi, je te l'affirme, le code que tu as trouvé doit rester implanté dans la structure originelle de Julien Flochin pour favoriser le travail prévu sous toutes les formes possibles.

Valexaire comprend tout à fait la logique de cet esprit directeur, bienveillant et lumineux.

Toujours curieux d'apprendre, il ose questionner plus avant.

— Dans ce cas, pourquoi Julien est-il déjà mort alors qu'il est censé collaborer à tes multiples guérisons grâce à son humanité ?

— Je reconnais bien là ta fréquence de curiosité. Tu viens bien du premier plan, cher guide-accompagnateur ! Mais c'est une révélation impossible à te faire ici et tu le sais bien. Si je te révèle le sens de cet évènement, il n'y aura pas de travail d'évolution. Cela risque de se traduire par un simple travail d'adaptation. Il pourrait en découler une simple répétition de schéma inutile à mon *Actria**, crépite l'arc doré en s'introduisant aussitôt dans la structure énergétique de Valexaire.

Cette intrusion a pour effet de ranimer la mémoire structurelle du guide questionneur.

Il se reconnecte à l'origine du Grand Tout et reçoit sa piqûre de rappel.

Le sérum de la connaissance intemporelle s'infiltre en lui et grâce à cet ajustement, Valexaire s'aligne sur les grilles de la connaissance éternelle et retrouve son centre, au point d'oublier la question qu'il vient de poser.

Sans détour, il est propulsé et rapatrié directement auprès de son voyageur toujours endormi.

* *Voir le lexique en annexe.*

Ici-bas...

Chapitre 9

Angela reprend ses esprits. Elle ramasse les morceaux du téléphone passé de pomme à compote. Elle récupère à tâtons la batterie sous la table glaciale pour la reloger dans son espace puis reclipse la coque. D'un glissement d'index, elle déverrouille l'écran visiblement intact.

L'empreinte de son index proposée à l'écran atteste qu'elle est propriétaire de l'appareil. Obéissant, il s'allume sans rancune comme s'il n'avait jamais été violenté par Angela.

Au bout de quelques secondes, le SMS à l'effigie de Julien réapparait. D'un léger tapotage du doigt, Angela ouvre la petite enveloppe bleue qui libère le texte du message : « *chérie chou, il est presque 21 h 30, je serai un peu en retard mais j'arrive, attends-moi si tu peux ! Je t'aime. Bisous.* » L'émoticône du visage jaune souriant au clin d'œil ferme la phrase.

La jeune femme découvre ce texte surréaliste envoyé il y a cinq jours, à 21 h 23 et qu'elle n'a jamais lu. Mais pourquoi reçoit-elle ce texto seulement maintenant ? Ça n'a pas de sens. C'est horrible ! Elle est sidérée. Sept minutes après l'envoi de son message, Julien était mort.

D'un coup, elle réalise et comprend ce qui s'est passé.

Angela se redresse et bondit vers le corps toujours aussi raide et glacé.

— Ne me dis pas que t'as écrit ça en conduisant, Julien ? Susurre-t-elle pour contenir sa colère.

La dépouille du jeune homme reste impassible.

— Mais pourquoi je chuchote, moi ? Réponds-moi Julien, finit-elle par hurler en frappant le thorax congelé qui n'offre plus aucune élasticité. C'est à cause de cette saloperie de téléphone que t'es mort ! C'est à cause de ce message que t'es mort ! C'est à cause de moi que t'es mort ! Mais pourquoi tu m'as écrit ? Gémit-elle en s'effondrant sur le drap mortuaire froissé par les traces de coups.

Après de longs soubresauts et d'interminables sanglots désordonnés, Angela parvient à se ressaisir. Elle se redresse comme un automate et retend avec délicatesse le drap sur la dépouille de son Julien. Le tissu humidifié par ses larmes et taché par son maquillage dégoulinant ressemble à un chiffon d'artiste peintre. Incommodée par l'odeur chimique du linceul et de ce qu'il enveloppe, elle s'écarte de la table qui ronronne toujours. Elle se verticalise avec dignité pour reprendre une profonde inspiration avant d'attacher la chaine et le médaillon angélique autour du cou glacé de Julien.

— Je suis désolée pour cette crise, mon amour. Je suis nulle. Je sais bien que tu voulais pas ça et que cet horrible accident n'est ni de ta faute ni de la mienne. Le hasard a joué sa pire tragédie et on est ses plus mauvais acteurs. Maintenant, nous sommes désespérément seuls, toi de ton côté et moi du mien. Je vais devoir te survivre et attendre la journée bénie où je te rejoindrai.

Angela, terrassée par l'émotion, sent ses jambes flageoler. Elle esquisse un mouvement d'avant en arrière pour se restabiliser et ajoute.

— Je te garde dans mon cœur et dans mes entrailles mon amour. Tu fais partie de moi pour l'éternité, mon chéri. Je te remercie pour tout ce que nous avons partagé. Tu m'as tellement donné. Merci, merci, merci. Je te souhaite un beau voyage dans les nuages. Du paradis des amoureux, je sais que tu veilleras sur moi et que tu me protègeras.

D'un revers de manche, la jeune femme essuie ses larmes avant de s'approcher à nouveau du corps de Julien. Retenant son souffle et sa détresse, elle se penche, tremblante, sur le visage blafard de l'homme qu'elle aime tant. Les yeux fermés, elle dépose un baiser délicat sur les lèvres de Julien. Le contraste entre la bouche dure et glacée et sa bouche chaude et humide confirme la dramatique réalité à Angela. C'est terminé. La vie s'en est allée avec lui.

Elle se redresse, fébrile, et caresse la chevelure de Julien pour lui murmurer à l'oreille.

— Repose-toi maintenant, mon amour, et voyage en paix. Je t'aime pour l'éternité. Tout ira bien, ne t'inquiète pas.

À contrecœur, Angela entame une marche à reculons jusqu'à la porte de la macabre pièce, sans pouvoir lâcher du regard le corps inerte. D'un timide signe de la main, elle fait ses adieux à Julien, comme pour lui dire « À très vite ». D'un geste rapide, elle entrouvre la porte et se faufile par l'entrebâillement pour fuir au plus vite cette morbide réalité.

Seul, dans un silence juste perturbé par le ronronnement du moteur réfrigérant de sa table, Julien reste stoïque. Un léger tressaillement improbable le parcourt. Un sursaut nerveux anime son corps et, au prix d'un long effort, il arrive à remonter lentement le drap jusqu'à son nez glacé. Ses lèvres violettes s'animent : « putain, quelle glacière cet endroit, on se croirait dans un magasin de surgelés ! Faut que je bouge de là moi ».

Là-haut...

Chapitre 10

Mais pourquoi je m'agite et je parle encore ? S'étonne Julien, inquiet.

Valexaire l'entoure de son halo scintillant, comme un ange envelopperait de ses ailes un nouveau-né.

— Ah, tu es éveillé, je m'en réjouis.

Effectivement, la texture énergétique de Julien indique qu'il est réveillé. Sa teinte apparaît d'un bleu clair électrique, significatif d'un changement d'état. Le dessin de son visage lissé n'est plus marqué par la douleur et la peur. Les contours de son corps sont déjà moins nets. Les courbes et les reliefs de son humanité commencent à disparaître. Ce sont autant de signes de pacification. Il est sorti de son sommeil intermédiaire et a perçu, avec une tranquillité improbable, les images de sa dernière scène de vie.

Le lâcher-prise s'est présenté et Julien l'a visiblement accueilli.

— Ça ? C'est rien, rassure Valexaire. C'est un grand classique. Tu es juste en train de quitter ton corps physique. Ça s'appelle la décorporation.

— Ah, mais t'es encore là toi ? S'étonne Julien en voyant celui qu'il a associé aux premiers secours.

— Oui, naturellement et comme je te l'ai dit je t'accompagne ici maintenant.

— Ici ? C'est où ici, l'hôpital ? C'est pour ça que je me suis vu bouger sous un drap ? Interpelle Julien, encore perturbé par le voyage du passage.

— En vérité, tu n'as pas réellement bougé ni parlé. C'est le double vibratoire de ton enveloppe physique qui s'est agité. Les personnes à côté de ton corps ne voient pas tes mouvements et n'entendent pas tes mots. C'est une activité paranormale imperceptible par la conscience humaine. De ton vivant, ce sont des attitudes que tu aurais pu avoir. Ce sont tes réflexes qui ont laissé leurs empreintes dans tes mémoires vibratoires et qui secouent tes corps énergétiques. D'où ces mouvements que tu as vu, explique Valexaire avec précision.

— Je comprends rien à ce que tu me racontes. Et puis pourquoi tu ondules comme un feu follet tout coloré ? Insiste Julien, un peu étourdi par les mouvements rapides des couleurs.

Valexaire ne perd pas de temps et recadre son voyageur.

— Julien, je te le redis tu es mort. Terminé, on a débranché la prise si tu préfères. Même le meilleur des SAV ne peut plus rien pour toi.

Julien a du mal à concevoir ce qu'il entend, mais tous les détails de sa fin de vie remontent du fond de sa mémoire. L'accident, Valexaire, les souvenirs d'enfance, le confort d'un flottement avant de s'assoupir et la scène au funérarium avec Angela.

Tout s'aligne en quelques secondes.

— Merde ! Je suis vraiment mort ?

— C'est ça Julien, tu as compris. Dis donc, tu as mis du temps à percuter. C'est pas comme en voiture ! Ironise le guide-passeur, mais aussi moqueur.

— Très drôle... Et Angela, elle est où ? S'inquiète-t-il avec une émotion évidente.

— Angela est en bas qui fait du chocolat et toi tu es en haut pour faire du gâteau... Fredonne le guide-passeur, moqueur et chanteur !

— Arrête tes bêtises et dis-moi où elle est. Ordonne Julien.

Le guide entend le désarroi de son protégé. Il reprend très vite un ton solennel en se teintant de rouge pour marquer sa détermination.

— Pour la dernière fois, Julien. Tu es décédé dans un accident de voiture. Tu étais seul. Tu es mort seul. J'ai été missionné par ma hiérarchie céleste pour te récupérer et t'amener ici. Je suis ton guide-préparateur pour le passage entre les mondes visible et invisible.

Tu vas comprendre. Ici, c'est le premier monde qui prolonge la Terre. C'est l'endroit que vous nommez généralement l'Au-delà ou l'Autre côté ou même l'Outre-monde. Cet espace comporte plusieurs niveaux et ici c'est le Plan n°1. C'est une zone lumineuse d'adaptation et de préparation. Tu n'y risques rien.

Tu vas passer un temps avec moi pour que je te prépare à monter au Plan 2.

Tout ça n'est fait que pour ton bien, même si tu vas parfois en douter.

Quant à Angela, elle n'est pas là. Elle poursuit sa vie sur Terre.

Est-ce okay pour toi, mon cher compagnon de voyage ?

Julien est sidéré de ce qu'il vient d'entendre. Sa texture énergétique est passée du bleu clair électrique à un violet pâle presque rassurant.

— Donc, je suis mort physiquement, mais je peux bouger énergétiquement, répond-il en décaler d'avec la dernière réplique de son guide.

— Ah, okay tu en es resté là... Alors oui c'est presque ça. En réalité, cette agitation énergétique est provisoire. Elle dure de quelques heures à quelques jours après le décès. Lorsque tous tes corps énergétiques seront dissouts et décrochés de ton corps physique, plus rien de ce que tu as été ne se manifestera dans la matière visible.

Mais Julien as-tu compris ce que je viens de t'expliquer ?

— Oui, oui. Mais j'ai parlé aussi. Pourquoi ?

Soucieux de stopper les éventuelles folles hypothèses de Julien qui n'est pas prêt à tout entendre, Valexaire l'interrompt.

— Ne cherche pas toutes les réponses ici, mon ami. Ça aussi, c'est un phénomène normal dû à la mort physique. Tes mots sont aussi le fruit d'un réflexe énergétique. C'est une mémoire qui vit encore pour quelques heures dans ton corps mental, c'est tout.

Julien, devenu plus raisonnable, accepte de s'en tenir à cela, pour l'instant, même s'il ne comprend pas tout.

— Okay, mais c'est hallucinant !

Le halo qui enveloppe Julien se met à tressaillir, comme les rires secouent le corps. Cela annonce une série de nouvelles questions. Valexaire connaît ce phénomène par cœur.

— Allez, c'est parti ! S'exclame-t-il à l'encontre du curieux.

— Quoi ? S'étonne Julien.

— Tu as des questions, c'est ça ?

— Évidemment que j'ai des questions ! Tu m'affirmes que je viens de mourir, alors oui j'ai des petites questions du genre de celles que tout le monde se pose quand on passe de l'autre côté ! Ironise-t-il.

— Okay l'ami, aucun souci je suis tout « ouïe » et je ne te dis pas « non » !

— Alors, au lieu de faire ton malin, réponds à ça par exemple. Pourquoi après ma mort, j'ai pas été accueilli par des gens que je connais et qui sont morts avant moi, genre ma grand-mère ou un oncle ou même un vieux pote ? On nous a toujours fait croire que ce sont les gens morts avant nous qui viennent nous chercher dans l'Au-delà. Et avec un sourire béat, en plus, pour nous souhaiter la bienvenue.

— Ah, ça ! Je vais t'expliquer. Mais à peine Valexaire a-t-il terminé sa phrase que Julien le bombarde d'une autre question.

— Et les anges, où ils sont, avec leurs grandes ailes et leurs grands manteaux blancs nacrés.

Et je te parle même pas de la méga lumière éblouissante au bout du tunnel ! Ça aussi on nous l'a dit et j'ai rien vu moi. S'insurge Julien redevenu un peu colère...

— Ouah ! C'est tout, je peux en placer une, s'il te plaît ?

— C'est pas clair du tout cette histoire, et personne n'a jamais parlé de plan avec des numéros ou je sais pas quoi, s'apitoie le jeune voyageur désemparé.

— Ne t'inquiète pas, j'ai l'habitude et je comprends très bien ce que tu ressens. Laisse-moi t'aider et te soulager maintenant.

Le halo énergétique de Julien repasse dans les tons bleutés. Ces variations colorées sont des indicateurs pour le guide qui peut intervenir au meilleur moment sur son protégé en cas de défaillance.

— Ce qui se passe ici ne peut pas toujours être expliqué en bas. Et crois-moi c'est préférable. Par exemple, le temps ici ne défile pas au même rythme. Pour que tu comprennes : sache qu'entre le moment de ton dernier souffle et l'instant précis où nous parlons Julien, il s'est écoulé six minutes et quatorze secondes dans le temps d'ici, alors que tu es mort depuis près de cinq jours dans le temps d'en bas.

— Quoi, six minutes, c'est pas possible ? J'ai l'impression d'être là depuis des heures. S'exclame Julien bouleversé.

— C'est exactement ce que je t'explique. C'est un phénomène normal qui s'appelle la distorsion du temps. Il s'étire de manière différente entre la Terre et l'Au-delà. C'est un peu comme un élastique qui s'allonge ou se raccourcit en fonction de l'endroit où l'on se trouve. C'est d'ailleurs pour cette raison que tu as pu voir l'épisode du recueillement d'Angela auprès de ta dépouille au funérarium.

— Je comprends rien.

— C'est simple, ici le temps va plus vite parce qu'il défile à la vitesse de la Lumière. Quelques minutes d'ici valent plusieurs jours dans le temps d'en bas qui est plus lent. Bref, tu as toujours de l'avance sur le plan terrestre. Précise le guide.

— Alors je peux voir l'avenir genre voyance et tous ces trucs-là ? S'excite d'un coup Julien.

— Non ce n'est pas fait pour ça. Comprends que c'est comme le décalage horaire entre deux pays sur Terre, c'est tout. Tu apprendras à utiliser cette particularité au cours de ton voyage de passage. Mais revenons plutôt aux enseignements du plan 1. Les idées sur les phénomènes de l'après-vie dont tu parles et auxquelles les humains adhèrent sont vraies.

— Donc j'ai raison ?

— Oui, à quelques détails près tout de même... Au fur et à mesure de l'évolution de l'espèce humaine, les informations concernant la mort et ses mécaniques de fonctionnement ont été très lentement infiltrées dans les consciences individuelles et collectives. Ainsi, au vingt-et-unième siècle, tous les êtres humains ont un avis, une croyance confiante ou effrayante, une référence personnelle sur ce qu'ils imaginent être l'après-vie. Les manifestations autour de l'idée d'un tunnel, d'une grande lumière, d'un état de paix intérieure, du défilement de sa vie ou de l'accueil par des êtres chers aux portes du passage sont devenues une vérité pour beaucoup. Certains croient encore qu'il y a un paradis et un enfer.

— Et c'est pas vrai ?

— Non, pas au sens où vous l'entendez. Je te dirai plutôt qu'il y a la Lumière et l'Ombre pour faire simple.

— Comme dans la guerre des étoiles ? Se souvient Julien mimant le souffle saccadé d'un mystérieux personnage casqué et drapé de noir.

— Si tu veux. Bref, de là où nous sommes au plan 1, beaucoup de nos guides ont facilité le partage de ces révélations. Ils ont autorisé un grand nombre de voyageurs de passage redescendus sur Terre, à témoigner de leurs expériences de vie momentanée dans l'invisible. Les partages autour des fameuses NDE (Near Death Expérience) ou Expérience de Mort Imminente, comme elles sont appelées en bas, se sont multipliés et les informations à leurs sujets ont bien circulé. Cependant, si tout ce qui a été partagé est une vraie richesse pour l'humanité, ce que vous pensez savoir n'est qu'une infime partie de la réalité du processus de passage. Le gros de la vérité reste à venir et vous parviendra grâce à l'élévation du taux vibratoire de la Terre et de ses occupants de surface.

— C'est génial, continue. Commente Julien, hypnotisé par le discours et les couleurs de son guide devenu d'un coup son meilleur pote de l'Au-delà !

— Tu as donc les bonnes références et les bons arguments dans ta conscience. Mais comme tu le comprends ici, cette dernière existe encore après le débranchement de ton cerveau. C'est une vérité à laquelle les humains n'ont pas encore accès. Toi, tu l'expérimentes à peine et tu ne la comprends toujours pas. Alors, imagine en bas !

— C'est vrai que ça fait bizarre !

— Pour résumer Julien, en six minutes d'ici, tu n'as pas encore eu le temps de vivre toutes les étapes contre lesquelles tu te révoltes. Mais souviens-toi, tu as quand même vu défiler une petite partie de ta vie. Le rappel de quelques jolis souvenirs d'enfance te prouve que l'étape de la relecture accélérée de ton existence, après ta mort, est vraie. Et puis souviens-toi du contact avec les dimensions énergétiques de tes parents, après ton accident.

Ton voyage a donc bien commencé, cher défunt.

— Ah oui, c'est vrai. Comprend Julien.

— C'est toujours par-là que ça commence. Les premières émotions agréables enregistrées dans ta mémoire de base défilent. C'est grâce à elles que tu contactes le bien-être et la sécurité du cœur pour initier le début du processus de passage tout de suite après la mort.

— Ah ! C'était pour ça la cascade de souvenirs sympas. Confirme Julien, déjà plus apaisé.

— Oui et les autres étapes viendront après. Sois-en certain, le moment venu tu verras le tunnel, la Lumière, tes êtres chers et les anges, peut-être pas avec des ailes et des manteaux blancs nacrés, mais tu verras quelque chose de merveilleux ! Et bien d'autres manifestations fabuleuses et magiques.

— J'espère bien parce que dans ton plan n°1 comme tu dis, je vois pas grand-chose à part toi. Et encore t'es juste une masse de couleurs floues qui fume avec une voix bizarre !

— Tu crois ne rien voir parce que tu regardes avec la mémoire de tes yeux humains. Essaie de voir avec les yeux de ton cœur, comme quand tu étais de bonne humeur et enthousiaste en bas.

Julien s'efforce d'écouter, de comprendre et d'appliquer les conseils de celui qu'il admet être maintenant son guide de passage. Il faut dire qu'il est persuasif et sait trouver les mots.

— Okay, je veux bien essayer.

— Dans cette belle vibration de bonne humeur, que vois-tu, ici autour de toi ? Insiste, Valexaire.

La teinte énergétique du jeune voyageur vire au rose et vert. C'est un excellent signe.

— Encore des couleurs, beaucoup de couleurs. Y en a même que je connais pas. C'est plutôt beau.

— Quoi d'autre ?

— On dirait qu'il y a des tourbillons avec des paillettes comme dans une boule à neige quand on la secoue. C'est top, ça brille de plus en plus et je vois comme des montagnes qui sont éclairées de l'intérieur. Ouah, le ciel est tout en or, ça claque ce machin ! S'exclame Julien subjugué par ce paysage magique.

— Tu vois qu'il y a des choses à voir, ici même si c'est flou cela pourrait bien devenir encore plus net.

— Et c'est quoi cette étincelle qui se déplace devant moi ?

— Ah, tu vois cela aussi ? S'étonne à peine le guide.

— On dirait qu'elle veut m'emmener quelque part, c'est drôle. Je la suis ? Demande Julien hésitant.

— Non, pas tout de suite. C'est vrai, cette étincelle joyeuse veut te montrer quelque chose, mais c'est trop tôt. Tu n'es pas prêt pour ce voyage.

— Quel voyage ? Pourquoi ?

— Parce qu'ici, tu as une identité de défunt, c'est à dire mi-homme, mi- âme. Mon rôle est de t'aider à redevenir une âme complète. L'étincelle que tu vois c'est toi. Enfin, une partie de toi dans ton identité d'âme, si tu préfères. Elle te propose de passer le voile pour aller vers la Lumière, là où tu vas vivre en paix. Tu sais, le tunnel et les êtres chers, c'est par là-bas que ça se passe.

— Trop cool !

— Mais avant d'entrer dans La Grande Lumière, tu dois passer dans Ta Lumière. C'est comme cela que tu redeviendras une âme à part entière et que tu quitteras ton identité humaine.

C'est la condition pour voyager dans l'Au-delà. Pour l'instant, sois patient, il te suffit de rester avec moi et d'écouter ce que j'ai à te raconter. Je fais mon travail au plan 1 pour te préparer à la suite. Laisse-toi faire à présent. Conclut le guide.

— J'ai tout compris. Merci Valexaire. Je suis désolé d'avoir douté, mais j'ai toujours cru qu'il n'y avait rien après la mort. Et même si j'avais envie de croire à quelque chose, genre le tunnel et la lumière, y avait rien de concret dans tout ça. Apparemment, je me suis trompé sur toute la ligne. La lumière de Valexaire est devenue pastel face à l'état de résilience de Julien.

— Oui, tu t'es trompé, mais ce n'est pas grave. À présent que tu sais, tu vas comprendre et envisager la suite autrement. Et pour Angela, fais-moi confiance aussi. Ne sois pas triste pour elle, tu pourrais être étonné de l'aventure qu'elle va vivre grâce à toi, rassure le guide qui vire au jaune d'or pour envoyer à Julien l'énergie de soulagement dont il a besoin.

— C'est un peu grave quand même, parce que si j'avais su tout ça avant d'arriver, j'aurais sûrement vécu d'une autre manière. J'aurais pu embellir ma vie d'une foi indestructible. J'aurais pu partager mon enthousiasme. Ma vie aurait eu un tout autre sens. Mais si c'est grave. Affirme-t-il, déçu.

— Vous êtes tous pareils, les nouveaux. Quand vous arrivez au plan I vous êtes souvent en colère, étonnés et même dans le déni de ce qui vous arrive. Ensuite vient l'inquiétude. Puis vous plongez dans vos regrets parce que vous constatez qu'il y a quelque chose derrière le grand voile. Beaucoup disent que s'ils avaient su, ils auraient vécu autrement. Si votre vie d'avant la naissance et d'après la mort ne vous est pas révélée, c'est qu'il y a de bonnes raisons. La principale est de vous laisser en contact permanent avec le mystère de la vie pour que vous soyez toujours surpris par elle.

— Okay, alors si je comprends bien, y a rien à regretter parce que j'aurais rien pu savoir avant d'être là.

— Exactement et n'oublie jamais, cher Julien, que c'est un merveilleux cadeau que d'expérimenter la vie dans le monde visible, quoi qu'il s'y passe. Tout y est juste. Ce que tu n'as pas su, vu ou appris n'est pas un échec. Dis-toi que tu n'en avais tout simplement pas besoin, conclut Valexaire redevenu d'un blanc immaculé.

Il parle et chaque mot contient la note aimante qui touche le cœur. Valexaire apaise les tourments grâce aux syllabes qui s'unissent pour créer des phrases musicales. La mélodie guérisseuse enveloppe Julien d'une pellicule transparente qui l'isole de sa propre tristesse.

En l'espace d'une fraction de seconde, il voit ses pensées sombres et ses regrets disparaître. Une bouffée de confiance l'enlace. Tout vibre à l'intérieur de lui pour créer un tourbillon chaud inexplicable... De mémoire d'humain, il n'a jamais ressenti quelque chose d'aussi puissant. Sans avoir à penser ou à réfléchir, tout s'impose à lui comme une évidence. Les images défilent devant son regard intérieur, comme un film projeté en accéléré.

Au fur et à mesure, tout s'éclaire. Les plans se succèdent et s'emboîtent comme des pièces de puzzle. Son esprit saute d'une situation à l'autre et il voit très clairement les évènements s'enchaîner. Tout ce qu'il a vécu sur Terre fait sens. Julien est réconforté.

Il pourrait s'étonner d'assister à ce phénomène extraordinaire, mais il a l'impression de le maîtriser depuis toujours. Il est tout à fait à l'aise avec ses perceptions. De sa naissance jusqu'à ce moment surréaliste, tout lui est révélé, ou presque. Il perçoit la logique des évènements et se réconcilie avec sa vie. Julien est soulagé.

L'envie de partager la beauté de sa compréhension avec celles et ceux qui sont restés en bas est grande. Et c'est à Angela qu'il pense en premier.

— Je comprends, et tu as forcément raison, toi qui sais. Mais ce serait quand même génial de pouvoir rassurer Angela. Être à ses côtés, même un court moment, pour lui expliquer où je suis et ce qui se passe après.

— Peut-être serait-ce génial pour toi. Mais crois-tu qu'elle supporterait la puissance de la révélation de ton expérience actuelle et la force d'amour qui l'accompagne ? D'ailleurs, que lui expliquerais-tu ?

Valexaire est curieux d'entendre la réponse du nouveau venu.

— Je lui dirais que la vie ne s'arrête pas quand on meurt. Elle continue dans un ailleurs. Qu'il y a un après dans une sorte de monde où le temps est accéléré. Qu'on y découvre ce qu'on est vraiment et qu'on peut rencontrer des êtres comme toi. Un guide bien renseigné qui t'accueille, t'aide et te taquine ! Et qu'il faut s'intéresser à la spiritualité de son vivant pour embellir et enrichir son quotidien. Et le plus important, j'insisterais pour qu'elle n'attende pas d'être morte pour contacter ce merveilleux et le partager.

Le jeune homme s'enthousiasme et sa texture vibratoire change de forme. Deux tâches irisées font leur apparition. Une verte au centre de son cœur et une violette au sommet de sa tête. Ce sont deux étoiles qui clignotent et s'expansent pour envelopper Julien. Valexaire connaît bien ce phénomène lumineux. Il comprend que son élève est en train de contacter une partie de son essence pour retrouver la pureté intacte de ses origines célestes. C'est le souffle de sa Source de vie éternelle qui visite Julien et le pénètre. Le jeune voyageur accède à une révélation du processus de l'immortalité. Son résidu de conscience humaine est éclairé par une force d'éternité. C'est maintenant qu'un processus fondamental s'active pour le voyageur. C'est le début de sa reprogrammation. Il s'éveille à la compréhension universelle et se transforme.

Valexaire se réjouit d'une connexion aussi rapide grâce à l'intelligence de l'étincelle de Julien.

— Ah oui ! Ça donne envie. Mais que ferait-elle de cette vague d'informations extraordinaires ? Ne réalises-tu pas qu'elle pourrait être submergée, déboussolée ou même anéantie par tes révélations ? Souviens-toi de ce que je viens de t'expliquer sur les vérités qui ont été dévoilées à l'humanité au sujet des lois du passage.

— Tu veux dire qu'elle ne serait pas prête à m'entendre et qu'il y aurait un risque à partager tout ça avec elle ?

— Je le crains oui et surtout, tu dois considérer son monde, qui était encore le tien il y a peu. Il est différent de celui dans lequel tu flottes à présent. Ce sont deux plans différents. Les lois qui les régissent sont différentes et non transposables. Admets-le simplement. Tu vas comprendre avec cet exemple : quand tu vivais sur Terre, pouvais-tu rester indéfiniment sous l'eau avec les poissons et descendre dans les abysses des océans ? Pouvais-tu respirer aisément dans les très hautes altitudes des montagnes qui tutoyaient le ciel ? S'amuse Valexaire.

— Bien sûr que non ! Assure Julien. Je restais sous l'eau un temps limité, en fonction de ma respiration ou de la capacité de mes bouteilles de plongée, et pour le ciel je prenais l'avion parce que c'était pressurisé !

— Tu comprends vite ! S'exclame le guide, heureux de pouvoir illustrer son propos grâce aux arguments humains de Julien. Tu devais reconnaître et écouter les limites des capacités de ton corps et trouver un moyen d'adapter ton être au monde qu'il devait traverser. En tant qu'humain, tu ne pouvais pas vivre dans les profondeurs ni parler à un poisson. De même que lui ne pouvait pas te répondre ni vivre au grand air. Certains mondes sont inaccessibles parce qu'ils sont dangereux pour qui n'y est pas adapté ou équipé. Souligne Valexaire.

Mais Julien insiste.

— Pourtant, l'océan faisait partie de mon monde humain. Je le voyais, je pouvais y accéder et j'y ai souvent plongé. C'est comme le ciel, je le voyais et je l'ai traversé plusieurs fois pour voyager.

— Certes, et c'est parce que tu avais conscience des caractéristiques de ces mondes que tu as pu te préparer et t'équiper pour les traverser. Angela, elle, n'a pas connaissance de ton monde actuel et elle ne peut pas y accéder sans préparation. Comprends-tu ?

Le jeune homme garde le silence. Il comprend assez vite qu'il serait très risqué de révéler tout ceci à Angela de manière radicale. Surtout s'il lui dit, brut de décoffrage, qu'il est au top et qu'il faut croire à l'incroyable. Mais, contre toute attente, emporté par son enthousiasme Julien s'amuse à inventer de toute pièce la scène de la révélation. Sa pensée bouillonne et son imagination fertile devient vite incontrôlable.

Quitte à imaginer Pilou, autant la revoir sous son meilleur angle.

Il crée ce qu'il veut vivre, sans aucune précaution...

Chapitre II

Angela dort sur son lit. Elle est nue.

Le grain fin de sa peau hâlée est bouleversant de sensualité. Les fins rayonnements du soleil transpercent les voilages rosés de la fenêtre et réchauffent le corps de la jeune femme. L'air frais de cette fin de journée estivale tournoie dans la chambre. Le petit souffle caresse ce corps si bien sculpté qui frissonne au contact du vent léger.

Les cuisses à peine entrouvertes, Angela invite sa délicate toison frisée et dorée à recevoir les respectueuses caresses d'un amant invisible.

Les effluves de lait corporel à la vanille Bourbon et à la cannelle de Madagascar embaument délicatement la pièce.

Dans le vase de cristal ciselé de Baccarat, posé sur la table de nuit en bois d'orme, les roses rouges tendent leurs tiges épineuses pour soutenir l'explosion de pétales de velours carmin. La lumière mordorée éclaire la scène d'une manière magique et les notes miraculeuses du *Prélude à l'Après-midi d'un faune* de *Claude Debussy* virevoltent dans la pièce.

Julien est face à une œuvre divine. Il est aspiré par la pureté angélique de la scène.

Seul bémol au tableau : Angela ronfle ! Dans un grognement identique à celui d'un ours dérangé dans sa sieste, la jeune femme pivote avec maladresse pour s'étaler sur le ventre, bras et jambes désarticulés. Malgré l'apparition des rondeurs parfaites de ses fesses rebondies, Angela semble tout à coup vautrée sans élégance. Écartelée en travers du lit, elle bougonne de manière incompréhensible. Julien fait abstraction de ce détail simplement humain. Il l'aime aussi fort dans ses défauts que dans ses qualités.

Pour manifester sa divine présence, il souffle avec délicatesse sur le visage de sa chérie pour l'éveiller. Après quelques mouvements anarchiques de tête et de bras, comme pour chasser un moustique terroriste décidé à l'anéantir, Angela finit par entrouvrir les yeux.

— Aaaaaahhhh ! C'est quoi ce courant d'air ? Râle-t-elle avant de se retourner d'un coup.

Face à elle, Julien est là, immobile dans l'air. Il flotte au pied du lit. Un halo bleuté enveloppe ce qui peut être reconnu comme son corps humain, en très flou. Les ondulations de son empreinte énergétique font penser aux mouvements d'une large tunique de soie agitée par le vent. Il semble éclairé par un néon intérieur qui clignote comme s'il allait défaillir. Un immense sourire béat illumine son visage et ses yeux brillent comme des boules de Noël neuves.

— N'aie pas peur, Pilou d'amour, c'est moi, susurre Julien d'une voix suave et théâtrale.

Angela est médusée. Elle écarquille les yeux, incrédule. Elle n'arrive pas à réaliser ce qu'elle voit ni ce qu'elle vit à l'instant. Abasourdie, elle libère un bâillement à lui décrocher la mâchoire avant de lâcher ses premiers mots.

— Sans déconner Julien, t'as vu l'heure ? Tu peux pas me laisser dormir, je suis crevée, j'ai mal au ventre. Et puis c'est quoi ce déguisement ? Grogne-t-elle avant de laisser retomber sa tête dans l'oreiller.

Julien n'en revient pas. Il surgit avec panache de derrière le voile gris de la mort pour flotter dans les airs. Sa tunique bleue irisée est du meilleur goût pour un être mystérieux. La mise en scène est digne des plus beaux spectacles de Broadway ! Il ne manque plus qu'un envol de colombes blanches pour que ce soit totalement féérique, et Madame ne trouve rien de mieux que de râler !

— Ooohhh ! Miss ronflette, c'est moi. Hurle Julien en projetant vers Angela un énorme souffle acide et chaud.

En comparaison, le jet d'air de la souffleuse de feuilles à essence McCulloch 00096-71.671.01 GBV 325 est tout bonnement ridicule.

La puissance du courant d'air projette la jeune fille contre le mur de la tête du lit. La roulade en avant qui a précédé le plaquage a rebroussé les poils de la toison d'or devenue beaucoup moins désirable. La chevelure, un temps soyeuse, est toute ébouriffée. On dirait que l'implantation des capillaires s'est inversée pendant la cascade et que les longs cheveux, brillants se sont transformés en un ballot de foin sec éventré par l'attaque anarchiste d'une horde de rats enragés.

Angela, les pattes en l'air et le postérieur en avant, glisse négligemment le long du mur. Son visage déformé par l'effroi montre des hématomes sur les pommettes, et le sang qui coule de ses narines ne présage rien de bon. La respiration de la jeune femme est saccadée et la teinte violacée qui colore déjà sa nuque indique qu'elle se cyanose rapidement. Elle dégouline de sueur. Ses lèvres bleuies et ses yeux globuleux renforcent l'image de l'effroyable grimace imprimée sur sa face.

Elle fixe Julien d'un regard épouvanté et sa bouche béante reste définitivement crispée. Elle semble vouloir expulser un cri d'horreur resté bloqué au fond de sa gorge. La blancheur et les marbrures de sa peau ne laissent aucun doute ; elle vient d'être victime d'une crise cardiaque. Il est indéniable qu'elle a eu si peur que son cœur n'a pas supporté le choc. La violence des retrouvailles lui a été fatale. Angela est morte.

Contre toute attente, face à cette scène dramatique, Julien se réjouit. Il n'aura pas à lui expliquer l'Au-delà, puisqu'elle y accède maintenant, grâce à ce délicat imprévu.

Elle va pouvoir constater par elle-même la magnificence du plan 1. Ils vont s'y retrouver et vivre ensemble la belle expérience de cette éternité.

Mais Julien est arraché d'un coup à ses pensées incontrôlables et exfiltré de la scène morbide à la vitesse de la lumière. Il vit un rembobinage accéléré du film pour être rappelé sans ménagement dans son nouveau plan d'appartenance, le fameux n° 1.

— Stop Julien, stop ! Arrête ça tout de suite ! Je t'avais pourtant dit de faire attention, admoneste Valexaire.

Le halo bleuté du voyageur a disparu. Il a fait place à des couleurs beaucoup plus cuivrées, rougeâtres et agressives. Cela ressemble à une oxydation de ses énergies.

Le guide sait que son protégé a replongé vers les profondeurs d'une matière dont il ne dépend plus. Il doit intervenir pour interrompre le processus imaginaire dans lequel Julien s'est fait piéger.

Valexaire aspire le halo orangé qui diminue aussitôt.

Dès cet instant, une bulle de gel transparent vient envelopper les deux êtres. C'est une énergie d'assistance qui s'amalgame autour d'eux pour aider Valexaire dans l'urgence. Le processus est classique. Les particules qui constituent ce gel guérisseur flottent par milliards dans l'air du plan 1. Elles sont toujours prêtes à s'unifier pour intervenir en cas de déviance d'un nouvel arrivant. C'est un peu le *SAMU* du cosmos.

Dans cet espace de soin privé, Valexaire est certain de récupérer l'essence de Julien intacte. Ainsi, les connaissances que le défunt a déjà intégrées au plan 1 seront préservées. L'enveloppe gélatineuse se réchauffe jusqu'à darder des rayons incandescents. Ce soleil guérisseur libère tout de suite Julien de son imaginaire déviant.

— Ouah, c'était super bizarre ce truc ! S'exclame-t-il.

Valexaire constate que la structure du voyageur est intacte et stable.

— Mais Julien, ce n'est pas comme ça que ça se passe ! Tu ne peux pas faire ça !

— Faire quoi ? J'ai juste imaginé des retrouvailles pour partager avec Angela les belles choses qui se passent ici ! S'étonne Julien.

— Oui, j'ai bien compris, mais là ton imagination t'a joué un mauvais tour, mon ami ! Tu sais que ta pensée est créatrice ? S'insurge le guide.

— Ma pensée est quoi ? S'étonne Julien, un peu hagard.

— Aïe... Il semble que tu l'ignores. C'est parti pour une nouvelle leçon. Je t'explique...

Tout ce qui est imaginé ou pensé peut prendre forme à tout moment, c'est une loi immuable de l'Univers. Quand tu imagines une situation à venir, tu actives des réseaux qui te montrent les images de ton projet. Elles sont le fruit de ton invention, mais elles sont enregistrées comme réelles. Toutes les images que tu fabriques sont disponibles jusqu'au moment où elles deviennent réalité ou sont archivées pour que tu puisses les retrouver un jour si tu en avais besoin. Tu comprends ?

— Oui, c'est une sorte de mémoire quoi. Répond Julien sûr de lui.

— Exactement et cette mémoire stocke le possible, l'impossible, le concret, l'abstrait, le probable, l'improbable, le bon comme le mauvais. Elle avale tout ce que tu lui donnes à digérer. Elle ne sature jamais. Elle est une source d'inspiration intarissable dans laquelle tu peux tout puiser pour tout créer. C'est en cela que ta pensée est créatrice, dans le sens positif et négatif.

Mais la plus grande difficulté consiste à maîtriser le débit de cette source qui peut aussi se transformer en un tsunami dévastateur et te faire perdre le contrôle de tes créations.

Cette maîtrise est garante de ton équilibre et te permet de distinguer les rêves des utopies ou le raisonnable du délirant. C'est le gage de l'équilibre et de la lucidité de tout ton être. Ça va toujours ? Vérifie Valexaire avant de poursuivre le jeu des révélations.

— J'imagine que oui… Taquine Julien.

— Parfait ! Donc dans la scène que tu viens d'inventer pour revoir Angela, à un moment tu as été aspiré par la partie négative de ton imagination. Tu t'es laissé embarqué par ta colère et ton imaginaire a dévié vers un scénario catastrophe. Tu étais en train de créer un futur qui aurait pu devenir réalité ! Et si je ne t'avais pas expulsé de force de cette situation dramatique, tu aurais perdu toute lucidité. D'ailleurs, tu n'étais pas loin de croire à la fausse réalité de la mort d'Angela puisque tu t'en es satisfait juste avant que je t'extraie de cette pitrerie morbide !

— Oh ! N'exagère pas, c'était drôle. Tente de dédramatiser le créateur fou.

— Drôle ? Non ce n'est pas drôle Julien. Les conséquences des mauvaises pensées qui créent les chaos, les conflits, la souffrance et la détresse ça n'a rien de drôle. C'est triste et indigne pour l'humanité, les âmes et l'univers. Intègre bien ceci.

Le temps que tu passes dans les dimensions sombres de ton être est stérile et ralentit ton évolution. De surcroît, quand tu te places à cet endroit de toi, tu risques gros. Tu ne dois pas alimenter ton imagination noire ou tes mauvaises pensées. C'est un principe de base, ici comme en bas d'ailleurs. Affirme avec force le guide désemparé face aux mystères de l'ombre.

Julien ne comprend pas vraiment ce que Valexaire tente de lui expliquer, mais la nouvelle couleur pastel de sa structure vibratoire indique qu'il est de nouveau équilibré. La bulle de protection gélatineuse redevenue transparente se désagrège en milliards de particules étoilées qui retournent au cosmos. Le soin d'urgence a réussi.

Valexaire peut de nouveau enseigner en toute sécurité. Il décide de prendre le temps d'éduquer son élève sur le délicat sujet de la communication entre les mondes.

— Concentre-toi Julien, s'il te plaît. Comme je te l'ai précisé, il faut toujours se préparer au mieux avant d'entrer dans un univers. C'est d'autant plus important pour ceux auxquels nous ne sommes pas ou plus adaptés. Si nous forçons le passage vers un Ancien ou un Nouveau Monde, ou si nous utilisons les mauvaises énergies pour traverser, nous risquons d'être bouleversés, abîmés ou pire, déstructurés. L'expérience que tu viens de vivre illustre mes propos. Tu as tenté de contacter Angela en repassant dans sa dimension terrestre. Pour cela, tu es parti de ton Nouveau Monde, le plan 1, et tu as utilisé ton imagination pour arriver jusqu'à elle. Tout a bien commencé, du fait de la bonne intention de ta pensée pure et aimante, mais au moment où tu t'es mis en colère contre Angela, tu as animé la partie sombre de toi. C'est de là que ton imagination a continué à construire la mauvaise réalité. Tu as failli modifier l'avenir d'Angela qui ne doit pas mourir tout de suite et encore moins d'une crise cardiaque.

Julien, bien que vexé, reste dans de bonnes dispositions pour accueillir le discours de son guide. Le fait d'entendre dire qu'Angela doit vivre le replace au bon endroit de lui : dans son cœur.

— Écoute bien ceci, Julien : une intention lumineuse est amoindrie si elle passe par une zone sombre ou souffrante de toi. Tu peux lancer la plus claire intention ou n'importe quelle demande à l'Univers, mais si elle est parasitée par l'hésitation, le doute, la peur, la rancune, la colère ou n'importe quelle autre émotion négative, sa puissance s'en trouve immédiatement réduite. Elle se teinte d'une tout autre humeur. Bien sûr, l'Univers la reçoit, mais plutôt comme une plainte, un gémissement, une impatience ou un reproche. Du coup, l'Univers renvoie dans ta réalité de vie ce que tu as projeté de négatif et sous une forme inadaptée à tes attentes. Donc tu es déçu, voire en colère contre l'Univers. Tu penses qu'il ne t'entend pas ou qu'il te délaisse. Ou que tu n'as pas de chance et que tu es abandonné. Finalement, tu entretiens du ressentiment et tu crées du conflit qui alimente ton ombre. Déjà trop pesante, celle-ci s'alourdit encore de quelques kilos de souffrances supplémentaires et prend plus de place en toi. La digestion de tes propres toxines consomme ton énergie, t'affaiblit et ralentit ton évolution. Tu dois toujours partir du territoire de ta lumière pour initier tes pensées et créer tes demandes pour voir se réaliser tes vœux mon ami. C'est ce que veut dire *partir d'une bonne intention.*

— J'ai tout à fait compris et je m'excuse pour tout à l'heure. Insiste, Julien.

— Tu n'as pas à t'excuser, car tu es là avec moi pour apprendre. N'oublie pas que je te prépare. Comme un coach entraîne son champion, dans la confiance, le respect et l'amour.

— Merci beaucoup, ce n'est pas la première fois que tu me réchauffes le cœur « coach céleste », s'amuse Julien, non sans sincérité.

— Pour finir, je dois te préciser qu'à tout cela s'ajoute le choix des bons mots et la meilleure manière de les utiliser.

Tu peux faire de ta demande, ta prière ou ton intention une « béné-diction » ou une « malé-diction ». Le bien dire et le mal dire vibrent sur des fréquences différentes. Le premier est issu de la Lumière et le second de l'Ombre. Les mots peuvent guérir, mais peuvent aussi tuer.

Dans ton scénario imaginaire, lorsque tu as crié ton reproche à Angela tu as utilisé ton énergie ombrale qui a fait écho dans la propre partie ombrale de ta chérie. Tu l'as effrayée. Et dans ton scénario imaginaire, c'est sa peur qui l'a tuée. Si le choc n'avait pas été si violent et qu'elle ait eu le temps de te répondre, il est certain que vous vous seriez disputés et désaimés un certain temps.

Mourir sur des énergies de colère ou de peur n'aurait pas orienté Angela vers le plan I de la Lumière où tu souhaitais qu'elle te retrouve. Elle aurait bifurqué vers le plan I de l'Ombre. Et là, ce n'est pas la même limonade, comme ils disent en bas !

Tu dois toujours créer à partir de l'amour et non de la haine.

Valexaire perçoit l'immobilité de Julien qui semble ne plus vibrer. C'est un état normal à ce stade du processus d'évolution, mais l'anesthésie momentanée est amplifiée par l'enseignement que vient d'offrir Valexaire.

C'est un peu plus loin sur le parcours de la colonne d'ascension que Julien aurait dû recevoir ces informations. Il était un peu tôt pour lui expliquer tout ça, mais l'opportunité s'est présentée grâce à l'épisode avec Angela. Valexaire a jugé pertinent d'agir ainsi, car à ce stade de la décorporation, il peut encore utiliser le langage humain pour enseigner les choses. Il faut en profiter maintenant. Bientôt, tout se fera sans les mots. Juste par télépathie.

Pour adapter le rythme d'enseignement à celui de son élève, déjà pas mal bousculé, le guide veut réviser une nouvelle fiche du **TUSA** sur « ***La colonne de révolution ascensionnelle*** » qui aide à mieux répondre aux premières questions des défunts. Ce chapitre de l'encyclopédie explique comment dissoudre les questionnements inutiles. C'est une étape fondamentale pour éliminer les virus et préparer les systèmes à recevoir les nouveaux programmes du futur.

La toute-puissance des prochaines révélations et des expériences du plan 1 risque d'agiter le voyageur. Valexaire ne s'inquiète pas. Julien progresse vite et pour lui, le meilleur reste à venir.

Chapitre 12

La colonne de révolution est une sorte d'ascenseur énergétique. Des cercles brillants montent et descendent à l'intérieur comme des cabines qui desservent des étages. Ces anneaux coulissent et tournoient sur eux-mêmes dans ce long tube illuminé par une éclatante lumière blanche permanente.

Ébloui par cet éclairage, Julien recouvre ses esprits.

— Ouah ! Ça pulse ce truc. Dis donc c'est pas très écolo comme éclairage. On est où ? Remarque Julien à l'encontre d'un Valexaire, impassible.

— La fameuse Lumière blanche, ça te dit quelque chose ?

— Avec le tunnel au bout ? Se fait confirmer Julien.

— Pas exactement, tu devras encore attendre pour voir cette Lumière-là, mais ici dans la colonne de révolution, tu en as un bel échantillon.

— Okay, le mystère, toujours le mystère pour rester éveiller, c'est ça ? En même temps on aurait du mal à s'endormir avec autant de watts dans la tronche !

— Ne reglisse pas vers le côté sombre, ami céleste. Tu as progressé dans ton parcours. Nous sommes dans la colonne de révolution du plan 1. C'est l'endroit où les nouveaux défunts peuvent poser toutes leurs questions. Ici, dans cette belle lumière tu peux élucider les mystères du passage pour l'Ailleurs. Demande-moi ce que tu veux savoir, insiste le guide.

— Okay c'est cool, mais comment on est arrivé dans ce méga néon ?

— Par la pensée, voyons. Je viens de te le partager, elle est créatrice. La pensée t'emmène où tu veux. Là, c'est moi qui nous ai projetés ici.

— Ah d'accord ! Donc pendant que je pique du nez, toi tu penses et on se retrouve dans un gros néon, genre ascenseurs du futur ! Okay, pourquoi pas, après tout je suis mort, donc je peux plus prendre les escaliers... Mais dis donc, on parle aussi de pensée ici ? S'étonne d'un coup Julien.

— Non tu as raison, dans l'Au-delà on ne parle plus de pensée, mais d'« *Intensia* ».

— Ah ! Je me disais aussi, pourquoi faire simple quand on peut faire compliqué. *Intensia*, c'est ça ? Un mot qui sonne bien. Commente le jeune homme finalement heureux d'en apprendre toujours plus sur son Nouveau Monde.

— Oui et ça sonne d'autant mieux que c'est une énergie et pas un mot. Précise le guide.

— Okay, alors on pense plus, on vibre pour communiquer et se déplacer. Parfait, mais moi j'ai encore besoin de mots pour expliquer ce que je crois avoir compris. Je peux te résumer mon ressenti, Valex ?

— Valex ? Je t'en prie Juju ! S'étonne le guide-préparateur qui ne s'attendait pas à ce ton décalé.

— J'ai compris qu'il faut toujours se placer au meilleur endroit de soi et être dans les conditions favorables pour mettre en œuvre une intention et aider à sa réalisation. Je dois rester vigilant, car je peux être influencé par une partie souffrante de mon être qui risque de teinter négativement mes intentions et fausser leurs valeurs. Si ça se produit, je limite mes chances de réussir et je risque l'insatisfaction et la frustration. Cet échec m'empoisonne et je m'affaiblis. Du coup, l'expérience m'appauvrit au lieu de m'enrichir. C'est bien ça ?

— Pas mal du tout, je suis impressionné. Tu as plutôt bien compris. Se réjouit Valexaire, étonné d'assister à une intégration aussi rapide. Satisfait également de constater que ses enseignements sont assez clairs pour cela.

— Mais ce bon endroit de moi d'où je dois partir pour intentionner, initier et créer avec confiance, comment je le trouve ?

Porté par cet élan curieux de Julien, le guide va un peu plus loin.

— Quand tu faisais des voyages pendant ton incarnation, tu choisissais d'abord ta destination. Si tu décidais de voyager en avion, tu sélectionnais ton aéroport de départ et celui de ton arrivée. Ensuite tu choisissais la compagnie aérienne la plus adaptée à tes besoins pour relier ton point de départ à ton point d'arrivée. Mais c'est l'aéroport d'où tu partais qui marquait vraiment le début de ton aventure. Cet endroit réunissait toutes les conditions pour que tu sois en paix et enthousiaste. Tu trouvais ton guichet d'enregistrement, ton hall d'embarquement, ton vol. Tes bagages étaient pris en charge et tout un équipage était mis à ton service pour favoriser ton périple. Ainsi tu pouvais te réjouir à l'idée de vivre en confiance ta nouvelle expérience de voyage.

— Okay, mais sur Terre, on sait où sont les aéroports, les gares, les ports. Mais en moi, ce point de départ, cette zone d'embarquement, cet endroit joyeux et confiant, je le connais pas ! Où il est exactement ce terrain d'envol et je le reconnais comment ?

La question est essentielle et invite Valexaire à poursuivre son enseignement.

— Cet endroit en toi, Julien, c'est tout simplement l'espace de ton cœur sacré. Là où est emmagasiné un stock inépuisable d'amour inconditionnel. Tu es propriétaire et gestionnaire de ce capital aimant inépuisable. Tu peux t'en servir pour nourrir la relation à toi-même et aux autres. C'est un espace de guérisons, de potentiels, de dons, de talents, de ressources et de pouvoirs illimités. C'est une dimension divine dans laquelle tu viens à la rencontre de ton être essentiel, de ton âme, de ton esprit et de ta Source ! Valexaire intensifie sa lumière d'enthousiasme au point d'éblouir son apprenti.

— Ouah, de la lumière dans la lumière ça fait beaucoup mon pote, t'as pas des lunettes de soleil ? Tu pourrais éclairer une ville entière avec ton projo ! Ricane Julien en voyant s'illuminer son guide.

— C'est parce que je suis dans mon espace d'amour que je projette autant de lumière, Julien. Je me nourris d'un amour sans condition pour moi-même et donc je m'expanse pour le partager aux autres. En d'autres termes, je rayonne. Tous les êtres de l'Univers peuvent faire cela, voyons !

— Tu veux dire qu'on est tous capables de se transformer en éclairagistes universels pour mieux illuminer nos vies et celles des autres ? S'étonne Julien, déjà presque convaincu.

— Absolument. Tous les êtres issus de la Source céleste ont les mêmes facultés à aimer sans condition, parce qu'ils sont l'essence même de l'Amour. C'est en quelque sorte leur ADN divin. Malgré tout, sache que cet amour est plus ou moins aisé à manifester selon les dimensions où il est utilisé.

Valexaire adapte son discours à la réalité du plan terrestre d'où arrive Julien.

— Sur la planète Terre, par exemple, que tu connais bien et que j'ai eu l'occasion de fréquenter plusieurs milliers de fois, l'utilisation de l'amour inconditionnel est très compliquée. Sais-tu pourquoi, Julien ?

— Tu t'es incarné plusieurs milliers de fois sur la Terre ?

— Je n'ai pas dit que je m'étais incarné sur la Terre, j'ai dit que je l'avais fréquentée. Bon, c'est vrai que j'y ai pris un corps plus souvent qu'à mon tour, après avoir expérimenté le règne minéral, végétal et animal. J'y ai aussi fait des visites pour accompagner des âmes et faciliter leurs arrivées et leurs départs, mais sans être obligé de m'incarner. Mais ce n'est pas le sujet, Julien ! De toute façon, tu n'es pas sur le bon niveau de la colonne pour te faire enseigner cela. Tu devras attendre le plan 14 pour en savoir plus.

— Le plan 14 ! Ça va c'est dans quinze secondes et vingt-centièmes, ou plutôt quarante-huit jours terrestres... Ironise Julien qui semble de plus en plus à l'aise dans son Nouveau Monde.

Mais il n'insiste pas. Il préfère profiter pleinement de l'instant pour se nourrir de l'enseignement précieux qui l'honore. Il sent que les mots vibrent en lui et que la petite musique intérieure qu'il entend l'apaise. Les clochettes du départ ont fait place à une pluie de fréquences douces et fluides qui l'enveloppent comme faisaient les câlins amoureux d'Angela.

Valexaire poursuit sans commenter.

— Donc, je te disais que sur la Terre c'est compliqué d'utiliser l'amour inconditionnel parce qu'en bas c'est un monde de limites organisé autour des conditions. Cette planète est caractérisée par la dualité, tout y est séparé : le jour et la nuit, le chaud et le froid, le nouveau et l'ancien, le conflit et la paix. Contrairement à l'Au-delà où tout est régi par l'unité et l'union. L'humanité est donc souvent rattrapée par ses contradictions et ses incohérences et cela freine l'éveil de beaucoup d'êtres humains qui ignorent ou sous-estiment la puissance de leur intelligence d'âme. C'est pourtant une étape fondamentale du processus d'évolution que de considérer et d'honorer cette intelligence issue de l'unité. L'intelligence humaine qui permet de réfléchir, de concevoir et d'agir aide à l'évolution des systèmes, mais souvent au détriment de l'amour inconditionnel. Les rencontres, les échanges, les prières, les rituels et les dons d'amour sont indispensables sur cette planète. Ce sont d'excellents moyens pour vivre des expériences d'ouvertures de cœur, mais cela reste trop souvent conditionné et limité au bénéfice envisagé. Mais quelle plus belle aventure encore, que de puiser dans son âme les ressources inépuisables d'amour sans condition pour animer sa vie en bas comme en haut ! Reconnaître et légitimer sa puissance et son pouvoir célestes pour honorer le vivant est une voie magique pour se sacrer et s'aimer ! Sur Terre, Julien, tu étais un être humain dans le sens d'un être divin humanisé. Tu es un Être Divin qui « a fait » Être Humain le temps d'une vie. Tu es une âme qui a investi une forme humaine pour être adaptée au monde de tes expériences à vivre. Grâce à ce processus, tu as utilisé ton intelligence d'âme et ton intelligence humaine. Les états d'esprit et les états d'âme se sont unis pour favoriser ton évolution. Pour t'aider à cela, la Terre s'est offerte à toi comme un gigantesque laboratoire. Les mélanges dans les éprouvettes révèlent d'incroyables découvertes ou des résultats décevants. Souvent, les chercheurs multiplient les expériences et ajustent les mélanges pour réussir. Les formules sont modifiées et les tests affinés jusqu'à vivre l'expérience la plus satisfaisante. C'est ce que l'âme propose avec générosité à l'humain. Faire des expériences d'évolution et de transformation pour elle, pour lui, pour l'Univers et la Source originelle créatrice. C'est cette Source qui est sollicitée en permanence par les pensées, les émotions ou l'*Intensia* !

Comprends-tu maintenant qui tu es vraiment Julien et la puissance qui est la tienne ?

Tu es une âme éternelle qui sait et peut tout réaliser sans limites de temps, d'espace ou de moyens.

À ce moment du discours, la musique intérieure perçue par Julien semble envahir l'espace. La mélodie cristalline s'amplifie et accompagne le décrochement d'un anneau lumineux de la colonne. Il est propulsé à l'extérieur du tube avant de s'ouvrir comme un parapluie qui se déploie. Des pans triangulaires transparents apparaissent pour libérer une nuée de milliers d'étoiles dorées. Chacune d'elles est projetée à une vitesse phénoménale dans une direction opposée au tube lumineux jusqu'à s'éparpiller dans le cosmos.

Aussitôt la dispersion terminée, le cercle se rétracte pour réintégrer la colonne de révolution et participer de nouveau à la danse des ascenseurs.

— Qu'est-ce qui s'est passé ? Demande Julien surpris et charmé par le spectacle.

— C'est une énergie de partage qui s'est déclenchée pour libérer des particules d'informations essentielles. Comme je suis en train de t'enseigner avec amour une loi de l'Univers et que tu intègres aussi cela avec amour, nous participons, à cet instant précis, à l'enrichissement de la bibliothèque universelle de l'unité. Ce sont les guides du plan 31 qui déclenchent ce phénomène. Quand ils sont prévenus d'un tel phénomène, ils en partagent l'essence bienveillante avec les âmes qui en ont besoin, où qu'elles soient dans l'univers. Ils répondent ainsi à certaines demandes et intentions de guérison partout où la souffrance et la détresse s'enracinent.

Mais c'est aussi un signe plus personnel qui nous est adressé, à toi et à moi pour nous préciser que le message qui t'était destiné est bien passé. Maintenant, cet enseignement doit être interrompu. Il reprendra plus tard, car tu te fatigues et ta structure énergétique doit se régénérer. Si nous avançons trop vite, sans respecter ta capacité à recevoir et à intégrer, tu redeviendras trop perméable aux souvenirs souffrants de ton ancienne conscience et il faudra que j'aille te rechercher dans tes limbes. Ce serait dommage !

— C'est magnifique et tellement bouleversant ! Merci cher guide de mon cœur. Partage Julien rempli de joie et d'amour pour tout ce qu'on lui transmet. Julien se sent honoré et légitime. Cela ne lui était pas arrivé depuis bien longtemps...

— J'ai perçu ta vibration de reconnaissance et d'amour. Reçois toute ma gratitude en retour, cher compagnon d'ici. Puisque tu vas continuer le voyage et découvrir une belle surprise, je veux insister une dernière fois sur ce point essentiel : n'oublie jamais que tu dois te rendre sur le bon territoire de toi-même pour initier les actions et communications généreuses et aimantes. Souviens-toi, tu l'as fait, sans le savoir, en te replongeant dans tes merveilleux souvenirs d'enfance, tout au début de ton passage avec moi. C'est en te déplaçant à cet endroit de ton cœur vibrant que tu as contacté la meilleure version de toi. C'est de là que tu as pu décider de partir pour un ailleurs positif.

Pour contacter et parler à Angela, tu dois faire la même chose et émettre ton message à partir de ton « sacré cœur ». Pas de ton cœur organique chargé de peurs, de souffrances et de doutes, mais de ton deuxième cœur, le vibratoire. Celui de ton âme pure et bienveillante. De son côté, Angela doit aussi reconnaître et contacter son être essentiel et céleste pour s'installer, comme toi, sur le meilleur territoire d'elle-même. De là, à partir de vos puretés illimitées, vous pourrez émettre et recevoir, l'un vers l'autre, sans restriction ni condition. Chacun doit effectuer sa partie du chemin pour accéder à votre rencontre idéale. Ce paradis gouverné par l'amour universel et inconditionnel. C'est uniquement là que vous vous comprendrez et vous retrouverez pour l'éternité. Grâce à cette expérience, vous guérirez les blessures de vos cœurs meurtris pour renaître à votre nouvelle vie.

— J'ai compris Valexaire, mon ami. Mais comment elle va faire, sur Terre, pour trouver cet endroit d'elle-même et y aller ? S'inquiète Julien.

— Ne te soucie pas de la manière dont elle va vivre son expérience et surtout ne doute pas de son intelligence pour la réussir. Fais-lui confiance, c'est la meilleure manière de l'aimer.

Elle y est presque, Julien. Regarde bien. Tu vas bientôt l'y rejoindre. Aie confiance en toi et laisse-toi guider par ton ressenti.

Je te retrouve bientôt. Bon voyage.

Face à Julien se déroule un écran d'eau transparente et luisante qui ressemble à une cascade plate et fine. Sur ce mur d'eau brillante, Angela apparaît. Elle se dirige vers la sortie d'un bâtiment pour rejoindre la rue.

C'est l'émotion qui va la guider au bon endroit d'elle-même pour « *aime-être* » et « *re-se-voir* » ce dont elle a besoin pour cheminer à son tour, face à elle-même.

Ici-bas...

Chapitre 13

Déboussolée, Angela arpente les couloirs froids pour retrouver le hall d'accueil. Elle veut s'échapper au plus vite de cet effroyable endroit. Elle n'y tient plus. Elle a fait ce qu'elle avait à faire. Il faut passer à autre chose.

Sans avoir croisé âme qui vive, ou plus exactement sans avoir perçu la présence des âmes qu'elle a croisées, Angela sort du bâtiment. Les lourdes portes en verre fumé, à peine retenues par le vieux groom mécanique usé, claquent derrière elle.

Abasourdie par ce qu'elle vient de vivre elle marche, comme anesthésiée, jusqu'à son vélo cadenassé à un poteau de la rue Eddy-Merckx. Pour tenter de sortir de ce cauchemar, elle décide d'écouter la playlist mémorisée dans son téléphone. C'est *Bien Sûr* de *Jean-Louis Aubert* qui débute. Merveilleuse chanson et si troublante en l'instant... Au moment de récupérer la clé de l'antivol dans la poche de son manteau, le vibreur du téléphone fait trembler le tissu. Échaudée par sa dernière expérience téléphonique, Angela réfléchit à deux fois avant de regarder qui l'appelle. Des fois que...

Le visage grimaçant d'une jolie brune ébouriffée qui tire la langue en louchant est figé sur l'écran.

— Cécile ! S'exclame Angela, soulagée.

Le temps de décrocher et une voix chantante se fait entendre.

— Ça va, ma cocotte ? C'est Cécé.

Cécile est la meilleure amie d'Angela. Depuis leur plus tendre enfance, les gamines, passées d'adolescentes boulottes au stade de ravissantes femmes pulpeuses, ne se sont jamais quittées.

Gardées chez la même nounou dès leurs trois mois, elles avaient intégré « mat sup » à l'âge de trois ans. Fait exceptionnel, les deux fillettes avaient obtenu une dérogation pour entrer directement en troisième année de maternelle, sans faire leur apprentissage dans les sections précédentes.

C'est nounou Gladys, une amie commune des familles originaires de Normandie, qui avait décelé la vive intelligence des « p'tiotes nénettes », comme elle les appelait. Elle avait incité leurs parents à faire des tests. Ceux-ci avaient révélé la précocité d'Angela et de Cécile, tant au niveau du langage que de l'écriture.

À la veille de leur première rentrée scolaire, nounou Gladys avait dit en larmoyant de fierté.

— Vous entrez en maternelle supérieure, les p'tiotes nénettes, c'est pas rien, tout d'même !

Tout le monde s'en était amusé et avait contracté la formule. Les filles étaient donc en « mat sup » ! De là, elles avaient encore sauté le cours préparatoire à l'école primaire pour intégrer le cours élémentaire première année.

Fortes de leur complicité et de leur intelligence, elles s'étaient soudées comme des sœurs siamoises. Depuis lors, ces âmes cheminaient main dans la main, sans se souvenir qu'elles se connaissaient d'ailleurs. Certainement dans une autre vie...

— Oui, ça va à peu près, ma poulette, merci, répond Angela.

Le faible ton de la voix de son amie laisse supposer à Cécile que l'épreuve a été redoutable.

— Tu l'as vu ? Insiste-t-elle.

— Oui, je l'ai vu. Il était tout blanc et froid. Et puis il s'est passé des trucs bizarres, tu sais, ajoute Angela, mystérieuse.

Rattrapée par sa nature sarcastique et son cynisme légendaire, Cécile lâche avec maladresse.

— Froid, tu m'étonnes... Tu t'attendais quand même pas à ce qu'il soit chaud comme la braise !

— Ah, tu fais chier, Cécé, vraiment t'es pas drôle, là ! Proteste Angela en soufflant.

— Excuse-moi, ma cocotte, je voulais juste te faire marrer. Moi aussi, tu sais, ça me fiche un coup qu'il soit plus là. Alors c'est quoi ces trucs bizarres ? Relance Cécile, intriguée.

— Je te raconterai à la boutique. Je peux passer, t'es ouverte ?

— Ouverte, moi ? Mais tu plaisantes ! Je suis méga ouverte. Trop presque. Pas farouche et large d'esprit. Je m'ouvre à qui veut entrer en moi ! Oyez, oyez, braves gens, qu'on se le dise, Dame Cécile est une friandise ! Se met-elle à chantonner dans un élan tout aussi lyrique qu'hystérique.

Angela ne peut retenir son sourire avant de libérer un grand rire nerveux en dodelinant de la tête.

— T'es tarée, ma pauvre fille, vraiment t'es fêlée du casque ! Je parle de ta boutique. Elle est ouverte ? Insiste Angela.

— J'avais compris. Oui, je suis open et y a pas trop de monde pour un samedi. Viens, je t'attends, tan, tan, tan... Termine-t-elle en chantant avant de couper net la conversation.

— Okay, j'arr... Oh ! La vache, elle m'a raccroché au nez !

Depuis quatre ans, Cécile est propriétaire d'une librairie dédiée aux livres d'occasion consacrés au bien-être. Elle met un point d'honneur à racheter et revendre des livres qui ont déjà servi. Pour elle, un ouvrage qui porte la trace de ses différents propriétaires multiplie son pouvoir de transmission. Des étagères entières de recueils sages et philosophiques tapissent les murs de *BOOKOKAZEN*.

Cécile crie haut et fort à qui veut l'entendre que le nom de la boutique lui a été soufflé par un guide, au cours d'une méditation chamanique, ce qui donne à son commerce une dimension consacrée et mystique.

La réalité est tout autre. Angela s'empresse d'ailleurs de rétablir la vérité, à grand renfort de rires moqueurs, dès qu'elle en a l'occasion.

Un soir pluvieux de mars, Cécile s'était fait larguer par un SMS aiguisé et tranchant. « Je te quitte. C'était super, mais tu me coûtes trop cher. Bonne chance. Sabine. »

Six mois d'une relation brûlante et dévorante ponctuée de cadeaux et de voyages somptueux venaient d'être réduits en cendres. Meurtrie, et surtout vexée, Cécile avait déchiré, avec une rage extrême, la photo de sa chérie éphémère, sans oublier auparavant de percer, à grands coups de pointe de ciseaux, les yeux de celle qui était subitement devenue « la pouffe », dixit Cécé l'indélicate.

Le tsunami d'insultes passé Cécile, épuisée, s'était effondrée en larmes, avant de regretter son macabre découpage. Baignée dans un désespoir abyssal amplifié par un flot de musiques tristes, elle s'endormit comme un bébé, bercée par les notes réconfortantes de *No Surprises* de *Radiohead*. Au réveil de ce micro sommeil réparateur, rattrapée par un semblant de compassion, elle avait tenté de recoller les morceaux du puzzle photographique avec du scotch bas de gamme. Après plusieurs collages et décollages approximatifs pour reconstruire le visage de *Tarpeia* la traîtresse, le papier adhésif rebelle et épuisé, avait fini par céder, emportant encre et image !

Dans un ultime geste d'abdication, Cécile dut se résoudre à tout flanquer à la poubelle, en chouinant comme un bébé capricieux à qui on refuse sa tétine et son doudou.

Dépitée, elle s'était précipitée sur le téléphone pour tout raconter à Angela et partager ses déboires. Et pour se réconcilier avec le scotch fallacieux, elle l'avait invitée à honorer une bouteille de *Bell's Ceramic Decanters*. Cécile conservait cet exceptionnel blended scotch édition limitée des années 1980 dans son étui canister au couvercle doré. Elle attendait la meilleure occasion pour faire sauter le couvercle scellé de ce cylindre en carton en parfait état de conservation. Le moment était venu, même si elle eut préféré un évènement joyeux à une crise de nerfs minable et dégradante !

L'apéritif ayant ouvert leurs appétits, les deux copines passèrent par *l'Atelier du Boucher*, un restaurant du quartier où elles avaient table ouverte. Elles y dévorèrent deux côtes de bœuf grillées arrosées d'un *Château Pichon-Longueville Comtesse de Lalande* 2e grand cru classé 2005. La petite salade au vinaigre de Kombucha fit glisser les pommes duchesse, mais le trio de mousse au chocolat d'Équateur aux fruits confits eut du mal à passer la barrière du pylore !

La soirée des filles, encensée par la fumée des cigarettes qui font rire, resta inscrite dans les annales du glauque. Cécile, qui n'alignait plus ses pas ni ses mots, s'étala sans aucune dignité dans la rue du Sacré-Cœur devant une Angela hilare. Comme un vieux flan périmé qui s'abandonne et dégouline dans une soucoupe trop petite, Cécé se répandit sans coquetterie. Complètement défaite et imbibée, elle baignait dans son jus. Dans une ultime, mais splendide gerbe, digne des jets pulsés qui ornent le parvis de l'hôtel *Bellagio* à Las Vegas, elle eut une révélation. Sur le miroir d'une flaque d'eau troublé par les reliques d'un repas trop lourd, Cécile discerna le mot *BOOKOKAZEN* auréolant le visage flou d'un homme basané enturbanné. Elle vit apparaître son gourou dans les lueurs de la nuit. Le chant envoûtant de *Seven Chakra Gayatri Mantra* de *Deva Premal* résonnait déjà dans sa tête et les effluves imaginaires d'un encens de rose lui promettaient bientôt le Nirvana.

En réalité, ce qu'elle avait pris pour un miracle annonciateur n'était que le reflet dans la flaque, de l'enseigne inversée d'un piètre restaurant de chiche-kebab au pied duquel elle s'était écroulée.

Le nom du propriétaire, *NEZAKOKOOB*, en lettres de néons blafards, clignotait au-dessus de sa trombine ravie et niaise. L'effet produit par l'eau, les lumières et les vapeurs d'alcool pouvaient faire croire à une hallucination, mais le clin d'œil aguicheur du turc au turban faisait tache dans le tableau mystique ! Son minois presque diabolique semblait dire : « venez chez moi vous intoxiquer avec mon mouton aux antibiotiques, mes huiles de palme frelatées et mes sauces au glutamate ! »

Foudroyée par la puissance du pseudo signe divin, Cécile marqua sa mémoire au fer rouge avec la formule syllabique et phonétique inversée, mais magique *BOOK – OKAZ – ZEN*.

Le lendemain, après trois douches brûlantes et douze mugs de café froid, ou l'inverse, la jeune femme semblait incapable de se rappeler la soirée. En revanche, elle restait obsédée par ce mot qui lui trottait dans la tête et elle certifiait avoir entendu son guide lui souffler l'idée d'ouvrir une boutique de livres de bien-être d'occasion : *BOOKOKAZEN*.

Malgré les régulières objections insistantes d'Angela, Cécé renie toujours la version dégradante de cette virée nocturne et continue de sublimer l'évènement.

En fait, la jeune femme se souvient très bien de son état déplorable. Malgré cela, elle pense que rien n'arrive jamais par hasard. Si elle est tombée là et qu'elle a vu ça, c'est qu'il y a un message pour elle. Et si délire il y a, il honore sa mauvaise foi légendaire et elle s'en gargarise avec délectation.

À l'époque, malgré leur désaccord sur l'origine du projet boutique, les deux filles avaient uni leurs forces, en quête d'un local. En mémoire de la soirée et de la pseudo révélation, elles avaient quadrillé le quartier de la rue du Sacré-Cœur. Cécile eut l'intuition qu'elle était guidée vers le bon endroit et elle avait raison.

L'ancienne petite mercerie décrépite d'une couturière était proposée à la vente. Rendez-vous fut pris avec l'agence pour une visite qui révéla des odeurs de vieux bois et de fils de coton poussiéreux.

Un grand mur de tiroirs entrouverts cachait encore quelques boutons multicolores. Sur la table centrale, des morceaux de rubans satinés et un échantillon de dentelle côtoyaient un morceau de craie de tailleur. Une paire de ciseaux aux larges lames tachées de rouille semblait encore être tenue par une main invisible. L'escalier patiné sentait l'encaustique. Il montait jusqu'à une mezzanine au sol craquant. Sur la balustrade tremblante pendaient deux pièces de tissu fleuri aux ourlets grossièrement bâtis. Dans le fond de la petite pièce ouverte sur le vide, un buste de couturière piqué d'épingles semblait attendre que les flanelles de la balustrade volent jusqu'à lui pour le vêtir.

Tout semblait s'être arrêté d'un coup dans cette boutique. Cécile en fit la remarque à l'agent immobilier qui s'empressa d'en expliquer la raison. La mercière avait été hospitalisée en urgence à la suite d'un malaise dans sa boutique. Elle était décédée à l'hôpital après une opération du cœur. Une erreur chirurgicale avait entraîné une infection des cicatrices. L'agent avait ajouté, sur un ton humoristique très inapproprié :

— C'est le comble pour une couturière d'avoir été mal recousue.

Les filles, d'ordinaire bon public n'avaient pas relevé. Elles étaient troublées par la magie de l'endroit et savaient déjà qu'il fallait redonner vie à cette petite boutique, ne serait-ce que pour honorer la mémoire de la vieille dame. Un dernier regard du haut de la mezzanine permit à Cécile d'imaginer avec précision le futur agencement de la pièce du bas. Elle voyait les rayonnages de livres bien rangés et classés. Elle imaginait un espace de lecture avec de gros coussins colorés, puis un autre avec des tisanes à disposition et même un troisième coin de discussion pour favoriser les rencontres.

Elle les appellera les « carrés », en souvenir des pièces d'étoffes de la mercière. Carré papotage, carré connaissance, carré douceur ou carré tisanes. Elle bouillonnait d'idées lumineuses. Ses yeux pétillaient de bonheur.

Comme il l'avait fait à leur arrivée, le carillon suspendu à l'angle de la porte teinta d'une musique cristalline pour saluer la sortie des filles.

Elles eurent l'impression d'entendre la voix charmante et fluette de la vieille commerçante qui les gratifiait d'un : « merci beaucoup pour votre visite, Mesdames. Au plaisir de vous revoir très vite. »

Déjà très excitée à l'idée d'investir cette boutique, Cécile fut confortée dans son enthousiasme quand elle démarra sa voiture pour rentrer chez elle. La radio diffusait *There Must Be An Angel* d'*Eurythmics*. Pour la future libraire, la voix d'*Annie Lennox* était un signe divin annonciateur d'une réussite programmée.

L'acte de vente fut signé quelques semaines après cette intervention céleste.

Chapitre 14

Angela arrive à la boutique en quelques coups de pédales. Depuis l'accident de Julien, elle a changé ses habitudes. Elle ne brûle plus les feux rouges et ne roule plus sur les trottoirs. Elle observe les voitures, les bus, les piétons et va beaucoup moins vite.

Au 14 de la rue Paradis, s'est établi *BOOKOKAZEN*. La devanture ne laisse planer aucun doute. Les livres d'occasion empiètent sur le trottoir. Bien rangés dans des casiers en osier, ils sont méticuleusement classés par thèmes : Nutrition, Yoga, Aromathérapie, Relaxologie, Feng Shui, Géobiologie, Gemmothérapie, Bioénergie, Ayurvéda ou encore Spiritualité. Les volutes d'encens indien aux douces notes de bois de santal et de rose qui s'échappent à l'ouverture de la porte préparent à l'ambiance enivrante et hypnotique du lieu. On peut même se demander si la fumée hypnagogique qui pique un peu les yeux ne provient pas d'une plante dont le nom rime avec pois chiche… Mais il n'en est rien.

Angela pousse la porte. Elle est accueillie par la douche sonore du carillon resté accroché à sa place, en l'honneur de la mamie couturière. Elle doit se frayer un chemin dans la foule des clients lecteurs, consommateurs de tisanes ou papoteurs invétérés.

Cécile a donné vie à ses envies. Tous les carrés prévus sont là et ils structurent agréablement l'espace. Des couleurs vives et pastel habillent les différents endroits. Les lampes en papier japonais rose et bleu renforcent les nuances murales. Elles invitent au calme et facilitent les échanges. De gros coussins de velours lisse et des fauteuils de cuir charnus attendent les postérieurs des curieux, des novices et des habitués.

Les livres sont partout. Ils ont trouvé leur nouvelle place et donnent l'impression de parler entre eux. Ils se font dévisager, caresser, retourner et feuilleter avant de se faire emballer pour emménager chez leurs futurs propriétaires.

Les fumées d'encens et les vapeurs de tisanes s'unissent en un bouquet sucré-salé. Les notes de musique zen s'accrochent à cette portée odorante invisible. La danse sensorielle tournoie dans une lumière naturelle tamisée. L'endroit est juste divin. Sûr qu'il est protégé par des anges gardiens invisibles, mais très efficaces.

Angela rejoint Cécile au comptoir de la caisse où elle pianote sur son clavier d'ordinateur.

— Coucou, Cécé, ça va ? Angela écrase brutalement son sac sur la surface vitrée de la console qui enferme quelques modèles de pendules et de jeux de tarots.

— Fais gaffe, merde, c'est fragile ! Interpelle Cécile sans quitter l'écran des yeux. Oui ça va, et toi ? Ajoute-t-elle, absente. Elle tend néanmoins sa joue droite pour recevoir le traditionnel bisou de sa copine.

Le sifflement de la bise sort Cécile de son monde virtuel.

— Désolée, je lisais un truc improbable sur le muscle psoas major. Tu connais ? Il paraît que c'est le muscle de l'âme et qu'il est la source de nos peurs et de notre anxiété. Incroyable ! Tu le savais ?

Angela, encore sous le coup de ce qu'elle a vécu au funérarium commente aussitôt.

— Alors c'est bien le seul muscle que Julien doit encore utiliser là où il est... Ajoute-t-elle, le regard perdu dans un vide abyssal.

— Oh ! Pardon, ma chérie, je voulais pas que tu penses à ça, gémit Cécile en enveloppant de ses deux bras le cou de son amie. Dis-moi, ça a été quand même ? Tu dois être soulagée de l'avoir vu.

La jeune femme reprend ses esprits. Elle amorce un début de réponse quand elle est de nouveau terrassée par la fulgurance de cette mystérieuse douleur au ventre. Elle se plie en deux avant de vaciller et de perdre l'équilibre. Le râle qui accompagne sa chute résonne dans la boutique et effraie tout le monde.

Cécile et deux clientes proches du comptoir tentent, en vain, de la rattraper.

Angela s'écroule et entraîne dans sa chute une pile de livres structurés en quinconce près du comptoir. L'architecture originale, destinée à mettre en valeur une série de livres sur les légendes extraordinaires des mondes magiques, est réduite à néant.

La jeune étourdie gît, consciente, sur un lit d'ouvrages éparpillés avec méthode. L'organisation inattendue des œuvres légendaires rappelle le chantier des fouilles du *Templo Mayor* de Mexico. La mise au jour des vestiges de la plus grande pyramide des Aztèques sédentarisés au Mexique avait révélé une partie du merveilleux dallage de la septième phase de construction. Le tapis de livres qui a amorti la chute d'Angela ressemble étrangement à cette mosaïque historique.

Cécile s'est déjà précipitée au secours de son amie et la relève avec l'aide avisée des clientes les plus réactives.

— Qu'est-ce qui t'arrive ? Tu m'as fait flipper !

— Je sais pas. J'ai des douleurs dans le ventre depuis hier après-midi. Je morfle, c'est insupportable ! Mais ça va mieux, là. Merci, Mesdames, susurre Angela en se redressant. Avant de s'asseoir sur un des tabourets du comptoir, elle déboutonne la taille de son pantalon pour mieux se frotter le bas du ventre. C'est la troisième fois aujourd'hui que ces spasmes tyrannisent son corps.

— Tu as vu le Doc pour ça ? S'inquiète Cécile.

— Non, pas la peine. Sûrement le stress et la tristesse qui me rongent de l'intérieur ces derniers jours, explique Angela en se levant pour ramasser quelques livres et reconstruire la tour infernale.

Cécile l'interrompt dans son élan et la force à se rasseoir.

— Reste tranquille ! Lâche ces bouquins, je m'en occuperai plus tard.

Encore un peu tourmentée, Angela s'exécute sans résistance et pose l'unique livre qu'elle a eu le temps de ramasser sur le comptoir transparent.

— Ça tombe bien, j'ai de la menthe poivrée *Mentha Piperita* bio ! Le top du top pour les syndromes de l'intestin et la régulation du système nerveux. Je vais y ajouter un peu de thym et de belladone, c'est antispasmodique. Bouge pas de là ma belle, je reviens.

Cécile, ravie de partager les secrets de ses infusions du jour, saute comme un cabri pour arriver jusqu'au carré tisane. Au passage, elle rassure la clientèle qui s'inquiète de l'état d'Angela. Elle dédramatise la situation avec l'humour et l'entrain qui la caractérisent.

— Tout va bien. Ne vous inquiétez pas. Elle est bipolaire. Elle n'est ni au Nord ni au Sud, elle est toujours à l'Ouest et ça la déglingue... Lance-t-elle dans un ricanement à peine étouffé.

Un soulagement général, nourri de soupirs et de rires, se fait sentir. S'ensuit une vague d'applaudissements discrets, mais chaleureux, à l'intention d'Angela. Elle ne comprend pas et questionne du regard son amie qui s'éloigne avec un clin d'œil qui en dit long.

Bien que déconcertée par cet élan de foule, Angela finit par s'en désintéresser. Par ennui, elle pose son regard sur la quatrième de couverture du livre qu'elle a déposé là, après son malaise. Un résumé succinct présente l'ouvrage.

« La vie existe bien Au-delà de ce que vous voyez avec vos yeux. Les mondes invisibles possèdent les richesses qui manquent à votre évolution. Ils sont prêts à vous les transmettre et choisissent des guides pour vous les enseigner. Les âmes sœurs, jumelles, cousines ou primordiales sont là. Elles vous attendent pour partager l'amour et la bienveillance. Entrez dès à présent dans la légende lumineuse de Davreille Heliotropa pour vous transformer ! »

Intriguée et interpellée par ce qu'elle vient de lire, Angela retourne aussitôt le livre. Les lettres dorées incrustées sur la couverture de cuir usé révèlent un titre inattendu : *La légende extraordinaire de Davreille Heliotropa, le tisserand de lumière.* À l'instant où elle s'apprête à tourner les premières pages, Cécile surgit, une tasse rose bonbon à la main.

— Tiens, ma chérie, fais gaffe, c'est super chaud ! T'as vu comme ça sent bon ? S'émerveille-t-elle.

Angela a tout juste le temps de lâcher son bouquin pour saisir l'anse de la tasse fumante. Elle hume la vapeur aromatisée.

— C'est vrai que ça sent bon. Mais dis-moi, qu'est-ce que tu leur as raconté à tes clientes ? S'inquiète-t-elle, avant de boire une petite gorgée brûlante qui tapisse son palais d'une saveur poivrée.

— Rien, rien... J'ai calmé le jeu pour pas qu'elles fuient à la vue d'une hystérique alcoolique en manque qui hurle de désespoir ! Répond Cécile, sérieuse.

— Quoi ! Tu déconnes ? Tu leur as dit que je m'étais écroulée parce que je buvais ! S'exclame Angela, énervée.

— Calme-toi, elles vont croire que t'es encore bourrée ! Au contraire, j'ai expliqué que tu avais fait un malaise parce que tu étais en sevrage et que tu n'avais pas touché à une goutte d'alcool depuis déjà huit jours... Précise l'amie avec force de conviction.

— Oh ! Purée c'est pas vrai ! Et c'est pour ça qu'elles ont applaudi ces folles, comprend Angela.

— Eh ! Dis donc, huit jours d'abstinence pour une accro de dix ans, c'est pas rien. Tu devrais être fière de toi. Et me témoigner un peu de reconnaissance pour t'avoir portée aux nues ! Ajoute Cécile, faussement vexée.

Angela est dépitée face à l'aplomb de son amie, prête à tout pour s'amuser.

— Cécé, t'es tarée. Faut te faire soigner. J'te jure, t'as pas de limites ! Y faut t'en faire poser. Fais-toi opérer, merde ! Insiste la jeune fille affalée de dépit sur le comptoir.

Cécile rigole de ses bêtises parfois surréalistes.

— Je sais, tu as raison, mais c'est comme ça et ça date pas d'hier. Tu te souviens de la sixième, à Blaise Pascal ? Évoque tout d'un coup Cécile, rattrapée par une nouvelle folie.

— Tu m'étonnes que je me souviens ! Confirme Angela qui sait très bien de quoi parle Cécile. Elle se redresse d'un coup pour prendre une position solennelle. D'une voix aigrelette et les yeux plissés, elle singe une femme qui déclame avec une élocution théâtrale :

— Cessez ceci, Mademoiselle Cécé, vous dépassez la lice et c'est sot. Cessez ces assauts, sinon c'est l'expulsion aussitôt et sans sursauts !

Les éclats de rire des deux jeunes femmes ne tardent pas à envahir la pièce qui reperd la quiétude à peine revenue. Les regards accusateurs autour d'elles les obligent à étouffer leur rigolade.

— Le cours de Français de Mme Carpentier ! S'exclament-elles de concert.

Angela rappelle quelques détails précieux.

— Une vraie taupe, celle-là. Elle voyait pas à deux mètres. Ce jour-là, t'avais remplacé tous les livres de Français par des livres de mécanique auto. La pauvre Carpentier, elle était à la ramasse. Elle comprenait pas pourquoi tout le monde lui posait des questions sur les carbus et les bougies ! Quand elle a compris l'embrouille, elle a cherché les manuels partout. Dans les placards, dans les sacs, et jusque dans la poubelle. Elle a fini par perdre les pédales. Complètement vénère la prof, ce jour-là. Et c'est la p'tite peste de Géraldine Bayard qui t'a dénoncée ! Rappelle Angela.

— C'est vrai, t'as raison, je m'en souviens de la peste de Bayard, confirme Cécile, dans un sursaut de lucidité.

— Et c'est à ce moment-là qu'a jailli la grande phrase passée à la postérité : cessez ceci, Mademoiselle Cécé, nia nia nia nia nia... nasille Angela en se gaussant.

— Tu es une légende, Mademoiselle Cécé ! Soupire Angela.

Tout à coup rattrapée par le mot qu'elle vient de prononcer, elle interroge Cécile sur le livre qu'elle lui tend.

— À propos de légende, tu connais ce bouquin ? C'est bizarre, c'est le seul que j'ai gardé de la pile qui s'est écroulée tout à l'heure. Ça parle d'âmes et de mondes invisibles. C'est quoi cette légende ? Questionne-t-elle.

Cécile se saisit du livre. Elle le regarde, l'ouvre, le retourne, scanne son état puis le lui rend.

— Je sais pas. C'est un livre qui appartient à un lot que j'ai acheté sur le Net y a deux semaines. Ça vient du stock d'un ancien libraire établi à Montréal et qui a pris sa retraite. J'en sais pas plus. J'ai bien aimé le sujet sur les légendes, alors j'ai tout acheté. Garde-le si tu veux, je te l'offre. On sait jamais, c'est peut-être un signe !

Angela ne croit ni aux signes ni aux âmes, et encore moins aux autres mondes. La spiritualité, c'est pas son truc. C'est bon pour cette folledingue de Cécile. Pour Angela, c'est la rationalité qui gouverne la vie.

Bien sûr, la journée qu'elle passe n'est pas des plus ordinaires. C'est vrai que certaines choses sont bizarres et qu'elle se sent dans un drôle d'état. D'accord, elle a cru que Julien lui parlait. Okay, elle s'étonne de vivre ce drame avec plus de force que ce qu'elle pensait. Oui, c'est vrai que tout a été plutôt facile.

Et maintenant, ce bouquin... Et alors quoi ? C'est juste des hasards !

Angela se persuade que ce sont bien des hasards et rien d'autre. Mais au fond d'elle chantonne une autre musique. Une partie incontrôlable de son humeur l'emmène ailleurs et l'invite à croire à l'incroyable.

Étonnamment, l'idée de posséder ce livre et de le lire l'émeut. Elle sent une influence bienveillante flotter autour d'elle. Comme une petite voix qui lui conseille cette étonnante lecture. Et après tout pourquoi pas ? C'est dit, elle le garde. Elle embrasse affectueusement Cécile pour son précieux cadeau.

— Je t'en prie, ma belle, je suis certaine qu'il t'attendait pour que tu le bouscules ! Mais dis-moi, tu m'as pas raconté pour Julien. Mais si ça te gêne, laisse tomber corrige-t-elle.

Angela, comme détachée de l'évènement, affiche une sérénité particulière. Son visage rayonne autrement. Est-ce la joie d'avoir partagé un moment d'amitié profonde ou d'envisager une lecture enrichissante ? Peut-être la satisfaction d'avoir traversé avec justesse l'expérience de côtoyer la mort ? Elle l'ignore. C'est un ensemble de sentiments et d'évidences qui la consolide pour affirmer sa réponse.

— Non, c'est okay pour moi, t'inquiète... Je l'ai vu et c'était pas facile. Il était blanc et figé. J'ai chialé longtemps. Je me suis même mise en colère et je l'ai pourri pour ce qu'il avait fait. Tu te rends compte qu'il écrivait un SMS au volant avant l'accident ! J'ai regretté mes paroles et lui ai demandé pardon. Je me suis souvenue des bons moments. J'ai parfois eu l'impression qu'il me parlait pour me faire comprendre des choses dans son silence. Il était beau et semblait en paix. J'ai tout partagé en le remerciant pour l'amour qu'il m'avait donné. Je l'ai embrassé et lui ai souhaité un voyage paisible avant de lui dire au revoir. Je crois que j'ai fait de mon mieux, précise la jeune femme triste et songeuse.

Au même moment, la musique diffusée dans la boutique s'interrompt. Le magnifique *Oratorio de François des Oiseaux, Claire et le soleil* de *Michel Garnier* qui bénissait la pièce depuis plus de deux heures vient de s'achever sur l'extraordinaire symphonie de *L'Arche d'Alliance*. L'ambiance est légère et savoureuse. Des anges semblent flotter dans l'air purifié.

Comme pour prolonger la beauté du moment et renforcer Angela et Cécile dans leur foi, un silence imposant suspend le temps.

Ce moment est vécu par toutes les personnes présentes comme une phase d'intégration et d'unification. Ceux qui lisent comprennent mieux. Ceux qui dégustent savourent mieux. Ceux qui discutent échangent mieux. Ceux qui découvrent s'émerveillent mieux. Des sourires complices sculptent les visages qui s'éclairent. Comme par magie, un flot de nouveaux clients envahit la boutique, attiré par la nouvelle musique qui démarre.

Les premières notes du chant sacré *Sarvesham Svastir Bhavatu* succèdent à l'Oratorio. Le mantra de la paix fait son office et enveloppe les corps et les cœurs. Cécile et Angela assistent, ravies, au spectacle d'une humanité réconciliée.

Bouleversées, elles s'étreignent chaleureusement.

« Cet endroit est incontestablement divin », pensent secrètement les éternelles amies. Au bout de quelques minutes de fusion, elles retrouvent leurs individualités et vaquent à leurs occupations. La radieuse Cécile va jouer son rôle d'hôtesse branchée, parfois perchée, pour accueillir ses nouveaux clients. Angela, apaisée, gravit les marches bleues de l'escalier qui monte à la mezzanine. Le carré de lecture est sous la surveillance d'un buste de couturière couvert de plumes multicolores et surmonté d'un chapeau de paille *Havana Club*. Elle s'installe dans un pouf en forme de grosse poire. Le velours violet s'accorde bien à la tunique de lin écru qui couvre une large partie de son pantalon. Bien calée, Angela peut ouvrir son précieux livre. Fébrile, elle s'invite dans le monde imaginaire de Davreille Heliotropa.

Chapitre 15

Il y a bien longtemps dans une autre galaxie, à plusieurs étirements d'étoiles de la Terre, Davreille Heliotropa vivait sur Pleniate au Sud du territoire cristallin de Lumenia. À cette époque, le jeune homme est tisserand et gère l'échoppe familiale transmise par son père. La disparition brutale de ce dernier, huit cycles de lunes de Gax auparavant, a installé Davreille dans un désespoir abyssal. Rien ne le console de cette absence. Sa seule compagne, au quotidien, est la souffrance.

Mais son commerce est prospère et son travail apprécié de toute la communauté pléniatiste. Davreille voit beaucoup de monde, mais ne regarde personne. On lui parle beaucoup, mais il n'écoute pas. On vient souvent de loin pour le voir et lui vendre la laine d'un troupeau, acheter des tissus simples et résistants, admirer des étoffes exceptionnelles ou se faire coudre un habit de travail. On pense immédiatement à Davreille Heliotropa quand il faut créer et réaliser une tenue de cérémonie pour un rituel ou un passage. Le jeune homme est habile tant au filage qu'au tissage et fait preuve d'un talent exceptionnel pour les travaux de couture.

Malgré sa bonne réputation et son succès grandissant, le jeune homme est malheureux. Il s'étiole de jour en jour. Son visage se ride et se ternit, son dos se voûte et ses muscles fondent. Il perd petit à petit le goût du vivant.

Une nuit de quatrième saison, Davreille Heliotropa fait un rêve étrange. Il reçoit la visite de son défunt père escorté par sept créatures ailées et bardées de guirlandes clignotantes. Une valse de bougies allumées anime la scène. Les flammes dansent et s'entortillent autour de la tête du cher disparu. Tandis que des gouttelettes de feu pénètrent ses yeux, sa bouche grande ouverte libère d'incandescentes particules qui projettent une lueur éclatante. Un large sourire éclaire le visage de Glaniec Heliotropa. Sur une mélodie douce et acidulée, sa voix résonne et ordonne : « fils, tu dois sans plus attendre tisser le manteau de lumière. Accueille la toison fauve salutaire à ton cœur royal. Le temps est venu d'ouvrir le portail d'Umélus et d'entrer à la cour de la reine Astraphate pour fêter les noces chimiques. Va boire le nectar calciumique qui révèle le délice de l'existence. Ne le fais pas pour moi ; fais-le pour toi, cher fils. Entends et retiens bien ces paroles. Va en paix. Je veille sur toi. Tu es aimé sans limites. »

À peine cette phrase terminée, le visage de Glaniec Heliotropa explose en mille étoiles bleues qui pénètrent les cœurs des créatures ailées. Dans un vacarme assourdissant, toutes les images se dissolvent. À leur place, un voile de tissu argenté tressé de fils d'or ondule délicatement sous le souffle d'un vent chaud et apaisant. Derrière l'étoffe apparaît une eau calme et nacrée. Au large, les trois lunes de Gax posent leurs reflets métalliques sur l'océan violacé. Elles rayonnent comme jamais.

L'éblouissant spectacle picote les yeux de Davreille qui croit sentir sous ses paupières la première des quatre lumières du jour. Il entrouvre les yeux et réalise, stupéfait, qu'il fait encore nuit noire. Seule une petite étincelle radieuse flotte devant son front plissé. Elle diffuse une clarté bleutée et irisée à laquelle le jeune homme, tourmenté par l'image de son père et ses propos incompréhensibles, ne prête guère attention. Il admet néanmoins la réalité de son rêve et tente en vain à se rendormir. Exténué par ce long moment d'agitation, il finit par replonger dans un sommeil profond de plusieurs temps d'étoiles.

La puissante explosion de l'équinoxe de l'équateur céleste déclenche la première lumière du jour. C'est elle qui annonce le début de la nouvelle journée. Cette collision quotidienne de deux astéroïdes sonne le réveil des peuples endormis au Sud des territoires cristallins de Lumenia.

La détonation expulse le talentueux tisserand de sa deuxième partie de nuit. D'ordinaire, il se lève très vite, mais ce matin-là son corps reste inerte, comme paralysé. Impuissant, il assiste à un phénomène surprenant. La petite étincelle flottante, toujours présente et d'abord ignorée, s'évase en corolle devant le regard médusé de Davreille qui l'aperçoit.

Un être vaporeux bleuté s'en extrait. Il est en tous points identique à la silhouette de Davreille. Ce double est liquide et translucide. Il ressemble à une flaque d'eau verticale qui ondule sans cesse. En son centre, ce qui pourrait être reconnu comme un cœur déformé et élastique clignote très vite. Une lumière pulsée teinte l'épaisseur de cette matière inconnue. Des milliers de couleurs défilent pour libérer de minuscules éclairs grésillants. Ces décharges énergétiques expansent et rétractent l'ectoplasme. Cette respiration invisible crée un halo mordoré qui enveloppe le double du jeune tisserand.

Davreille Heliotropa est bouleversé. Sans la connaître, il se sent en lien puissant avec cette chose et murmure même : « je suis cela. C'est moi ! » dans un puissant tressaillement de plaisir. Les secousses répétées amplifient ses frissons. Des spasmes incontrôlables l'émeuvent et des larmes chaudes ruissellent le long de ses joues creuses. Un rire enfantin l'envahit et il s'esclaffe, à gorge déployée, sans retenue. Sur ces éclats de joie répétés, le double vibratoire gonfle et son cœur énergétique s'enveloppe d'une fine couche d'or. Cette parure étincelante vaporise des milliards de paillettes ensoleillées qui traversent la masse translucide pour pleuvoir au-dessus du corps tendu de Davreille, hilare. La joie gouverne enfin son être et son envie débordante de vivre, le galvanise.

Soudain, une mélodie cristalline envahit l'espace pour interrompre les soubresauts et les rires. S'ensuivent un délicat silence et une douce atmosphère de bienveillance. La paix capitonne les murs de la pièce embaumée par les effluves d'un parfum de fleurs inconnues. Au même moment, une voix claire se fait entendre :

— Très cher frère, je suis ton âme fidèle et aimante. Le temps est venu pour toi d'ouvrir ton second cœur. Afin que tu puisses reconnaître l'existence de la vie au-delà des apparences, je me montre à toi. Le mal dont tu souffres et qui te ronge n'a plus lieu d'exister. Ton désespoir fut légitime en son temps pour t'enseigner, mais il ne doit pas durer plus que de raison. Laisse-le s'évaporer pour te libérer. La tristesse n'était destinée qu'à te montrer le chemin de la joie. Rien d'autre. Ton père n'existe plus, mais son âme vit avec force à tes côtés dans la pureté de l'amour créateur et éternel. Contacte-le juste dans cet espace. C'est aussi le tien et tu peux t'y rendre de ton vivant. Je t'offre aujourd'hui cette vérité, car je t'aime. Tu es prêt à poursuivre ton chemin et l'éclairer de ta lumière. Tu vas dissoudre tes ombres grâce au vert de l'émeraude. Ne crains rien. Va en paix. Je t'envoie l'amour dans le visible. Laisse ta porte grande ouverte et ouvre aussi tes yeux. Tu vas recevoir. Tout n'est que cadeau sans condition.

Aussitôt ces mots prononcés, le double est aspiré par la corolle qui se rétracte avant de se diviser en deux étincelles distinctes. Chacune tournoie sur elle-même avant de se poser sur les pupilles dilatées de Davreille. Ses yeux deviennent d'un bleu profond et transparent. Dans un jaillissement de lumière, le regard du jeune homme s'illumine de mille feux. Foudroyé par cette décharge, il suffoque dans un souffle profond avant de perdre connaissance.

Davreille Heliotropa se réveille au bout de quelques étirements d'étoiles. Il a tout oublié du rêve et du fascinant spectacle. Il se souvient juste de son mauvais sommeil et s'étonne malgré tout d'être en bonne forme. Il se sent même en parfaite adéquation avec son corps. Cela ne lui était plus arrivé depuis longtemps. Il se sent un autre homme. Tout en force et en joie, il se surprend à sourire pour rien et à parler à voix haute. Il chante et danse. Davreille Heliotropa se sent vivant !

Mais une pensée l'obsède et le taraude sans cesse : « je dois tisser le manteau de lumière ». Il s'agace de la force de cette affirmation à chacun de ses réveils.

Tout doucement, il finit par l'ignorer, tout en sentant sa subtile influence sur son humeur.

Sept lunes de Gax se sont posées sur l'eau depuis cette fameuse nuit et la joie de vivre est bel et bien restée. Trois saisons de poussière sont déjà passées et les grandes fêtes de la Toison d'Asfioneka approchent. À cette occasion, en l'honneur de la prêtresse Asfioneka de l'ère du Troisième Temple, la coutume ancestrale récompense la plus belle laine du meilleur troupeau d'ézupes sauvages.

Toutes les pensées de Davreille Heliotropa convergent vers l'évènement. À cette période, l'échoppe est envahie par les maîtres-guides des troupeaux. Tous viennent faire filer et tisser leurs plus belles laines dans l'espoir d'emporter la précieuse récompense sacrée.

Ce matin-là, Davreille est agacé par un détail. La porte de son échoppe est coincée. Une épaisse couche de poudre d'onirium glacé bloque la fermeture. Impossible de briser cette masse de cristal provoquée par les chutes de pluies glacées, régulières à cette saison. Toute la nuit, la traditionnelle bourrasque de cristaux d'ions a tempêté sans répit. Cette averse de solides annonce l'arrivée de la prêtresse Asfioneka pour les fêtes. C'est bon signe, car cela prépare à des temps d'abondance, mais cela reste agaçant. Le tisserand est contraint de laisser la porte grande ouverte et un filet de vent froid tourbillonne en permanence dans son atelier. Il est frigorifié et d'humeur fragile !

Passant la tête par l'embrasure de la porte, un maître de troupeau se présente à l'échoppe. Emmitouflé dans une cape de laine d'ézupe dégoulinante, il protège son visage avec sa capuche givrée de gouttelettes de cristaux d'ions.

— Salutations glacières. Tu es Davreille Hetro...liopa ? Interpelle une voix fluette et hésitante.

Le tisserand, affairé à ramasser une grosse pile de tissu qu'il vient de faire tomber, est énervé. Sa réponse est glaciale et il ne relève même pas la tête.

— C'est Heliotropa, eh oui, c'est moi. Mais je suis fort occupé pour l'instant. Repassez après la trêve du centre du jour, ou à la troisième lumière du jour.

La voix s'excuse avec douceur :

— C'est bien ça... Heliotropa. J'ose insister, j'ai trois quarts de linteau de laine à faire filer et tisser. Peux-tu m'aider ?

Le jeune homme très contrarié s'agite de plus belle :

— Je suis occupé, te dis-je. Et d'autres maîtres attendent déjà. Ils sont venus bien avant toi. Je doute de pouvoir te livrer un tissu pour la fête, affirme le tisserand sans lever les yeux.

Le maître de troupeau libère sa tête de la capuche trop humide et laisse se dérouler une longue chevelure ondulante et cuivrée.

— Je ne veux pas de tissu pour la fête. Je veux faire tisser un manteau de lumière. Tu entends ? Un man-teau-de-lu-miè-re !

À ces mots, Davreille se redresse d'un coup et se pétrifie. Sans pouvoir se retourner, il écarquille les yeux de stupéfaction. Son regard bleu s'illumine tandis qu'une décharge électrique lui secoue le cœur. Il sent la métamorphose. La joie l'enivre. Il se reconnecte à son rêve magique. Les mots de son père et l'image de son double lui reviennent instantanément. Tout en faisant volteface, il interpelle son visiteur :

— Qu'as-tu dit ?

Avant même que la réponse ne parvienne à ses oreilles, Davreille reçoit l'information dans son corps. Il tremble de manière inexpliquée et revit les spasmes chauds et les frissons de la fameuse nuit. L'émotion l'envahit. Il doit retenir ses larmes en découvrant le visage de... sa visiteuse ! Sa toison rousse cuivrée enveloppe un visage clair et finement sculpté. Ses yeux vert émeraude scintillent de fantaisie. Sa présence magnétise Davreille qui doit se retenir de la prendre dans ses bras.

— Qu'as-tu dit ? Répète-t-il fébrile.

La jeune femme sourit, s'amusant de l'état second de son hôte.

— Je ne veux pas de tissu pour la fête, te dis-je. Je veux faire tisser un manteau de lumière.

— Mais qui es-tu donc ? S'inquiète le tisserand.

— Je me nomme Astraphate. Je suis maître-guide de troupeaux d'ézupes sauvages. Tu en vois beaucoup, je sais, mais moi, je suis une femme, c'est donc plus rare, mais tout aussi efficace, sinon plus ! Conclut-elle sur un éclat de rire.

— Je ne t'ai jamais vue ici. D'où viens-tu ? Insiste Davreille amusé.

— Je guide mes troupeaux au Nord du territoire des Soleils de Sang, sur la terre blanche d'Umélus où je suis née.

Davreille Heliotropa est abasourdi par cette rencontre si vivante et joyeuse. C'est un véritable enchantement pour son cœur. Il ferme subrepticement les yeux. Des images immédiates, il ne revoit que la toison fauve et cuivrée. Des mots qu'il vient d'entendre, il ne retient que « manteau de lumière », « Astraphate » et « Umélus ». Ceux-ci lui sont familiers. Son père, Glaniec, les a prononcés une nuit... Il s'en souvient très bien : « fils, tu dois sans plus attendre tisser le manteau de lumière. Accueille la toison fauve salutaire à ton cœur royal. Le temps est venu d'ouvrir le portail d'Umélus et d'entrer à la cour de la reine Astraphate... »

— Tu m'écoutes ? Insiste la jeune fille, perplexe.

Davreille rouvre les yeux et se ressaisit.

— Oui, oui. Tu viens donc d'Umélus. Mais qu'as-tu à me dire sur le manteau de lumière que tu veux faire tisser ? Et avec quelle laine d'ailleurs ?

Astraphate dévoile de sous sa cape, une épaisse touffe de laine brunâtre qu'elle pose sur le comptoir avec délicatesse. D'aspect plutôt ordinaire, la matière ressemble à toutes celles que le tisserand a l'habitude de filer. À la seule petite différence qu'elle est mouchetée, presque pailletée et qu'elle lui semble odorante. Le parfum est presque entêtant.

La jeune fille demande alors à Davreille de lui tendre ses mains, paumes bien ouvertes. Intrigué, mais subjugué, il s'exécute aussitôt.

— Et alors ?

— À présent, plonge ton regard dans le mien et ne me quitte pas des yeux, je te prie. Ordonne-t-elle.

Plutôt facile d'obéir pour le jeune homme déjà sous l'emprise d'un charme inhabituel. Son cœur s'accélère et il sent revenir les sursauts du plaisir. Quelques gouttes de sueur perlent sur son front plissé, mais ses yeux plongent dans la profondeur du regard émeraude.

Astraphate dépose alors une poignée de sa laine dans les mains de Davreille et la recouvre de ses propres mains. Leurs doigts s'effleurent et se rejoignent pour enfermer la matière duveteuse dans une coque charnelle.

L'invraisemblable se produit alors. La matière jusque-là inerte et fade s'éclaire pour transformer la laine en une petite masse nuageuse dorée et luminescente. Les fibres naturelles scintillent de reflets aux couleurs inconnues, elles valsent et tourbillonnent, en libérant des senteurs florales et fruitées. La lumière tiède qui s'échappe par les interstices des doigts desserrés rayonne à plusieurs mètres autour des mains unies. Elle s'envole en poussière scintillante pour éclairer la pièce d'un halo doré.

Deux magnifiques sourires se dessinent sur les visages rayonnants d'Astraphate et de Davreille. Des larmes cristallines turquoises glissent sur leurs joues empourprées. Leurs yeux s'illuminent de mille feux. À cet instant, la complicité les lie. Au-delà de leur raison et de leur volonté, l'amour inconditionnel et sans limites les unit. Leurs seconds cœurs vibratoires respectifs s'ouvrent et dissolvent leurs peines et leurs souffrances les plus intimes.

C'est le chant des cloches du temple qui interrompt d'un coup la transe amoureuse. Elles annoncent la trêve du centre du jour. La porte de l'échoppe, miraculeusement libérée de son entrave cristalline, claque et se referme. Astraphate décolle d'un coup ses mains de celles de Davreille et la lumière dorée qui baignait la pièce disparaît aussi vite qu'elle était apparue. Elle est réabsorbée par la laine qui reprend sa forme et sa couleur initiale. Un long silence s'installe. Les souffles se rétablissent. Les deux êtres pacifiés récupèrent jusqu'à pouvoir retrouver leurs voix.

— Que s'est-il passé ? S'inquiète Davreille, tout bouleversé.

— Nous venons de vivre l'expérience de l'ouverture des seconds cœurs, mon très cher, réplique Astraphate, sereine.

— Tu veux dire que tu comprends tout ça ?

La jeune maître-guide prend le temps de s'asseoir. Elle sort de la poche intérieure de sa cape une gourde en peau de Xéralion lustrée à la graisse de Koun. Seules ces deux espèces volantes permettent d'isoler les processus actifs des breuvages magiques.

— Avant de te raconter toute l'histoire, nous devons boire, chacun à notre tour, trois gorgées du nectar calciumique. Sinon rien ne sera engrammé dans nos cellules primaires. Et cette expérience ne nous aura servi à rien. De plus, elle doit permettre aux âmes des autres plans d'ouvrir leurs deuxièmes cœurs dans plusieurs dimensions. Fais-moi confiance s'il te plaît.

Davreille entend « nectar calciumique » et il se souvient aussi : va boire le nectar calciumique qui révèle le délice de l'existence… Sans hésitation, il avale le breuvage et s'assied à son tour.

— Je t'écoute, ma belle amie, déclare-t-il en s'étonnant de la soudaine intimité de son ton.

Astraphate sourit. Elle boit à son tour les trois gorgées et commence son récit :

— Il y a environ huit cycles de lunes de Gax, ma mère s'en est allée pour l'un des autres mondes. J'ai eu beaucoup de mal à me remettre de cette disparition brutale. J'ai plongé dans un désespoir abyssal. Rien ne me consolait de cette absence. Ma seule compagne, au quotidien, était la souffrance. Mon affaire d'élevage était prospère et je croisais beaucoup de monde, mais je ne regardais personne. On me parlait beaucoup, mais je n'écoutais pas. Malgré ma bonne réputation et mon succès grandissant, j'étais malheureuse. Je m'étiolais de jour en jour. Mon visage se ridait et se ternissait, mon dos se voutait et mes muscles fondaient. Je perdais petit à petit le goût du vivant. Mais une nuit de quatrième saison, j'ai fait un rêve étrange. J'ai reçu la visite de ma mère, escortée par…

Davreille interloqué l'interrompt sans attendre.

— … escortée par sept créatures ailées et bardées de guirlandes clignotantes, avec des bougies allumées qui valsent, des flammes qui s'entortillent autour de la tête de ta chère mère, et son visage de feu te sourit… Quel message t'a-t-elle délivré ? Dis-le-moi Astraphate, je t'en prie, dis-le-moi !

La jeune femme ne laisse s'installer aucun suspense.

— Le même que celui que t'a livré Glaniec Heliotropa, ton défunt père, la même nuit, au même moment. Qu'il fallait dissoudre la tristesse et laisser la place au vivant joyeux et lumineux ! Mon âme est venue me visiter aussi, comme toi. Elle m'a soufflé que pour arriver à cela je devais ouvrir mon second cœur. Elle a précisé que cela ne serait possible que si je retrouvais mon âme jumelle pour fêter les noces chimiques.

— Ton quoi ? Je n'ai pas eu cette information, moi ! S'étonne Davreille.

— Mon âme jumelle, répète Astraphate. C'est une partie de moi corporisée chez un autre être. Lui-même a déposé en moi une partie de lui. Tu comprends ? Les retrouvailles des deux âmes déclenchent une alchimie qui transforme les deux êtres. C'est une remise en polarité qui accélère tous les principes de coexistence et donne accès aux multiples mondes de l'unité. Ceux-là même où vivent nos chers disparus. Dans leurs univers, point de dualité, de souffrance ou de tristesse. Il n'y a plus chez eux de limite à l'amour. Pour accéder à cette unité, les âmes jumelles doivent vivre en même temps et au même endroit l'expérience de l'ouverture de leurs seconds cœurs vibratoires. Cela unit leur Feminaste et leur Masculorgue. C'est la porte d'entrée sur le monde de l'amour inconditionnel. Voilà ce que nous avons expérimenté tout à l'heure en unissant nos mains. J'ai été guidée jusqu'à toi, Davreille, pour ce dessein. Nous avons uni Feminaste et Masculorgue pour féconder la connaissance de l'unité et faire naître la Lumière d'Amour. La laine que m'offrent avec générosité les ézupes contient une matière magique. Ces ézupes sont uniques. Ce sont les seules créatures qui canalisent les particules de l'unité, parce qu'elles sont fécondées par une partie secrète de la Source d'amour. Et toi, Davreille, tu es l'un des rares élus à savoir tisser cette laine pour la rendre vivante. En unissant nos talents aimants, nous accèderons à la vibration bienveillante du manteau de lumière. Nous guérirons à jamais nos vieilles souffrances et accèderons au nouveau royaume.

Euphorique, Davreille s'exclame :

— Je comprends tout ! Je suis ton âme jumelle et tu es la mienne. C'est cela ? Tu détiens la matière informée de l'unité, et moi je peux la modeler et lui donner vie en la tissant. En créant le manteau de lumière, nous honorons notre dimension sacrée et recevons son enseignement. Reine et Roi unis par les noces chimiques au royaume de l'Amour !

Puis, dans un murmure, il ajoute :

— *Le temps est venu d'ouvrir le portail d'Umélus et d'entrer à la cour de la reine Astraphate pour fêter les noces chimiques...* Merci, Père ! Je te sais, à présent, éternellement vivant dans l'amour de ta lumière. Je possède aussi cette lumière et je peux solliciter sa puissance à tout moment pour éveiller mes cœurs. Je te rejoins dans cet espace à chaque pensée d'amour, et nous y sommes éternels.

— Tu as enfin compris ! Se réjouit Astraphate.

Peu de temps après la période des soleils bleus qui éliminent les cristaux d'ions, Davreille et Astraphate célébrèrent leur union au passage des vingt-deux météorites de Diapason. Celles-là mêmes qui bénissent le sacrement des planètes blanches et des planètes noires pour initier la paix universelle.

La fête fut hautement vibratoire. Les troupeaux d'ézupes sauvages offrirent aux élus une magnifique danse rituélique. Leur impressionnant cortège bramait de joie en inclinant la tête, comme pour remercier ces deux êtres d'avoir compris le sens de leurs existences. Autour de leurs pelages clignotaient des fibres dorées qui projetaient des milliards de filaments éclairants. Toutes les étoiles des cieux des mondes superposés reflétaient l'incroyable spectacle. Il s'ensuivit une miraculeuse explosion cosmique. Elle ouvrit un gigantesque portail de feu. Les flammes formaient une tresse circulaire qui tournait sur elle-même. Le temps d'un chant d'anges du plan de la Terre Mère, les mondes des défunts se rendirent visibles. Les chers disparus apparurent, les uns après les autres, pour se montrer aux yeux de leurs aimés, comme pour leur dire : « voyez, nous sommes toujours là, tout proche de vous. »

Les sourires, les rires, les expressions et les gestes d'affection déferlèrent avec une puissance d'amour inconditionnel inimaginable. Ce fut une vague ininterrompue de bienveillance et de confiance. Un temps salvateur et bouleversant. Un temps béni. Inoubliable !

La scintillante lumière mordorée et nacrée enveloppait chaque être présent. Des manteaux de lumière se tissaient spontanément autour des corps visibles de chacun. Les cœurs physiques vibraient si fort que l'on eût dit un concert de tambours magiques issu du monde de la supranature des fées et des chamans.

Les seconds cœurs invisibles s'ouvraient pour recevoir l'information de l'unité, fécondée par Feminaste et Masculorgue. Chaque être informé dans sa structure d'âme détenait à présent la connaissance. Dès lors, chacun pouvait partir à la recherche de son âme jumelle pour fusionner avec elle.

À partir de cette cérémonie, Astraphate et Davreille furent inséparables. Astraphate ne se consacra plus aux ézupes sauvages, dont l'espèce disparut en seulement deux lunaisons. Davreille ne se consacra plus au tissage ni au négoce. Ensemble, ils parcoururent les mondes pour éveiller et enseigner. Sur leur passage, ils distribuèrent quelques milliards de manteaux de lumière qui ne s'éteignirent jamais.

Leurs très longues vies s'arrêtèrent au même moment, lors d'un cycle majeur de lunes de Gax. Ils s'endormirent paisiblement dans un grand tissu de laine d'ézupes sauvages imprimé d'un texte sacré. Main dans la main, ils s'éteignirent pour mieux se rallumer ailleurs. Leurs paumes renfermaient une petite masse nuageuse dorée et luminescente qui pétilla jusqu'à leur dernier souffle.

Leurs corps physiques reposent dans la terre blanche d'Umélus, sur le territoire des Soleils de Sang. Leurs âmes scintillantes virevoltent et voyagent dans les mondes d'amour, d'où elles diffusent la paix, sans limites de temps ni d'espace.

Sur le tissu filé en laine d'ézupes sauvages, on peut encore lire ce texte inaltérable : « ne doutez jamais de votre Lumière éternelle. Même invisible, elle vous éclaire et illumine votre cœur. Aimez-la comme elle vous aime. Où que vous soyez et où que vous alliez, la Grande Lumière vous guide. Réjouissez-vous de la connaître et de l'expanser sans résistance. »

Chapitre 16

Angela est bouleversée par cette lecture qui l'a passionnée et émue au plus profond d'elle-même.

Elle n'a pas tout compris, mais elle a été transportée ailleurs, loin de sa dure réalité. Elle sait que cette lecture l'a transformée et elle a du mal à revenir dans l'instant présent.

Elle observe autour d'elle pour s'assurer d'être au bon endroit. Angela se demande si elle ne va pas voir apparaître Astraphate et Davreille flottants dans l'air pour lui délivrer un message.

Tout semble normal dans la boutique de Cécé qui s'affaire à vider un carton de livres poussiéreux. Encore un lot invraisemblable de bouquins usés remonté de la cave d'un particulier encombré.

Les clients sont bien à leurs places dans les différents carrés et le même parfum encense toujours l'endroit.

Seule la musique a changé.

Ce sont à présent les *trente-deux sonates pour piano* de *Domenico Cimarosa* qui virevoltent dans la boutique. Magistralement interprétées par l'extraordinaire *Roberte Mamou*. Les allegros, maestosos et autres andantinos rythment les mouvements d'une musique ciselée par les doigts experts de la diva du piano.

Angela reprend ses esprits sur la vivacité du tempo vivacissimo de la sonate n° 28 tirée du troisième cahier du compositeur italien. Un doux sourire se dessine sur son visage. Il lui paraît joyeux et prometteur d'être éveillée par la lecture et la musique, à cet instant précis de sa vie.

En se rappelant les détails de la légende qu'elle vient de découvrir, Angela est désormais persuadée que l'amour né d'entre les êtres est éternel. Elle ne peut pas expliquer pourquoi elle a la certitude que cet amour est nourricier. C'est dans ce stock infini qu'il faut puiser à chaque fois que l'on doit se nourrir. Faim de foi, si l'on est dans le doute. Faim de paix, si l'on est dans le conflit. Faim de joie, si l'on est dans la tristesse. Faim de lumière, si l'on est dans l'ombre. C'est une impression d'évidences associée à des sensations très physiques. Angela n'avait jamais perçu cela jusqu'à aujourd'hui.

Pendant la lecture, plusieurs frissons l'ont parcourue et des larmes dépouillées de tristesse sont montées par vagues successives. Impossible de les contrôler. Des soubresauts ont agité ses muscles et tous ses sens étaient en éveil. Son corps était pleinement vivant ; elle a même senti son sexe gonfler et s'humidifier. Son cœur s'est accéléré plusieurs fois sans qu'elle s'en inquiète. Les images mentales illustraient spontanément le texte, comme si elle connaissait les personnages, les décors et même les dialogues.

Angela a contacté son essence divine et s'est révélée à elle-même. Elle est descendue sur ce territoire de l'amour inconditionnel et s'y est installée. Elle s'est sentie de retour chez elle. Ses cellules lui ont rappelé cette vérité : tu es pur amour. Sa conscience l'a validée immédiatement. Ses mémoires cellulaires en sont désormais informées. Son corps traduit l'amour qu'elle a pour elle et qu'elle peut offrir aux autres, dans la dignité. C'est surtout au niveau du ventre que ça se passe. Même tendu et douloureux, il lui envoie des messages de vie. Cependant, la sensation d'humidité persistante entre ses cuisses la dérange. Elle a l'impression de s'être fait pipi dessus.

L'émotion a été puissante, mais à ce point-là, ce serait exagéré, pense-t-elle. Elle baisse la tête pour regarder ce qui se passe. Elle soulève avec discrétion un pan de sa tunique de lin écrue et se fige en découvrant, horrifiée, l'énorme auréole qui tache son pantalon et le velours violet du pouf.

— Oh là là ! Ça coule tout seul, soliloque-t-elle en bâillonnant sa bouche de ses deux mains pour étouffer un cri d'effroi.

Terrifiée, elle s'aperçoit que le liquide a traversé le rembourrage du pouf. Une marre luisante s'étale tout autour d'elle. Un filet d'eau glisse déjà sournoisement vers les premières marches de l'escalier de la mezzanine.

Angela est paralysée par la honte. Elle est incapable de faire un geste. Pire, elle s'enfonce sans résistance dans la structure moelleuse et détrempée de son île flottante en forme de poire. Les yeux écarquillés de peur, elle assiste, impuissante, à l'écoulement fatal.

C'est maintenant *La chevauchée des Walkyries* de *Richard Wagner* qui envahit la boutique. Les notes semblent s'organiser telle une armée de conquérants pour escorter le ru qui prend de la puissance et du volume. Angela n'en croit pas ses yeux. Comment est-ce possible ? Plus le son de la musique augmente et plus le flux grossit. C'est maintenant une large rivière qui dévale les marches emportant sur son passage bibelots et livres. Le fluide explose en une cascade jaillissante pour atteindre le rez-de-chaussée de la boutique. Angela a tout juste le temps de crier avant l'impact contre les étagères de livres.

— Attention ! C'est un raz de marée. Sortez tous ! Hurle-t-elle affolée et désespérée.

Dans un sursaut, elle sent son corps être secoué avec violence à plusieurs reprises. Sa tête est ballotée de tous les côtés. Les muscles de ses bras se tétanisent et ses doigts agrippent désespérément le tissu ramolli. Elle veut lutter contre ces secousses qui tentent de l'arracher à son île pour l'aspirer dans les flots menaçants.

— Non ! Non ! Au secours ! À l'aide ! S'entend-elle hurler avant de retomber dans un silence aussi soudain qu'inattendu.

— Angela ! Angela, réveille-toi ! Hé, Angela ! Ouvre les yeux ! Murmure le jeune homme agenouillé à ses côtés.

Angela ouvre doucement les yeux. La sueur perle sur son front, mais sa respiration saccadée finit par se stabiliser.

— Julien ? Julien !! S'exclame-t-elle avec étonnement en se jetant à son cou.

— C'est rien, ma chérie, tu as fait un cauchemar. Ça va aller maintenant, assure-t-il en la serrant dans ses bras chauds.

Les corps des deux amants s'unissent pour former une masse uniforme qui ondule au ralenti. Des filaments scintillants s'étirent de part et d'autre de leur silhouette. Une mélodie cristalline résonne autour d'eux, comme le tintement d'un carillon de tubes métalliques agités par le vent. Leurs lèvres se cherchent et s'unissent avec passion. Sa joue collée à celle de Julien, les yeux fermés, Angela s'empresse d'expliquer en soupirant :

— Ah, mon amour, c'était affreux ! J'ai rêvé que tu étais mort. Tu te rends compte, c'est horrible ! Tu bougeais plus sur une table froide et je me mettais en colère à cause de ton téléphone. Y avait aussi un sale type qui voulait pas prendre ton médaillon. Et puis j'ai vu Cécé dans sa boutique. J'ai pris un livre et j'ai fait ce voyage incroyable dans un monde où un tisserand retrouvait son âme jumelle. J'ai pas tout compris, mais c'était beau, tellement beau ! Y avait des manteaux de lumière et des bestioles étranges avec de la laine qui s'allume. Et là, quand tu m'as réveillée, j'allais me noyer dans des eaux bizarres sorties de moi. Je croyais que c'était mon pipi, mais c'était pas possible, y en avait trop. Quel délire ! Mais quel délire ! C'était vraiment incroyable tu sais, chéri ! S'exclame Angela toute tremblante et confuse.

Julien reste impassible au récit hystérique et débridé d'Angela et finit par préciser avec calme :

— Je sais tout ça, mon cœur, je sais tout ça. J'étais là.

La jeune femme s'écarte de Julien et le fixe étrangement. Il n'est pas comme d'habitude. Angela pense que son regard troublé par les larmes modifie sa vision. Elle est sous le choc de son délire. Elle se frotte les yeux et fixe à nouveau la silhouette face à elle. Car il s'agit bien d'une silhouette dépourvue de détail ou de trait humain. Les ondulations permanentes des contours de cette forme s'associent à des reflets qui agacent Angela.

Le visage est à peine perceptible, mais l'intensité intacte du regard ne laisse pourtant planer aucun doute. Et si doute il y avait, il serait définitivement levé par le parfum qui flotte dans l'air. C'est l'eau de toilette de Julien qu'elle perçoit. C'est bien lui qui est avec elle.

— Je ne peux pas rester trop longtemps, mon amour. Tu comprends ?

Le souffle coupé, Angela s'écroule sur le pouf redevenu bizarrement sec.

— Comment ça, pas rester longtemps ? Bredouille-t-elle.

— Non, chérie... Je ne peux pas rester longtemps avec toi dans mon état. C'est trop fatigant et risqué pour moi de rester là. Je ne suis plus d'ici, tu sais.

Mais n'aie pas peur, mon amour, insiste Julien avec précautions.

Angela n'ose comprendre le sous-entendu.

— Plus d'ici ? Se fait-elle confirmer, tétanisée par l'horreur des propos de Julien.

— Tu as très bien compris, ma chérie.

— Alors, c'est vrai t'es... ?

— Mort, oui Pilou. Confirme l'ectoplasme de Julien.

Angela est abasourdie pour la seconde fois.

— C'est pas possible... C'est pas possible... Putain d'accident de merde ! Hurle-t-elle.

À cet instant, un halo de lumière écru inonde la mezzanine et enveloppe les deux êtres. Une protection gélatineuse, commandée par une dimension supérieure bienveillante, isole les deux âmes de toute réalité. Le cocon d'amour s'emplit d'un air chaud et frais à la fois. C'est une température tropicale adoucie par l'air léger d'un ventilateur dont les pales seraient réfrigérées.

Angela et Julien sont installés dans un lieu privilégié et invisible de tous. Le temps et l'espace y sont suspendus. Dans ce vaisseau intemporel, seuls les cœurs sacrés se relient et vibrent. Ils s'expriment pour guérir les blessures, soulager les souffrances et libérer les loyautés aux croyances limitantes inutiles.

C'est à cet endroit précis de leurs êtres que l'unité expanse sa puissance illimitée.

Ici, les mots n'ont plus d'utilité. La raison est inexistante. Les sensations sont dépassées. Les souvenirs sont archivés. Les fréquences s'unissent pour tisser la trame de lumière qui nourrit les âmes. Le langage est divin. Ici, l'essence de la Source originelle gouverne toute création pour honorer le vivant manifesté par l'amour.

Les âmes d'Angela et de Julien se sont rejointes dans cet espace des cœurs sacrés pour se retrouver et fusionner. Chacun a fait sa part du chemin pour cette rencontre divine.

En apparence, Angela dort paisiblement sur son gros coussin. Julien n'est pas visible. Les retrouvailles d'amour se font ailleurs, hors de l'espace, du temps et de la matière.

Les consciences sont inutiles, seule l'intelligence des âmes rassemblées gouverne l'instant.

Angela et Julien vivent l'expérience de la paix inaltérable et éternelle.

Ils s'aiment d'un amour inconditionnel et universel.

C'est simple, ils sont l'Amour.

Et l'Amour traverse le temps...

Bien longtemps avant ici-bas...

Chapitre 17

Le 3 août 1809, je suis en lutte armée avec mes camarades armés contre les insurgés espagnols. Les rues du vieux Gérone puent le sang et la sueur. Sur la place de la cathédrale Sainte-Marie, la mort rôde. Elle est sans pitié et n'a de cesse de nous provoquer. Chacun d'entre nous sait qu'ici-bas son voile est prêt à nous envelopper pour nous étouffer.

La chaleur écrasante ralentit nos gestes. Nos yeux pleurent de souffrance. Nous puisons nos forces dans l'espoir de revoir un jour famille et patrie, sur notre terre de France.

La campagne engagée en Espagne par notre souverain est dévastatrice. Les journées sont meurtrières. La nuit enveloppe de son sinistre manteau les corps sans vie de nos compagnons d'infortune. Nous dormons sur des matelas de cadavres puants et suintants.

Nos généraux nous tiennent des discours élogieux, mais nous sentons leur inquiétude face à la barbarie des combats. Leur désarroi est palpable, face à un Napoléon sournois qui a vicieusement installé son frère Joseph sur le trône d'Espagne. Nous comprenons que l'aigle qui volait si haut perd chaque jour de l'altitude. Son vol majestueux devient ridicule. L'empereur nous entraîne dans sa chute inexorable. Pourtant, malgré tout, nous, les grognards dévoués, nous lui restons fidèles.

J'ai eu vingt-neuf ans hier. Personne ne l'a su. J'ai prié Dieu de m'épargner ce jour, plus qu'un autre jour. Je n'aurais pas voulu mourir le jour de l'anniversaire de ma naissance. Je suis engagé dans l'armée depuis ma dix-septième année, contre l'avis de mon frère aîné, royaliste jusque dans ses entrailles les plus profondes.

Nous sommes donc fâchés depuis ce temps, mais nous correspondons tout de même. Dans ses missives, il me rabâche sans cesse que le petit caporal corse est un jean-foutre assoiffé de sang et avide de pouvoir, que la France est en piteux état et que seul un nouveau roi pourrait rétablir l'ordre. Il écrit aussi que nous sommes de la chair à canon et que nous devrions retourner nos baïonnettes contre le tyran au bicorne ridicule. Mon frère m'amuse avec ses croyances vissées au corps. Mais parfois, je me dis qu'il a peut-être raison. Comme aujourd'hui où je vois ce charnier fumant couvrir la terre qui pleure des larmes de sang.

Ses lettres me parlent aussi de notre famille. Je vois grandir mes nièces à travers les fines descriptions de mon cher frère. Il a toujours eu un don pour l'usage des mots, contrairement à moi. Sa plume est légère et son discours est clair. Ces lettres se veulent aimantes, mais elles m'apparaissent parfois assassines. Elles sonnent souvent à mes oreilles comme des sermons qui anéantissent ma foi. Malgré tout je me réjouis d'en être le bienheureux destinataire, car elles embellissent mes haltes au campement.

Quand les officiers d'ordonnance et le corps des estafettes parviennent à traverser la mitraille et à éviter les boulets et les charges ennemies, nous finissons par toucher notre courrier. Souillé de terre, de poudre et détrempé d'eau et de sang, il nous parvient plusieurs semaines après qu'il a été rédigé. Toutes les nouvelles deviennent vite anciennes. Mais ce n'est pas grave. L'important est de pouvoir lire ces missives tant espérées.

Je plie avec délicatesse les carrés de papier. J'en prends grand soin. Je les entoure d'un cordon de tissu crasseux. J'ai arraché ce filage de coton à l'uniforme d'un compagnon qui gisait devant moi et pissait encore un sang chaud. Ses yeux fixes n'ont pas semblé me reprocher cela. J'ai pris le temps d'abaisser les paupières du pauvre bougre. Un jour, c'est à moi qu'on fermera les yeux. Si quelqu'un prend le temps de le faire. J'aurai peut-être la chance de mourir en dormant, vaincu mais soulagé.

Parfois, à bout de force, je m'écroule au sol, feignant la mort pour me reposer un peu. Lorsque je tombe bien, je fais en sorte de m'écraser sur un cadavre plutôt qu'à terre, cela protège un peu mon corps déjà meurtri et j'ai plus chaud pendant un temps. J'en profite pour récupérer sur les dépouilles ce qui peut me servir. Dans cet enfer, il n'y a plus de lois et tout est permis pour survivre. Il faut sauver sa peau.

Le petit paquet de lettres pliées et lacées ne me quitte jamais. Le soir, si le campement est calme et que les plaintes des agonisants ne l'empêchent pas, je me plais à relire, à la lueur chancelante d'une improbable bougie reconstituée de morceaux de cire terreuse, les phrases bien tournées de mon tendre frère. Je m'assoupis mieux après ces lectures. Il vaut mieux dormir un peu, même une heure, avant de repartir au feu.

Je parcours des milliers de kilomètres à pied aux côtés de mes compagnons blafards et hagards. Les chevaux décharnés ne servent plus à rien, ils sont abandonnés à leur terrible sort et agonisent sur ces routes meurtrières. Pour ne pas crever de faim, nous débitons souvent leurs carcasses pour les manger même crus. C'est une bien triste fin pour de si dévoués et courageux compagnons. J'en ai des haut-le-cœur permanents et mes intestins gémissent pour digérer cette carne. Ma peau saigne de déchirures innombrables. Mes ongles pourrissent et se décrochent de mes doigts nécrosés et brûlés par la poudre. Mes jeunes os craquent déjà comme ceux d'un vieillard mourant. Le poids des cartouchières et du barda y est pour beaucoup. Mes plaies, toujours ouvertes, s'infectent. Elles n'ont même plus le temps de se refermer entre deux combats. L'hiver éclate mes crevasses et l'été crame la chair de mes mains et de mes pieds en partie dépecés. Je ne suis plus qu'une peau de chagrin.

Tous les jours, nous crions famine. Le peu de pain moisi que nous mâchons avec si peu de salive ne peut être avalé que grâce à la piquette vinaigrée que nous buvons. La mie gonfle et fermente dans nos entrailles malades d'acidité nauséabonde. Nous sommes souvent ivres et en colère, ce qui fait de nous des monstres de violence et de bêtises, imbibés de rancœur et gorgés de vengeance. Je suis devenu un barbare sanguinaire. Est-ce cela que voulait notre Empereur ? Mon frère à raison, tout ça n'a plus de sens.

J'ai traversé l'Égypte et la Syrie, l'Italie et l'Autriche. De Marengo à Ulm, en passant par la victoire ensoleillée d'Austerlitz, je finis de brûler ma peau sous la chaleur mordante d'une Espagne révoltée, face à des civils enragés, assoiffés de liberté et prêts à tout pour récupérer leur terre.

Je suis épuisé. Dévasté de remords et de culpabilité. Sans scrupule, j'ai blessé, étripé et tué des dizaines d'hommes, violenté des femmes et horrifié des enfants. Je dois obéir pour sauver ma peau dans ces guerres interminables, au nom d'une loyauté devenue infâme et vulgaire. Mais un bon soldat ne désobéit pas. Il va jusqu'au bout et perce de sa baïonnette les flancs de l'ennemi pour conquérir des territoires, encore et toujours plus de territoires. Il offre son flamboyant sacrifice sur l'autel de la victoire par loyauté à son Empereur et à son dessein. Ce Napoléoné *« la paille au nez »*, comme on appelait cet enfant de Corse renfermé et devenu cet ogre sanguinaire qui s'est ouvert au monde pour mieux le dévorer. Les coups mortels qu'il assène sont redoutés de tous les royaumes et de leurs sujets.

Mais à cet instant précis de cette vie, dans le chaos d'une rixe désorganisée, c'est à moi qu'on assène le coup fatal qui m'extirpe le dernier souffle. Je perçois la violence d'une terrible douleur dans le ventre. Une puissante chaleur comprime ma tête et mon sang oxydé jaillit par mon nez et mes oreilles. Le goût métallique et amer de mes fluides viciés imprègne ma langue et inonde ma bouche. Une explosion intérieure déclenche un bourdonnement d'oreilles interminable. Un frisson glacial me parcourt l'échine et mon corps convulse avant de se raidir. Je m'écroule sans dignité, sur mon barda, les entrailles à l'air. Aveugle et sourd.

Mon cadavre puant est déjà piétiné.

Je n'aurai dépassé mon anniversaire que d'un seul petit jour. J'ai dû être, malgré tout, entendu de Dieu.

À cet instant, je me souviens d'avoir pensé à mon frère et à la tristesse de l'abandonner sans nous être réconciliés. J'ai pensé qu'il me restait pourtant des milliers de choses à faire et que je n'aurai plus le temps de m'y consacrer. Tant pis. Je vois défiler les grandes étapes de ma vie, parfois avec détachement et satisfaction, ou avec nostalgie et regret. Tout est allé trop vite. Tout ceci était trop court.

Le temps d'une ultime respiration et cette lumière intérieure scintille déjà au centre de mon ventre. Je la regarde fixement et la reconnais de suite. Mais d'où vient-elle ? Est-ce une partie de moi ? Oui, c'est moi, un autre moi, plus léger et dépouillé. Je ris et pleure de joie, passionné de la retrouver. Elle pétille en milliards de bulles nacrées et irisées. Elle dessine un visage ami et souriant. Elle se fond en moi pour finalement se dérouler en spirale cotonneuse et tiède. À présent, elle enveloppe mon corps inerte. Une paix aimante efface mes souffrances et assèche mes larmes. Je comprends tout. Je me sens bien, enfin...

Je suis expulsé hors du corps, par le sommet de mon crâne, avec puissance et sans douleur. Je suis mort. Ma dépouille gît, inutile et rétractée.

Un autre malheureux s'est déjà écroulé sur moi. Soit il feint pour se reposer et me dépouiller, soit il meurt aussi. Peut-être va-t-il me délester de quelques accessoires désormais inutiles à la vie que je quitte. Prends ce qu'il te semble bon d'avoir, mon ami.

Moi, je laisse un paquet de lettres liées et ensanglantées pour seul souvenir de mon passage.

Adieu, mon corps. Je m'envole, déjà en joie d'être vivant ailleurs...

Cette vie s'arrête là.

Chapitre 18

Je suis né en Palestine. Le désert de Judée m'a accueilli dès mon plus jeune âge. À quinze ans, je suis confié à la communauté du *Yahad de Khirbet Qumrân*, au bord de la mer morte, au Sud de Jéricho.

Ce temple est une école spirituelle et philosophique réputée. Je dois y être éduqué avec rigueur, selon les codes et les règles des ascètes juifs. Les Esséniens doivent faire de moi un homme qui pratiquera « la langue de lait », c'est-à-dire l'art de la parole douce, fluide et sincère pour enseigner et devenir un être de service. J'ai été reconnu apte à suivre les années d'enseignement et élu pour étudier et recevoir les secrets des textes sacrés. Mon temps sera désormais consacré aux recherches, à l'écriture, à la méditation, à la production de coûteux onguents à l'usage des soins, au temple et au développement du don de divination.

Au bout de quatre années, jalonnées d'évaluations de capacités et de conduite, j'accède à la cérémonie d'alliance et je peux intégrer définitivement la communauté.

Je suis loyal et reconnaissant envers ceux qui me montrent les chemins du divin.

J'élargis ma conscience et ouvre mon cœur dans le respect du visible et de l'invisible.

Je devrai consacrer ma vie à devenir un « frère en blanc à la voix de lait », mais je me lasse déjà des bains rituéliques, des prières, des lectures et des repas silencieux autour du pain, des racines, des fruits et du vin acide. Les lois du temple de ses ascètes intolérants et intransigeants m'exaspèrent. Les sacro-saintes interdictions ternissent, hélas, mon développement spirituel et la renonciation définitive aux plaisirs terrestres assombrit ma joie d'être éveillé. Je ne doute pas de ma foi, mais je ne comprends pas pourquoi l'amour de soi et de son prochain doit passer par le dépouillement et la privation.

J'ai eu la fâcheuse idée de raconter mon désarroi à mon Maître de justice. Mais il est interdit de défaillir, de se plaindre, de se mettre en colère, de jurer ou de mentir. J'ai cru avec naïveté qu'il était juste et préférable de libérer ma conscience de ce poids qui ralentit mon éveil. Les hautes autorités de la communauté ne l'ont pas entendu de la même oreille. Le conseil des Docteurs de la Loi a rendu son jugement quelques jours après ma confession. La sanction a été mise à exécution dès le lendemain du jugement. Je suis expulsé de la communauté pour six mois et livré au désert sans nourriture ni breuvage. Histoire de réfléchir... Si j'arrive à le traverser et qu'il me laisse la vie sauve, il est dit que Dieu m'aura pardonné. Je pourrai alors atteindre un village et offrir mes services à qui en aura besoin.

À l'annonce de la sentence, j'ai gesticulé d'impatience. Pire, j'ai souri. Cela m'a valu un mois de bannissement supplémentaire ! Il me reste donc une nuit à passer à

Qumrân avant ma mise à l'épreuve. Je prie et implore, à l'avance, le pardon de Dieu pour ce que je vais faire avant le lever du soleil.

Le temple et ses ruelles sont surveillés la nuit. À tour de rôle, les adeptes montent la garde avec maladresse pour prévenir d'improbables incursions romaines. Ce soir-là, comme souvent, le vin aidant, tous les vigiles ronflent du sommeil du juste. Je peux donc circuler à mon aise dans le labyrinthe de notre citadelle. Les lampes à huile posées ici et là me permettent d'arriver jusqu'à la cuisine. La porte verrouillée ne me résiste pas longtemps. Je connais sa faiblesse et un coup de pied donné au bon endroit suffit à l'ouvrir.

J'ai travaillé plusieurs mois au garde-manger de la communauté et je connais chaque niche creusée à même la pierre. L'une d'elles contient les boules de pain, fabriquées du jour. J'en garnis un linge. Une autre, cache du fromage déjà sec, que j'enfonce dans mes poches. Je dois renoncer aux fruits qui prennent trop de place dans ma besace de fortune. Je me contente de trois poignées d'amandes fraiches et de quelques dattes charnues. Je remplis de vin une petite jarre. Je coupe le précieux jus avec de l'eau, pour qu'il ne m'étourdisse pas à la première gorgée avalée sous le soleil brûlant du désert. J'en connais très bien les mauvais effets sur la tête et les viscères.

En sortant de la cuisine, je m'engage à pas de velours dans un couloir étroit qui mène jusqu'à la salle du trésorier.

Je transpire à grosses gouttes en longeant les murs de roche chauffés par le soleil de la journée. Mais je sais que le feu intérieur qui me brûle vient surtout de la peur qui me mord le cœur. Voler n'est pas dans ma nature, mais je me suis convaincu d'emprunter quelques pièces d'or à la communauté pour faciliter les conditions de mon exil forcé. Je rétablis ainsi, de mon point de vue, l'iniquité. Chaque nouvel arrivant se dépossède de tous ses biens, au profit de la secte Essénienne, je suis donc en droit de récupérer une partie de mon capital, ou plutôt celui de mon père qui a négocié, au prix fort, mon entrée précoce sur le site de Qumrân.

La porte de la salle du trésorier n'a pas de faiblesse. Je dois passer plus de temps à négocier son ouverture. Sans l'obligation de discrétion, elle cèderait beaucoup plus vite sous la puissance d'un gros coup de masse, mais c'est impossible. J'arrive tout de même à violer la serrure trop ancienne.

Les coffres eux aussi sont verrouillés. Je n'ai pas le temps de m'attarder pour les ouvrir. Je sais que le collecteur chargé des enregistrements des biens dissimule dans une alcôve du mur une bourse de jute remplie de pièces et de bijoux issus des petits dons. J'enfouis le pochon dans ma tunique et m'approprie, non sans honte, une belle partie du butin.

Dans un silence religieux, juste troublé par quelques légers ronflements, je regagne sans encombre ma cellule.

Épuisé par cette aventure nocturne, je m'allonge sur ma paillasse, non sans avoir au préalable caché le fruit de mon larcin.

Cette nuit-là, je dors peu. Je suis tiraillé par les remords et tout aussi ragaillardi par mon audace. Je me satisfais de regagner une part de liberté et de dignité. Dieu m'est témoin, je n'ai pas voulu tout cela et, malgré toutes mes prières de la nuit, je ne reçois aucune réponse quant aux raisons divines qui me font passer de l'état de soumis à l'état de rebelle.

Enfin le jour pointe. La lumière ocre pailletée du soleil levant illumine mon visage au point de m'éblouir anormalement. C'est à ce moment poétique qu'une présence se fait sentir. Je ne décèle aucune humanité. La voix qui résonne à mes oreilles se fait enveloppante et sucrée, comme la saveur parfumée du miel d'or des abeilles. Cette voix aimante me souffle des mots guérisseurs : « tu es le fils de Dieu et tu es aimé par l'Esprit Saint. Ton chemin est tracé. Il s'ouvre à la lumière devant toi, dès ce jour de lune rousse. Où que tu ailles, tu seras accompagné par les anges de miséricorde. L'amour te sera manifesté. Reçois-le, partage-le et multiplie-le. Ta sagesse sera saluée et tes paroles couleront de Source. Tisse ta vie. Nous t'aimons et te pardonnons. Sois béni. »

Je garde encore aujourd'hui dans ma mémoire la vibration cristalline de ce discours adorable.

La lumière disparaît aussi vite qu'elle s'est montrée, tandis qu'une puissante chaleur parcourt tout mon corps.

Je m'assoupis quelques minutes. J'obtiens le juste repos avant de partir.

La tradition et la loi Essénienne prévoient que les exclus quittent leur communauté avant le premier appel à la prière du matin. La tête du banni doit être recouverte d'une étole tissée de fils d'or et d'argent et son visage masqué par un linge blanc. Nul ne doit reconnaître l'adepte qui a fauté. Même si tout le monde le sait...

Les lourdes portes de la citadelle sont déverrouillées et poussées par deux frères, têtes baissées et dos tournés. J'entends à mon passage : « prends soin de toi, mon frère. » Cette parole interdite – qui aurait pu valoir à son auteur de me rejoindre dans mon exil – assèche mes larmes et me rend la force et le courage de m'engager sur le sable brûlant du désert. Je ne me retourne point et mon cœur se brise à l'idée d'abandonner mes frères et ma communauté, aussi rude et hostile soit-elle.

Tout en marchant, je croque dans le pain déjà sec et aigre. Je bois quelques gorgées comptées de ce vin affadi par l'eau. Mes jambes me portent à peine. Le sable, déjà trop chaud au lever du jour, griffe mon corps et ma conscience. Au loin, la mer morte brillante et irisée me tend les bras. Paradoxe... Cette mer Morte m'offre la Vie.

Le temps a déroulé son chemin. Les sept mois d'errance, de réflexion et d'ermitage m'ont fait parcourir villes et villages. J'y ai usé ma voix de lait pour enseigner avec ferveur les textes sacrés à qui me faisait l'honneur d'écouter. Malgré ma foi profonde, j'ai décidé de tout abandonner le jour où, sur le mont Golgotha, les intolérables et multiples crucifixions ont rougi de sang et noyé de larmes la Terre Sainte. Les interminables agonies, les gémissements et les lamentations lancinantes ont eu raison de ma foi. Je ne retournerai plus à Qunrâm.

C'est peu de temps après cette importante décision que j'ai rencontré l'amour, sur les bords du lac de Tibériade. La sainte femme de lumière qui partage le reste de ma vie est d'une bonté angélique. Elle m'offre un merveilleux cadeau en mettant au monde deux filles radieuses et belles comme le jour.

Les féminins sacrés viennent enseigner à mon masculin la légitimité de tous mes pouvoirs divins réunis. Je suis épanoui et heureux en terre d'Israël.

Je meurs quarante-cinq années après l'épisode de Qumrân, où je ne suis jamais retourné, du moins pas dans cette vie... Mon cœur a craqué de joie au détour d'un fou rire.

À grand renfort de gestes et d'exclamations caricaturales, un marchand de tissus m'explique ses péripéties pour obtenir au meilleur prix un stock d'étoffes détenu par les Romains. J'en ai des spasmes et le souffle coupé. Suite à un hoquet interminable, je m'effondre dans mon échoppe de Yerushalayim. Mon corps s'affaisse de tout son poids dans les piles d'étoles blanches tissées d'or et d'argent. J'en fais le commerce depuis plusieurs années avec les sectes juives... Je suis littéralement mort de rire ! Avant de fermer les yeux sur cette belle vie d'amour, je suis baigné par une lumière ocre pailletée.

C'est un jour de lune rousse et j'entends avec clarté une voix aimante me souffler ces mots guérisseurs : « sois le bienvenu dans ton royaume, cher frère. Tu vas maintenant tout comprendre et te réjouir à la lecture de ta vie achevée. Sois béni. »

Je suis expulsé hors du corps par le sommet du crâne, avec puissance et sans douleur. Je suis mort. Ma dépouille gît, souriante, dans les bras de ma chère femme qui pleure. Moi, je suis déjà en joie d'être vivant ailleurs... Cette vie s'arrête là.

Chapitre 19

Notre navire explorateur, *Le Pourquoi Pas ? IV*, est souvent pris dans les glaces de l'Antarctique. La plupart du temps, ce sont des hivernages volontaires. Le commandant décide de jeter l'ancre au cœur des glaces pour démarrer les missions de recherches. Ces haltes constituent des étapes essentielles pour les études scientifiques auxquelles je participe. Elles sont organisées pour mieux comprendre le fonctionnement de la Terre au-delà du cercle polaire.

Bien qu'il soit rodé aux exercices de bord, l'équipage est ralenti par le froid glacial. Il fait jusqu'à -70 degrés par vent fort.

Nous sommes entrés plusieurs fois dans le détroit de Magellan et les hommes de bord, à grand renfort de courage et de ténacité, savent déjouer les pièges du fameux cap Horn. C'est une énième expédition polaire pour le commandant Charcot. C'est un navigateur océanographe hors pair et il a notre entière confiance.

Passé le cap nous faisons face à des icebergs monumentaux. Leurs trajectoires sont incertaines. Il faut s'en méfier, car les reflets de leurs lueurs bleues nous hypnotisent. Ils font penser à d'énormes lanternes éclairées par une veilleuse intérieure. Le spectacle est magnifique et déroutant, jusqu'à faire perdre à certains jeunes matelots la rigoureuse concentration indispensable aux manœuvres maritimes. Les étourderies sont sévèrement punies et les jeunes mousses sont souvent rappelés à l'ordre par le Maître principal.

Le hurlement du craquement de la glace au passage de la proue du navire est très impressionnant. Je ne m'y suis jamais vraiment habitué. Il semble que la mer gelée hurle sa douleur d'être éventrée par la proue à chaque déchirement de sa croûte immaculée.

La glace conserve la mémoire de la Terre et la glaciologie sera un jour essentielle à la compréhension de l'évolution du climat. J'en suis persuadé.

Dans ces moments authentiques, je pense souvent que nous sommes des intrus dans ces environnements inhospitaliers et que la nature peut, tôt ou tard, nous faire payer l'audace dont nous faisons preuve en violant ses territoires intimes. Aussi officielles soient-elles, les lois des hommes en quête de révélation des secrets de la planète ne justifient pas les actes de barbarie dirigés contre la Terre mère.

Ici, je participe à l'établissement de la cartographie des régions. Mes rapports seront peut-être un jour révélés au grand public, même si Charcot n'aime pas parler aux journalistes. Durant la précédente expédition polaire, j'ai rédigé quelques chapitres d'un traité sur le magnétisme terrestre. Je suis sensible aux messages envoyés par la nature. Les odeurs, les couleurs, les variations thermiques me sont familières et je les ressens.

Depuis le 3 septembre de cette année 1936, nous sommes en escale à Reykjavik pour réparer la chaudière du bateau. Nous rentrions du Groenland où nous avions livré du matériel scientifique à la mission de *Paul-Émile Victor.*

La chaudière est de nouveau vigoureuse et le commandant décide de repartir le 15 septembre. Ce jour-là le temps n'est pas clément. Les bourrasques glaciales se sont fait entendre très tôt dans la nuit islandaise. Je sais que la tempête dévastatrice s'annonce. Profitant d'une accalmie passagère, nous quittons le port de Reykjavik en début d'après-midi à destination de Copenhague. Puis nous poursuivrons la navigation jusqu'à Saint-Malo pour rejoindre nos familles.

Le commandant ne semble pas aussi confiant que d'ordinaire. Je connais bien le plissement de son front qui fait se rejoindre ses gros sourcils. À cet instant, il indique une anxiété, doublée d'une incertitude. Cette fois-ci, tout porte à croire qu'il doute de devoir appareiller. Nous partons malgré tout, sous les acclamations des spectateurs anonymes et intimes du port. La mer nous laisse tout de même filer en ouvrant toutes grandes ses vagues devant nous. Tout est calme jusqu'en début de soirée.

Au diner, un mauvais vent commence à nous contrarier. La pluie bouche déjà l'horizon. Ce rideau grisâtre et inquiétant réduit considérablement la visibilité. La nuit va être longue et ténébreuse. Les cris de la mouette Rita, notre mascotte de bord enfermée dans sa cage, ne présagent rien de bon. Sur les conseils avisés d'un vieux matelot, je me réfugie dans ma cabine. Le tangage incessant me secoue et me déséquilibre. Les coursives sont déjà encombrées d'objets perdus qui ne cessent d'aller et venir d'un bout à l'autre de l'étroit couloir. L'équipage s'affaire, se bouscule et se cogne en s'ajustant aux ordres et aux contre-ordres.

Je me précipite au laboratoire pour m'assurer que les derniers prélèvements des fonds marins sont bien en caissons étanches. Puis, je cours à la bibliothèque du carré des officiers pour récupérer mes carnets de notes et mes croquis. Je sais qu'il faut les préserver au cas où les choses tourneraient mal. Plusieurs mois d'annotations, de réflexions et d'analyses y sont consignés avec une précision mathématique.

Mes dernières conclusions sur le déplacement de la banquise présagent un mauvais futur pour ma chère planète. La croûte glaciaire fond et se déplace beaucoup trop vite, comme si un réchauffement climatique s'annonçait à l'endroit même du monde où il fait le plus froid. J'enveloppe avec minutie tous mes carnets en cuir brun dans du papier d'emballage de viande, graissé et paraffiné, récupéré à la cuisine du bord. Je déchire une de mes chemises de corps pour enrober d'une triple épaisseur de tissu le paquet de huit carnets. La ficelle d'un cordage usé me permet de bien lier le tout. Enfin, pour plus de sureté, je prends le temps d'attacher ce lourd colis à une bouée de sauvetage fixée au mur de ma cabine.

Mon instinct me dit qu'il est désormais trop tard pour éviter la tragédie. Les bruits violents venant du pont, les cris persistants des matelots, les cloches d'alarme et la panique envahissante confirment mon intuition.

Avec un calme inadapté, je me cramponne à ma chaise et à la tablette d'écriture. Je consigne, sur une feuille de papier trempée, mes adieux les plus tendres à mes êtres chers. Père, mère et sœur, chère tendre amie, je vous écris combien je vous aime et combien votre amour m'aura été précieux. Mes dernières pensées volent vers vous, à cet instant où je risque de quitter la vie.

Je sais que je vais mourir. À la seconde même où cette pensée m'étreint, le tonnerre fracassant de l'explosion de la chaudière, qui n'aura pas tenu longtemps, pulvérise les parois de ma cabine. Le souffle de la déflagration me projette et m'écrase sur le sol inondé. Je suis aspiré dans un bouillonnement d'eau glacée salée. Je ne repère plus ni le haut ni le bas. Je tourbillonne et tout virevolte avec moi.

De la trouée provoquée par l'explosion, un fleuve mousseux jaillit et emporte tout sur son passage. Ma lettre, aspirée au grand air, s'engouffre dans la déchirure béante du plafond et disparaît à jamais dans le ciel polaire sombre et diabolique. Nul doute que personne ne partagera jamais mes dernières émotions.

Le tourbillon m'enchaîne à lui pour m'élever jusqu'au pont supérieur où une vague me submerge. Mes membres désarticulés se raidissent, mes yeux brûlés par le sel ne distinguent plus rien. Ma bouche aspire et recrache l'océan. Seules mes oreilles, presque noyées, perçoivent en sourdine les appels désespérés à rejoindre les canots de sauvetage. Toutes mes tentatives pour remonter ce courant infernal restent vaines. Je suis au cœur d'un cataclysme. Les détonations successives, l'écrasement des cheminées, les déchirements des voiles, l'arrachage des tôles et des planchers, les flammes qui lèchent les ponts, les hurlements des désespérés attestent que je suis déjà en enfer. Dans un dernier sursaut de lucidité je hurle à l'aide : « Dieu du ciel, aide-moi ! » et je crie le prénom de mon aimée : « Marie ! Marie ! »...

Puis soudain, le silence. Aussi envahissant qu'inattendu.

Je suis extirpé de mon corps bien avant de mourir physiquement, comme pour m'éviter d'inutiles souffrances. D'en haut, j'observe en toute neutralité les scènes d'agonies de mes camarades qui s'enfoncent dans les flots gelés. Je fais partie d'eux et ressens leur trépas. Mon corps, comme les leurs, s'est raidi au contact de l'eau glacée, paralysant les membres et empêchant tout mouvement. Quelques secondes après la chute dans l'eau gelée, le corps devient violet et le sang comprime la tête. Tous les sens s'éteignent. La poitrine implose et les côtes se fracturent.

La langue triple de volume et les suffocations étouffent chacun d'entre nous en quelques affreuses minutes.

Sans aucune possibilité de résistance, nous coulons, telles des ancres d'acier. La mer reprend ses pleins droits et avale en quelques minutes près de quarante corps, dont celui de notre cher commandant.

Passé cet effroyable temps d'horreur, je me sens étonnement bien. J'assiste à un ballet magnifique et improbable. Du sommet des crânes de chaque victime jaillissent des spirales multicolores nacrées et scintillantes. Comme pilotées par un céleste magicien, elles trouvent leurs chemins pour se rejoindre et fusionner. À chaque contact, une éruption d'étoiles de couleurs confirme la puissance de la rencontre. Ces liens de lumière s'entortillent les uns aux autres pour tresser une corde d'or et d'argent incrustée de lucioles arc-en-ciel.

Je suis émerveillé par ce spectacle et sens, le temps d'une pensée fugitive, ma propre spirale magnétique être aspirée vers l'immense tresse mordorée. Au contact de cette énergie surpuissante, j'ai l'impression extraordinaire de retrouver tous mes amis d'infortune. Un sentiment d'amour incommensurable me grise et chaque visage m'apparaît comme pour me dire : « je suis là c'est moi, tout va bien ! »

Toutes les émotions et tous les sentiments, des plus beaux aux plus horribles, s'enchevêtrent pour ne tisser qu'une humeur collective, tout à fait pacifiée et réjouie.

Nous ne faisons plus qu'un.

Nous sommes attirés par une immense arche lumineuse qui s'ouvre devant nous. Une musique sifflante et cristalline fait virevolter d'un coup la tresse pétillante que nous formons. À une vitesse fulgurante, nous disparaissons au-delà du temps et de la matière.

Loin derrière nous, je distingue une dernière fois la mer redevenue calme, au lever du soleil.

Il ne lui aura fallu que quelques heures pour tout avaler. Elle rejette à sa surface les dépouilles de nos anciens corps devenus inutiles. Le haut du mât principal de notre navire s'enfonce inexorablement. Je vois une bouée de sauvetage dériver au large. Elle traîne derrière elle un bout auquel est accroché un gros paquet de papier et de tissu, intact. Ainsi donc, mon travail n'aura pas été vain.

Je suis surpris par ma dernière pensée. Je me reproche de ne pas avoir enfermé ma lettre d'adieu dans ce paquet si précieux. Mais ce regret se dissipe à la vitesse de la lumière. Je suis déjà en joie d'être vivant ailleurs... Il y a donc une vie après la vie ?

Et alors ! *Pourquoi pas* ?

Cette vie s'arrête là.

Chapitre 20

Par la grâce de notre seigneur Jésus Christ et celle de notre Sainte mère Marie, je rentre sain et sauf de cette nouvelle croisade dévastatrice. Grand nombre des frères de l'ordre ont péri par le fil des lames émoussées des épées turques. Malgré la puissance et la détermination de mon commandement, je n'ai pu empêcher la barbarie des corps à corps. Les armes rouillées et ciselées de ces hérétiques enragés pénètrent et déchirent nos cottes de mailles et nos gambisons. Le cimeterre à double pointe est le pire de toutes, il découpe et hache les viscères. Ce jour d'hui, j'ai vu dix-sept de mes frères de cœur trépasser par cette arme démoniaque. Leurs hurlements m'ont arraché le cœur, mais ma puissance de combat en a été décuplée. De toute ma force physique, j'ai tranché dans la chair maudite pour venger leur calvaire et honorer leur courage. J'ai dû ruser maintes fois pour faire passer de vie à trépas les fourbes et imprévisibles guerriers de l'Orient. Je les exècre autant que je hais la puanteur et la laideur des pouilleux entassés à la léproserie de Saint-Lazare.

Mon corps meurtri est anéanti de fatigue, mais mon esprit reste vif et clair. J'ai servi avec force et noblesse la cause qui nous anime. « Deus volt », voilà ce qu'il nous faut arguer pour rester debout, « Dieu le veut ». Je sais que Dieu a voulu le sacrifice de mes frères. Ils ont bu au calice du salut. Mes compagnons d'aventure ont rejoint le royaume céleste, guidés par les lyres des anges de la paix qui chantent les louanges de ces braves. Gloire aux vaillants soldats du Christ ! Allez en paix, mes frères. Vous êtes attendus au royaume des cieux où vous serez honorés pour avoir guerroyé avec justesse et loyauté.

Ma gorge se serre à l'idée de ne plus les voir à mes côtés. Mais les douleurs me rappellent à l'endroit de ma réalité. Je suis vivant et mes blessures brûlent mes mauvaises pensées. Mon sang noir coule par de nouvelles plaies béantes et terreuses. Peu m'importe, il n'y a rien de grave cette fois. J'irai voir le frère infirmier avant le coucher du soleil. Présentement, je dois me reposer avant d'aller souper au palais et prier aux matines de minuit.

La lourdeur de cette tunique et de ce tabard est incommodante. Mon heaume compresse ma tête. Que dire de cette cotte métallique et de ce haubert insupportable. Je me libère des mitaines et des chausses de mailles avec la vigueur et la précision d'un nouveau-né. Je suis éreinté et vidé de toute énergie.

Ma tunique est déchirée en lambeaux. Ce vêtement de tissu blanc a tenu trois campagnes. Elle n'a plus rien de règlementaire. Inutile cette fois de la rapiécer. Elle pourra juste satisfaire un écuyer ou être offerte aux pauvres. J'irai dès demain en quérir une neuve chez le drapier de l'ordre. Je vais retrouver l'immaculée blancheur d'un noble tissu d'origine. La croix templière n'en sera que plus éclatante et visible par l'ennemi effrayé. Cette puissance divine éblouira les hommes et rendra fous les chevaux !

Le rouge de la croix est symbole du sang versé par notre Seigneur Jésus Christ pour nous sauver des enfers. En la voyant de loin, les infidèles tremblent de peur à l'idée de se présenter devant Dieu tout puissant pour être jugés. Ils sont affaiblis avant même de combattre.

Je déteste ce coton des Indes qui absorbe et retient les odeurs des fluides du corps. Les démangeaisons et les picotements qu'il me provoque depuis plusieurs mois sont insupportables. Par endroit, ma peau gonfle, suinte et croûte. Les plaques d'abord rosâtres virent au brun et s'étalent sur mon corps comme la graisse de mouton fond au soleil. Les mailles de ma cotte cisèlent trop souvent les boursoufflures de mes coudées. Le sang qui perle à ces endroits n'est pas d'une belle couleur. Je m'inflige à moi-même des temps de torture avec la lame de mon épée pour percer des poches de pus trop persistantes.

Cela me soulage, mais semble étendre les surfaces des plaies pigmentées de boutons noirâtres.

Mes compagnons s'esclaffent à observer mes gigotements et mes contorsions. Ils m'assurent que je me trémousse comme une pucelle avant sa nuit de noces ! Ah, les crapules ! J'aime mes frères de l'ordre avec fidélité, mais parfois, je voudrais les occire sans scrupule pour de telles réflexions grivoises... Ils connaissent ma susceptibilité à fleur de peau et combien c'est un péché de parler des femmes qui rendent impurs nos corps et salissent nos âmes.

Ce qui m'indispose plus encore, ce sont les gonflements persistants de ma langue et les fissures grandissantes de mes lèvres. Depuis quelques semaines, je ne réussis plus à masquer mon haleine fétide. Les nombreux lavements de bouche à base d'hémine de vin ne suffisent plus. Jour et nuit, le goût de moisissure âcre et acide brûle ma langue et nécrose mon palais.

Il me faut confier tout cela au frère infirmier avant le prochain départ.

Je vais rejoindre la *Couvertoirade*, ma communauté templière de rattachement, dans le comté de Toulouse. Pour cela, je dois être dans la meilleure santé pour reparaître à ma chère famille. Je dois pouvoir ripailler allègrement et raconter prestement, avec fougue et dignité, mes nobles aventures en Terre Sainte. Je dois paraître au mieux de moi.

Si tout va bien, je laisse briller sept lunes pleines et trois lunes de sang avant de chevaucher jusqu'au port de Saint-Jean-D'acre. De là, je prends un bateau de la communauté. Une galère ou un navas de la flotte de l'ordre feront bien mon affaire pour voguer en sécurité vers mon beau pays François.

Mais avant cela, je veux retrouver ma santé pour être d'un autre voyage. Celui-ci doit me mener jusqu'en Hispanie. Je veux y rejoindre mes frères de l'ordre du Temple, en *Aragon*. Nous devons participer à la reconquête de la baie de Peniscola et reprendre cette place aux Maures. C'est une rude affaire. Ces mécréants sont perfides et vaillants. Cette noble bataille sonnera le glas pour ces chiens barbares. Ces infidèles comprendront bien vite leur infortune et nourriront leur propre débâcle. Nous tiendrons leur place et construirons, sur les ruines de leur palais arabe, notre citadelle chrétienne rayonnante et lumineuse.

Mais pour l'instant, notre nouveau roi de Jérusalem, *Jean de Brienne*, a accepté la trêve proposée par le sultan *Al-Adil*, le frère de *Saladin*. Ce fourbe a fait édifier une forteresse au mont Thabor. L'occupation de cette place stratégique occupée nous met en grande difficulté. Mieux vaut nous retirer. Il semble que nous soyons en trêve pour un temps assez long.

Je n'aime pas ces périodes de pacification. Elles sont inutiles et stériles. Elles rouillent nos armures, empâtent nos montures et ramollissent nos corps. Seule consolation, nous pouvons consacrer plus de temps aux récitations, aux chants, et aux célébrations. Nos prières à notre Sainte mère Marie n'en seront que plus puissantes et notre acharnement à vaincre plus vaillant.

C'est pendant cette trêve que mes écoulements de nez ont commencé. Je crois à un mauvais coup de froid. Hélas, il n'en est rien... Le jus verdâtre et purulent a fait place à des saignements ininterrompus. Mon nez devient une fontaine sanglante et malodorante. Mon visage gonfle aux rythmes de douleurs atroces. Le moindre éternuement me donne la diabolique impression d'être décapité et je vois dans mes mains recroquevillées des bouts de cartilage flotter dans mon jus noirâtre. Mes plaies deviennent hideuses et mes membres se déforment à vue d'œil. La mutilation des extrémités de mes mains et de mes pieds entraîne des nécroses et des dessèchements qui annoncent la chute inéluctable de mes phalanges.

Les ulcérations progressent trop vite et la noirceur de ma peau me mortifie. Je perds toutes mes sensations et je peux me brûler au feu sans rien ressentir de la douleur.

Tout va très vite et je comprends tout. C'est fait, la lèpre, cette immonde grignoteuse de chair et de conscience, me détruit de l'intérieur. Son serpent maléfique et vil s'entortille autour de mes intestins. Je me vide sans maîtrise. Mes entrailles pourrissent et mes pensées moisissent. Mes délires nourrissent mes suées nocturnes tandis que le diable ricane à mes oreilles meurtries. Le mal de Saint-Lazare vient à bout de moi.

Je hais les lépreux. Je me hais de n'avoir pu éviter cette puante et vicieuse attaque. Je vomis cette mort prétentieuse qui s'annonce. J'implore l'aide de Dieu pour me donner la force de traverser cette épreuve diabolique. Je veux repartir au combat pour défendre mon honneur et mon nom. Le sacrifice de ma vie doit se faire au champ d'honneur et non sur la paillasse d'une léproserie. Je suis héraut du Christ et je ne peux être ni banni ni impotent ! Pour la rémission de mes péchés, promise par le Pape en vertu de l'autorité qu'il tient de Dieu, je dois mourir digne et droit.

Mais ma dernière nuit est ponctuée de douleurs atroces et de crises de démence. Mes poumons se remplissent de sang. Mon ventre, prêt à exploser, gonfle comme la vessie d'un mouton gorgée d'eau. Je sens mes entrailles se déchirer. Ma gorge se noue quand ma langue se retourne. J'étouffe. Ma respiration est coupée net. La pression dans ma tête exorbite mes yeux et mes membres violacés se raidissent.

L'insupportable sensation d'arrachements dans tout mon corps accompagne ma rage de mourir.

Deux spasmes interminables annoncent la violence de mon trépas. Le troisième est fatal. Dans son ultime tentative pour retenir la vie, mon corps s'arc-boute et se tend comme une arbalète, avant de retomber raide mort. Mon cadavre gît sur un matelas poisseux de sang, de bave et de transpiration. Sur mon visage effrayé se dessinent les sillons de l'horreur d'être mort en souffrant. L'empreinte éternelle de ma colère marque mon visage cireux. « Deus volt », « Dieu le veut » ... mais ce n'est pas ce que JE veux ! J'ai encore des choses à faire, des combats à mener, des idées à défendre et des êtres à aimer...

Je suis en colère contre Dieu qui me retire la vie sans me laisser le choix. Lui que j'ai servi et qui m'abandonne à l'instant où j'ai tant besoin de lui !

Je m'aperçois que je flotte au-dessus de mon corps. Mes frères n'ont pas tardé à l'envelopper dans le drap de chanvre taché. Recouvert d'une cape immaculée ornée de la croix templière, je suis devenu anonyme. Autour de moi, la vie continue, mais je ne peux y participer. Mes appels et mes cris pour dire mon désarroi se perdent dans un écho que je suis seul à percevoir.

De ma dépouille émanent des fumerolles noires et denses que personne ne semble voir. Ces émanations invisibles sont comme des feux follets agités. Ils s'entortillent les uns aux autres pour construire une épaisse corde sombre. Elle pénètre sournoisement mon double flottant au niveau du cœur et s'infiltre dans les profondeurs de mon être instable. Je hurle de douleur et râle de colère. Impossible de me libérer de ce lien puissant qui m'attache au corps mort sur le lit. Toutes mes tentatives de mouvements sont vaines. Je suis prisonnier de la mort qui me projette les images effrayantes de ma vie terminée. Je suis face à mes démons et à mes douleurs. J'assiste, impuissant, à un cataclysme qui me mène droit dans les abysses de l'enfer ! Tout s'accélère autour de moi. Je suis aspiré au cœur d'une tornade glacée et magnétique qui me pétrifie. Je vois les os de mon squelette exploser en poussières grisâtres. Chaque particule est aspirée par la corde noire recomposée en cercles autour de ce que je crois être moi. Les anneaux flottent à égale distance et tournent sur eux-mêmes. Ces rotations créent des milliards de lueurs scintillantes et aveuglantes. Tout brille, clignote et s'expanse. Ces minuscules et puissantes sources lumineuses projettent des rayons qui libèrent un noyau brûlant. Les foyers incandescents fondent pour créer une colonne souple et ondulante. Ce serpent aux mille scintillements libère un son cristallin inconnu et enchanteur. Tout finit par se stabiliser. L'axe vertical au centre des cercles élargit son diamètre et enveloppe mon corps d'une lumière nacrée.

De mon cadavre est arraché un voile noir poisseux et dégoulinant. La mélasse élastique résiste un temps avant de se décrocher d'un coup. À une vitesse incroyable, la substance collante est aspirée par le tube de lumière qui répare toutes les déchirures qui crachaient les premières fumerolles. La colonne étincelante se rétracte. Seule une petite étoile rutilante demeure. Elle flotte face à moi. Je me sens d'un seul coup libéré de mes douleurs et de ma colère. Devant moi s'ouvre un gigantesque portail de cristaux multicolores. Son cœur vibre au rythme du chant des mots que je perçois : « par amour de toi, nous avons libéré ton corps de souffrance de la colère et des rancunes. Ta mémoire noire est nettoyée. Ton ombre est dissoute. À présent, tu es libre d'accéder à l'univers infini de la non-matière. Sois le bienvenu dans le Grand Tout.

Grâce te soit rendue, chère étincelle. Que ta Lumière t'accueille. »

J'ai vu disparaître les derniers résidus de ma vie dépassée. Cette sortie de corps a été un calvaire et j'en garde une trace souffrante indélébile dans mon âme meurtrie. Plaise à Dieu de m'offrir une chance de mieux vivre cela une prochaine fois.

J'entre dans la lumière par le portail cristallin. Apaisé et pacifié, je suis déjà en joie d'être vivant ailleurs...

Cette vie s'arrête là.

Angela et Julien ne le savent pas encore, mais ces quatre extraits de vies passées les concernent.

D'une certaine manière, elles nourrissent leur amour et tous deux pourraient bientôt en avoir besoin.

Ces vies d'un autre temps sont archivées dans la mémoire d'un seul être qui les connaît bien.

Il s'appelle Nomis et son histoire va prendre tout son sens...

Très très loin ailleurs...

Chapitre 21

Nomis vient de relire les extraits de certaines de ses anciennes incarnations.

Il a traversé quatre époques marquées des empreintes de ses souffrances et bonheurs.

Il sait qu'il doit en faire quelque chose.

— Ekela di votal nassaé déou, Nomis ? Interroge la voix avant de corriger de suite son langage : Que fais-tu dans le plan 9, Nomis ?

La langue vibratoire n'est plus accessible à Nomis. Il s'est déjà familiarisé avec d'autres mots, plus utiles à son dessein.

— Pardonne-moi. Pendant un temps, j'ai omis ton projet et la langue qui va avec, reprend la voix.

Malgré tout, Nomis répond dans la langue des âmes :

— Asténoul plamate riou dem davlo.

Je visionne les extraits de mes sorties de vies antérieures. Pour ma nouvelle *Actria**, j'ai l'autorisation d'accéder à mes archives, traduit-il.

Nomis est une âme qui prépare sa prochaine expérience de vie. Elle vient d'atteindre le mille-cent-trente-cinquième *Opus** de son *Actria**.

Pour favoriser ce projet, elle a reçu, comme toutes

---

* *Voir le lexique en annexe.*

les âmes en mouvement, l'enseignement révélé dans le TUSA au chapitre ***« La construction séquentielle du projet d'âme »***. L'*Actria** de Nomis compte :

– 11 352 *Opus**
– 2 198 *Oparus**
– 814 *Génélopes**
– 321 637 *Epryons** dont 911 *Epryons Kristalame**
– 1 815 *Matriciales**
– 531 743 269 *Limsènes**.

Nomis a choisi de développer son *Actria** sur la planète Terre. Il a effectué les trois quarts de son chemin dans l'invisible. Il lui reste tout de même deux-cent-dix-sept *Opus** à préparer.

À ce stade du processus, Nomis doit encore sélectionner des *Lois Matriciales** et des *Limsènes**. Mais il est déjà assez structuré pour supporter l'entrée dans la zone du *Champ de Marka**.

Cet espace vibratoire très sensible est dédié aux rencontres avec les âmes qui participeront aux expériences voulues par Nomis pour servir son projet.

Il va y présenter son programme, révéler les choix de ses dossiers de travail et décrire les talents recherchés pour mener à bien son incarnation. Enfin, il sera autorisé à auditionner les âmes volontaires pour constituer l'équipe idéale de sa future vie.

Cette étape est puissante et bouleversante. Nomis sera

* *Voir le lexique en annexe.*

accompagné par plusieurs enseignants pour mener à bien cette séquence, car à ce stade de la construction de l'*Actria**, le risque de renoncement pour l'âme est omniprésent. Pour réaliser son nouveau film de vie, le réalisateur Nomis a besoin d'acteurs et d'actrices principales, de rôles secondaires, de figurants, de silhouettes, de décorateurs, d'éclairagistes, de preneurs de sons, de dialoguistes, de cascadeurs, de bons et de méchants ! La bonne distribution des rôles est indispensable pour animer le jeu de ses expériences.

C'est dans le *Champ de Marka** que les âmes qui se sont connues dans d'autres projets de vie peuvent se retrouver. Elles se revoient parfois après des années-lumière de séparation et réactivent leurs champs fusionnels. Elles se reconnaissent toujours.

La délicate pureté et la finesse de l'énergie d'amour présente dans cet espace de casting est extraordinaire de bienveillance.

À la sortie du *Champ de Marka**, Nomis sera isolé pour recevoir une charge magnétique de stabilisation. Ce soin d'amour et d'équilibrage est indispensable à toutes les âmes en préparation d'incarnation. Cette opération énergétique dissout les résidus vibratoires coincés aux mauvais endroits de l'*Actria**. Les erreurs de programmation sont décelées et corrigées. Les mauvaises informations sont détruites. La pureté du taux vibratoire de l'âme est

---

* *Voir le lexique en annexe.*

alors assurée. Ce soin est une assurance pour l'âme qui peut ainsi se restabiliser très vite en cas d'impressions d'échecs dans son incarnation.

Après cette étape de purification, Nomis sera prêt pour entrer en contact avec sa famille d'âmes.

Au cours de la descente vers son Nouveau Monde, l'âme Nomis sera honorée, initiée, enseignée, énergétisée, codifiée, informée, nettoyée, structurée, stabilisée et bénie. Elle sera enregistrée et vibrera grâce au code personnel : NOMIS NIHCOLF EN EL91 IAM10202 A 71H10.

C'est sa carte d'identité vibratoire pour ce projet d'incarnation. Seulement après l'obtention de ce pass, elle entrera dans son nouvel espace d'évolution et d'expériences.

Elle y contactera les éléments du nouveau plan dans lequel elle vivra un temps calculé. Les informations justes féconderont sa trame vibratoire universelle et enrichiront ses mémoires temporelles et intemporelles. Durant tout le temps des expériences, l'âme sera reliée à son plan d'origine et bénéficiera de sa bienveillante complicité. Elle cheminera en reliance permanente avec ses environnements terrien et céleste.

Pour la mille-neuf-cent-soixante-quatrième fois, l'âme Nomis a choisi la planète Terre pour vivre son projet. Elle va donc s'y incarner et investir un corps de chair. Nomis a décidé de refaire l'expérience de l'humanité sur la petite planète bleue située dans un espace-temps solaire magnétisé pulsé.

La Terre a développé un mode de vie auquel le futur humain doit se refamiliariser. Pour cela, Nomis a relu et revisionné certaines de ces précédentes incarnations. Il vient de faire la lecture des quatre épisodes de fin de vie difficile. Le souvenir de ces désincarnations guerrières, exploratrices et spirituelles lui ont permis de recontacter trois *Oparus** à travailler sur Terre : il devra guérir des blessures de colère, de rancune et d'intolérance.

À son mille-cent-trente-cinquième *Opus**, l'âme Nomis est autorisée à se connecter au plan qui renferme les anales Akashiques*. C'est dans cette lumière astrale inaltérable que sont stockées et classées toutes les expériences vécues par les âmes. Elles y retrouvent avec précision les moindres détails de leurs vies antérieures et des expériences associées. Tous les dossiers individuels ou collectifs y sont accessibles sans limites de temps ni d'espace. Tout est y répertorié pour aider les âmes à guérir et à évoluer.

Nomis a besoin d'interroger la bibliothèque incorruptible du plan de l'Akasha* pour valider certains de ses *Oparus**. Il veut être certain de ses choix, tant pour lui que pour ses compagnons et compagnes d'aventures.

La voix l'interpelle à nouveau :

— Tu as progressé jusqu'à ton mille-cent-trente-cinquième *Opus**, n'est-ce pas ?

— C'est exact, répond Nomis, étonné par la précision du propos.

---

* *Voir le lexique en annexe.*

— As-tu besoin d'aide à ce niveau de ta préparation, chère âme ? Questionne la voix douce teintée de vibrations métalliques.

Nomis connaît cette tonalité si particulière. Il l'a déjà perçue au début de son voyage. C'était au lac énergétique de Shumna, au 19e plan, où il a laissé pénétrer dans sa trame les énergies du féminin sacré. Il reconnaît la voix bienveillante de son guide majeur. Cette fréquence protectrice accompagne l'âme en projet, de son point de départ à son point d'arrivée. Le guide majeur laisse une empreinte indélébile dans la structure d'une âme en expérience. C'est à lui qu'elle peut faire appel en cas de besoin.

— Est-ce vous, Maître Sélian ?

— Je te félicite, tu as reconnu la vibration de ta guidance initiale, cher Nomis.

— Je sais quand vous êtes présent ! La paix habite toutes les dimensions de mon être quand je reçois la musique de votre cœur, cher Maître.

— Alors, souviens-t'en bien. Tu peux avoir besoin de cette lumière d'amour pour éclairer ton ombre, quand tu seras dans les plans inférieurs, insiste la voix.

— Serait-il possible que j'oublie cet enseignement dans mon Nouveau Monde, Maître Sélian ? S'inquiète Nomis.

À peine ces mots furent-ils prononcés que des effets mordorés envahissent l'espace pour libérer des milliards de billes laiteuses microscopiques. Chaque perle contient des chiffres scintillants qui s'unissent pour tricoter une grande étoffe numérique.

Le tissu luisant s'entortille et réalise une torsade de lumière verte et rose.

Les nombres emprisonnés semblent s'agiter pour se libérer. Cette danse des codes s'accélère jusqu'à transformer les chiffres en un fluide pastel.

Nomis regarde, incrédule, le spectacle s'animer devant lui. Avant même de pouvoir commenter le phénomène, il aspire sans volonté la torsade colorée par le centre de son être. Sous le choc, il se replie sur lui-même avant de se redéployer tout aussi vite et de s'étonner, presque déçu :

— C'est déjà fini ? Dommage...

— Voilà qui est fait ! Pour sûr, cher Nomis, tu n'oublieras pas cet enseignement : La lumière chasse toujours l'obscurité. Tu es encodé pour donner priorité à ta force d'amour.

D'ordinaire, cet encodage qui est effectué dès le début du périple des âmes ne nécessite pas de renforcement. Mais l'*Actria** de Nomis est très ambitieuse et son maître majeur choisit d'amplifier la puissance aimante pour prévenir l'ouverture de failles ombrales qui fabriquent les souffrances.

— Grâce vous soit rendue, Maître Sélian, je me sens déjà plus fort, s'exclame Nomis.

— Je t'en prie. Où en es-tu dans tes lectures *Akashiques** ? Relance le maître majeur.

---

* *Voir le lexique en annexe.*

— Je viens de visionner les extraits de quatre incarnations essentielles. J'en ai retiré de précieuses informations qui valident mes *Oparus**. Ainsi, je suis confiant pour l'incarnation dans laquelle je m'engage, car je connais les sujets fondamentaux que j'aurai à travailler en quatre-vingt-sept ans de chair. J'ai également recontacté les mémoires de certaines sorties de vies difficiles. Je sais à présent que j'ai fait les bons choix.

— Sois bénie pour ta future aventure, chère âme de lumière. C'est une bonne chose de charger ces informations dans tes corps énergétiques. As-tu aussi besoin de revisionner l'une de tes entrées dans le Nouveau Monde, et en particulier l'infiltration dans un corps humain ?

— Oui Maître, je crois qu'il serait bon de m'imprégner à nouveau de cette réalité pour faciliter mon arrivée sur *Naor,* enfin je veux dire sur Terre.

— Sois donc prêt à revivre cela. La force universelle t'accompagne. Je t'ouvre le portail de l'une de tes nombreuses naissances antérieures, mon ami.

Bon voyage.

Aussitôt, l'espace s'anime.

* *Voir le lexique en annexe.*

Chapitre 22

Quelle chaleur ici ! Je ne vais plus tenir très longtemps. L'espace se réduit de jour en jour.

J'ai dû encore gonfler depuis mon arrivée ici et je prends plus de place.

Depuis la première seconde du premier jour, l'immensité de cette sombre caverne m'effraie. Je me sens toute minuscule. Heureusement que je suis restée scintillante pour tisser ma trame. L'étincelle que je suis se déplace contre la paroi de cette muqueuse pour la marquer de multiples points à foyers incandescents. Je vais et je viens dans tous les sens pour déposer un peu partout des morceaux de mon étincelle lumineuse. Chaque nouveau point est relié au précédent par un rayon translucide qui se dédouble à son tour. Je sautille et rebondis ainsi pendant longtemps, jusqu'à tisser une trame de lumière parfaite et soyeuse. Le tissu de ma structure se dessine de mieux en mieux. En son centre, un petit noyau cristallin facetté reçoit l'énergie de ce tissu énergétique.

En virevoltant sans cesse, je diffuse autour de moi une brume de particules argentées qui se fixent en gouttelettes sur chaque fil tendu. Au cœur de ces gouttes en suspension apparaissent des lamelles métalliques cuivrées et ondulées. Elles s'agitent toutes au même moment dans un bourdonnement d'insectes pour éclater les poches liquides. La puissance des tourbillons expulse des brins torsadés qui s'enlacent et s'éclairent de l'intérieur. Des milliards de billes rougeâtres éclatent et libèrent des filaments carmin autour desquels s'entortille un réseau de chemins capillaires bleutés. C'est ainsi que la fibre de mon ADN se constitue.

Puis c'est un canal central qui prend forme à partir du cristal. L'architecture géométrique se précise en son cœur. Une cathédrale de verre s'enflamme d'une lumière multicolore. Elle accueille le souffle de vie qui vibre au son d'un chant pur et cristallin. La chorale angélique envahit la caverne pour tourbillonner longtemps avant de m'envelopper. Je suis bercée par ce chant bienveillant. Le souffle me parle pour distiller toutes les informations qui manquent à ma compréhension et à mon éveil.

Autour de moi, la colonne de la connaissance s'allonge jusqu'à créer deux ouvertures béantes en haut et en bas. J'étire mon étincelle pour occuper la totalité de l'axe central du tube opaque qui tourne. La rotation s'accélère et libère un sifflement strident qui expanse ma propre lumière. La chaleur tourbillonne de bas en haut et le froid de haut en bas. Je suis transie et réchauffée à la fois.

Mon étincelle explose en milliard d'étoiles irisées. Certaines tapissent les parois du tube tandis que d'autres volent de manière anarchique comme des papillons de nuit affolés par la clarté du jour.

C'est un concert harmonieux. C'est la danse d'un amour joyeux. La valse enivrante du bonheur d'avoir été, d'être et de devenir. Je suis grisée et détendue.

Au cœur du tourbillon vivant, l'atome Source se révèle à moi et s'installe au centre de ma matrice. La connexion se fait entre le haut et le bas pour féconder le visible et l'invisible et donner naissance à mon être multidimensionnel.

J'entends ce que je dois entendre. Je vois ce que je dois voir. Je comprends ce que je dois comprendre. Je sais ce que je dois savoir. Tout est limpide.

Et soudain, j'entends les battements de mon propre cœur ! Je vais naître au Nouveau Monde...

Petit à petit, j'ai construit mon nouveau corps. J'en suis souvent sorti pour rejoindre mon monde d'origine immatériel qui détient des secrets de ma future vie. Je me suis un peu plus installée dans ma caverne et ma poche de protection est maintenant terminée. Elle regorge de nourriture et d'eau. Je me développe au prix d'efforts considérables. Les bruits sont de plus en plus bizarres et les odeurs souvent incommodantes. Depuis quelque temps, je ne peux plus bouger aussi facilement qu'au début. Je suis un peu coincée. Est-ce pour ça que je n'arrive plus à voyager ailleurs et que je reste dans cet antre chaud et humide ?

Il y a peu encore, j'allais dans les autres mondes et je rencontrais des êtres de tout genre, des bons et des mauvais. J'étais guidée par les premiers qui m'enseignaient comment éviter les seconds. À présent, je n'entends plus les voix conseillères qui, d'habitude, m'indiquent les chemins à suivre. J'ai bien failli me perdre à ma dernière sortie ! Le retour à la caverne a été plus long et fatigant. Je dois faire attention à revenir intacte dans ce petit corps.

J'ai très envie de dormir. Mes yeux piquent, mon nez coule et mes oreilles grondent. Que se passe-t-il ? Des mouvements que je ne contrôle pas secouent mes organes et des sursauts excitent mes jambes. Mes pieds poussent sur les parois de ma caverne pour prendre appui. Mon cou se tord et mes épaules s'écrasent. Ma tête bascule en avant et j'ai le ventre écrasé par une masse visqueuse et flasque. J'avale un liquide épais et salé. « Arrêtez, j'étouffe ! Ça fait mal partout ! » Je me retourne d'un coup. J'ai la tête à l'envers. Je ne vois plus la lumière d'en haut, mais le noir d'en bas. « J'ai peur, aidez-moi, je glisse. Ooohhh, arrêtez ça ! ».

Personne ne m'entend. Mais où sont mes guides, les âmes de ma famille, mes amis, mes êtres chers ?

J'entends quelque chose. Des bruits anormaux. Je ne reconnais pas ces sons qui déferlent vers moi. Des voix sourdes et excitées qui m'appellent.

— C'est maman et papa qui te parlent, ma chérie, le grand jour est arrivé ! Et ton frère est là aussi.

C'est qui ça « maman » et « papa » et quel « grand jour » ? Mon quoi, « frère » ?

Mais qui est là ? Je ne comprends plus rien. J'ai tout oublié. À quoi ça sert tout ça ? Où je vais ? Je ne veux plus y aller. Je veux remonter vers mon monde, et partir loin d'ici. C'est trop dangereux. Je glisse encore. Ooohhh une porte de la caverne s'ouvre devant moi ! Un long couloir sombre et étroit s'annonce. Je ne passerai jamais par-là, c'est trop serré. Je suis poussée par l'arrière. Quelqu'un me pousse... Mon cœur s'accélère et je tremble. Mais arrêtez donc de m'écraser ! Toute la caverne vibre ; elle gonfle et se dégonfle. Des bruits assourdissants explosent à mes oreilles et des détonations multiples éclatent autour de moi. Des liens qui m'attachent aux parois de la caverne s'arrachent violemment et créent des douleurs abominables. Je suis propulsée d'un coup dans le couloir noir et froid. Je perds connaissance. Mon sommeil involontaire va me reposer. Cette expérience est un choc violent et barbare.

Les deux étincelles violettes postées à hauteur de mes oreilles pétillent et expliquent :

— Tu es entrée dans la vie de la densité, très chère, et tu es prête pour cela. Tu vas faire l'expérience de la vie sur Terre et t'en réjouir souvent. Souviens-toi d'où tu viens et n'oublies jamais que nous sommes à tes côtés pour t'accompagner partout, dès à présent et jusqu'au bout. L'intelligence et la force de la Source dont tu es issue sont installées au plus profond de ton étincelle, dans ton cœur de cristal. Va la contacter quand tu en as besoin pour y puiser l'intelligence du monde invisible. Mets-la au service de ton visible. Tu es la lumière et tu es digne de l'exprimer là où tu vas. Nous te guidons, par amour de toi, aux portes du monde humain. Sois bénie et transfigurée par la force et la beauté du vivant qui t'animent.

D'un coup, je suis apaisée et prête. J'ai glissé lentement en contrôlant mes mouvements, comme guidée par un contorsionniste professionnel !

Malgré la crainte et la panique, j'ai accueilli ma peur. Je l'ai aimée et remerciée de m'offrir la chance d'aller rencontrer ma force et ma confiance. Elle n'a pas fait de résistance et s'est dissoute au fur et à mesure de ma descente vers les portes de la Terre.

La luminosité est devenue de plus en plus forte. Ma respiration s'est adaptée et mon corps, intelligent, a fait son travail.

Je me suis encore tordue plusieurs fois pour m'engager dans le dernier passage. J'ai regardé derrière moi une dernière fois avec les yeux du cœur profond, celui de cristal. J'ai vu la corde d'argent qui relie mon étincelle aux milliards d'étoiles d'un cosmos magique et souriant. Toutes semblaient me dire « Bon voyage et n'oublie pas que nous t'aimons. Pense à nous, car nous sommes toujours là. »

Une énergie a sculpté autour de moi une enveloppe nacrée clignotante qui épouse parfaitement la forme de mon corps physique. C'est un manteau chaud qui pulse au rythme de ma respiration. D'autres enveloppes colorées se superposent à la première. Je suis douillettement et élégamment habillée de lumière multicolore.

Un dernier coup de tête en avant et j'y suis ! J'expulse le dernier souffle pour quitter l'Ancien Monde et j'inspire profondément le premier souffle pour entrer dans le nouveau. C'est Ma vie !

L'ultime porte cède. Dans un cri de joie et de douleur, je me montre à la Terre et aux yeux de ma nouvelle famille.

— Félicitations, c'est une jolie petite fille bien en chair !

Je sens la chaleur d'un corps qui m'étreint et me protège. Une voix douce et tremblante me glisse à l'oreille :

— Merci, ma chérie, tu es mon trésor. Je t'aime. Sois la bienvenue auprès de nous.

Je ne comprends rien, mais je perds un liquide par les yeux et ça fait chaud au cœur, c'est étonnant. Ce doit être ça l'émotion dont on m'a parlé en haut...

Deux étincelles violettes postées à hauteur de mes oreilles pétillent et expliquent :

— Tu as réussi. Tu es merveilleuse et talentueuse. Tous ceux d'en haut te félicitent et t'acclament, très chère âme désormais incarnée. Nous restons à tes côtés pour te guider, dès à présent et jusqu'au bout. Sois confiante.

Je suis éblouie par la luminosité. Dites-moi, ici aussi la lumière est puissante, mais pourquoi est-elle enfermée dans des boîtes au-dessus de ma tête ?

— C'est un autre type de lumière, très chère, mais tu apprendras vite à t'en servir...

Ouah ! c'est chouette, ça commence bien cette aventure ! Mais j'ai très envie de dormir, je suis épuisée... Mes yeux se referment et je revois l'ailleurs et mes sœurs de lumière qui dansent en mon honneur. La fête est belle. Je suis heureuse d'être à la fois, d'ailleurs, et d'ici.

Là-haut...

Chapitre 23

Valexaire a observé avec tendresse la fusion des âmes d'Angela et de Julien. Il a assisté des centaines de fois à ce processus de rapprochement, mais il est toujours aussi touché par la puissance d'un tel évènement.

Il sait que cette alchimie aimante rayonne bien au-delà des deux êtres concernés. L'amour inconditionnel qui émane d'un couple en fusion est aussitôt démultiplié. Cette énergie guérisseuse arrose, de fait toutes les âmes qui en ont besoin, qu'elles le demandent ou pas. C'est un partage sans condition. Un phénomène automatique et inéluctable.

L'égrégore du collectif enrichi par ce fractionnement d'amour favorise l'expansion des dimensions visibles et invisibles, des plus proches aux plus éloignées. L'univers se réjouit toujours à l'idée de distribuer ces merveilleux cadeaux.

Valexaire sait maintenant que la connexion aimante est établie au bon endroit. C'est une grosse partie du chemin qui vient de se révéler à Angela et Julien. À partir de cet instant, les deux tourtereaux peuvent se rejoindre n'importe où, avec ou sans corps.

Heureusement que le processus vient d'être exécuté jusqu'à son terme, car une violente détonation provoque, de manière inattendue, le déchirement de la paroi du cocon d'amour qui enveloppe les deux âmes en fusion.

Ce bruit venu de la dimension d'Angela n'est autre que la porte de la boutique qu'une cliente a claquée en rentrant.

La fragilité du processus énergétique aimant résiste très mal aux parasitages, surtout quand ils sont issus d'une peur ou d'un choc. C'est précisément le choc violent du fracas de la porte associé au son agressif d'une voix aigüe qui a fait sursauter de peur Angela. La conséquence est immédiate. La fréquence d'amour est dominée par la fréquence de peur. Le vaisseau énergétique dans lequel voyagent les amoureux se fissure et se dissout. Cela a pour effet instantané de rapatrier chaque âme dans son monde, sans ménagement.

Pas de préparation à cette rupture. Pas d'au revoir possible.

Angela réintègre le décor de la boutique de son amie Cécé, tandis que Julien est renvoyé auprès de son guide.

— C'est toi qui as fait ça Valexaire ? S'insurge Julien.

La présence lumineuse aux côtés du jeune homme vibre d'un scintillement multicolore. Il en est toujours de même quand elle se prépare à répondre à une question.

Juste avant d'émettre plusieurs sons qui ne ressemblent à rien de connu, la forme ondulante se stabilise pour irradier le visage de Julien. Cette chaleur agréable, mais très éblouissante le pénètre en même temps que la réponse.

— Holà, Como esta usted, amigo ? Ravi de te revoir. S'amuse Valexaire.

— Mais pourquoi tu me parles en espagnol maintenant ? T'as disjoncté ou quoi ?

— Pas du tout, ici on ne peut pas disjoncter comme tu dis, c'est impossible, il y a toujours du réseau ! Pour l'espagnol on sait jamais, ça pourrait te servir pour plus tard. Affirme le guide, sûr de lui.

— Okay, laisse tomber. Alors, c'est toi qui as fait ça ? Insiste, Julien.

— De quoi tu parles, Julien ?

— De ce retour ici ! J'étais dans les bras d'Angela et tout à coup plus rien. Elle a disparu ! Je me suis évaporé pour me retrouver ici, sans elle, proteste Julien désorienté par le phénomène.

— Tu me prêtes des pouvoirs que je n'ai pas, mon très cher frère. Mais ce n'est pas un hasard si cela s'est produit, précise Valexaire en ricanant.

— Pas un hasard ? Répète Julien, agacé par la désinvolture de son préparateur.

— Oui, tu sais ce qu'est le hasard, j'imagine ?

— Oui, je sais ce que c'est le hasard, merci ! Rétorque Julien impatient d'entendre les arguments du passeur.

— Es-tu bien certain de savoir ce que c'est ? Insiste, Valexaire.

Le jeune homme exaspéré par ce qu'il prend pour de la condescendance, hausse d'un coup le ton.

— Oui je sais que le hasard c'est un truc qui arrive à un moment où on ne s'y attend pas et sans comprendre d'où ça vient. Ça te va comme réponse. Alors ? Grogne Julien.

— Bon... Je vois que ta blessure de cœur suinte encore. Il y a comme une odeur de colère rancunière derrière tout ça, amigo !

— Très bien, j'ai compris, t'as un nouveau truc à m'apprendre, c'est ça ?

— Bingo ! Écoute plutôt ce qui suit. Tu sais ce qu'est un hasard, mais tu oublies qu'il existe des hasards nécessaires, ceux qui ont pour mission de transformer quelque chose dans l'existence. On peut alors parler de coïncidences, car les évènements qui fusionnent coïncident. C'est-à-dire qu'ils se rencontrent dans un temps et un espace précis pour favoriser le changement et pour faire évoluer un système. Ce hasard peut donner tout son sens à une situation. Quand cela se produit, nous sommes souvent étonnés par le côté extraordinaire de ce qui nous arrive. Au moment où nous réalisons cette bizarrerie, nous sommes à coup sûr en train de vivre une synchronicité. C'est-à-dire que la coïncidence significative chargée de sens impacte la dimension émotionnelle de l'être. Et la conscience s'éveille. Grâce au phénomène irrationnel du hasard, nous redevenons sensibles à notre dimension magique.

C'est aussi à partir de cet endroit de nous que peuvent être envisagées et initiées les transformations les plus utiles à notre évolution. C'est bien connu, lorsqu'on a un tournevis dans la main, on voit des vis partout...

Et très souvent, c'est en période de chaos, voire dans un moment désespéré, que les signes sont envoyés pour forcer le destin et nous remettre sur la bonne route. Le hasard est un mouvement créateur et c'est la forme que prennent les forces de l'invisible pour ne pas être reconnues, conclut Valexaire.

Julien semble comprendre, mais sa colère ne diminue pas pour autant.

— Tu es en train de m'expliquer que si je suis revenu ici, auprès de toi, alors que je vivais un moment de pur bonheur avec Angela, c'est un hasard nécessaire pour moi ?

— Pas que pour toi, mais pour elle aussi. Je me réjouis que tu puisses appréhender cela, acquiesce le guide, heureux d'avoir fait passer un nouveau message.

— Mais, à quoi ça sert de vivre les choses comme ça et de briser un évènement heureux ? Qu'est-ce qu'on y gagne puisqu'on perd la joie d'un merveilleux moment de retrouvailles et d'amour ?

— Vous y gagnez à coup sûr un enseignement qui vous aide à enrichir la relation et votre expérience. Et comme l'évolution de votre couple passe d'abord par vos évolutions individuelles, le hasard, la coïncidence ou la synchronicité entrent en jeu pour articuler au mieux les rouages de votre amour. C'est une logique implacable. Si vous apprenez à vous aimer individuellement avec plus de dignité et de légitimité, vous aimerez l'autre avec tout autant, sinon plus, de dignité et de légitimité. C'est cela être aimable. Digne d'aimer et d'être aimé. Naturellement, sur l'instant vous ne réalisez pas que c'est un hasard nécessaire, mais avec le recul, vous comprendrez que si vous n'étiez pas passés par cette étape hasardeuse, vous ne vivriez pas l'opportunité de vous aimer encore plus fort, dans toutes les situations.

N'as-tu jamais remonté le fil de ta vie pour identifier les étapes clés de ton existence ? Tu sais, ces évènements, ces expériences, ces rencontres et ces hasards qui t'affirment que si tu n'avais pas fait ceci ou cela, si tu n'avais pas rencontré celui-ci ou celle-là, si tu n'étais pas allé ici ou là, si tu n'avais pas écouté ton cœur plutôt que ta raison tu ne serais pas ce que tu es aujourd'hui.

— Non, pourquoi je ferais ça ? S'étonne Julien, incrédule.

— Mais parce que toutes ces étapes qui jalonnent ton chemin de vie sont de précieux leviers pour ton évolution. En comprenant cette logique hasardeuse qui articule ton grandissement, tu accèdes à la dimension magique de ton incarnation. Tu te connectes à ton intelligence merveilleuse et tu déclenches la puissance et la force de ton âme. Tu sais cette intelligence supérieure que tu possèdes et dont je t'ai parlé il y a environ trente-six secondes... Ainsi, tu honores, aimes et félicites la partie la plus essentielle de toi-même. Et c'est surtout le meilleur moyen pour communiquer avec ton âme qui connaît le sens des expériences qu'elle te propose.

Grâce à cette perception bienveillante, elle entre en contact avec toi et peut te délivrer ses messages.

— Je ne comprends pas tout. J'ai besoin d'un exemple, demande Julien beaucoup moins agité parce que de nouveau fasciné par des propos qui le recentrent.

— Les successions d'expériences proposées dans ton programme de vie sont orchestrées par ton âme et toi. Elles servent à vous faire évoluer. Elles sont manifestées dans la réalité de la dimension dans laquelle tu vis. Pour toi, il s'agit de la Terre. Sur cette planète, tu organises ta vie en fonction de tes besoins, de tes envies, de tes choix, de tes rencontres, de tes questionnements, de tes amours. Régulièrement, ton âme propose des expériences qui lui sont nécessaires et auxquelles elle te demande de collaborer pour activer un processus d'évolution et de guérison. Si tu n'entends pas, si tu es trop occupé ou distrait, elle va utiliser un moyen doux et magique pour te rappeler à sa considération. Ton âme va te toucher sous la forme d'une caresse aimante et te manifester un signe. C'est alors que le hasard nécessaire se manifeste. Ton âme fait cela pour t'orienter sur le meilleur chemin de vie et t'accompagner vers une étape essentielle de ton évolution. Elle t'amène à l'endroit précis où tu pourras initier avec succès, une transformation.

Julien est tout aussi stupéfait qu'irrité. Stupéfait par la précision de la mécanique des lois supérieures qui régissent l'Univers et agacé par la sensation d'être dans l'obligation de s'y soumettre.

— Et si, moi, je ne veux pas que le hasard décide pour moi ? Si je veux garder la main sur mon histoire ? Que je veuille rester dans les bras d'Angela alors que la force de la coïncidence m'en arrache ? J'ai pas le droit, c'est ça ! Vocifère-t-il de plus belle.

— Tu as pleinement le droit de refuser ce que le hasard ou ses complices, les coïncidences, te proposent. C'est ce que les humains nomment le libre arbitre, une faculté volontaire de faire un choix en toute liberté. En revanche, cette option n'est possible que si tu vis dans la dimension où elle est d'usage. Or, en ce qui te concerne et pour ce qui vient de se passer avec Angela, tu ne vis plus sur Terre, donc ton libre arbitre n'y existe plus et tu n'en as plus l'usage.

Valexaire n'a pas terminé sa phrase que déjà Julien réagit avec violence.

— C'est dégueulasse de dire ça ! Je veux retourner auprès d'Angela maintenant ! Je veux l'étreindre et l'aimer de toutes mes forces et de toute mon âme ! Je m'en fous des hasards et des coïncidences qui enseignent des trucs à la con, je veux repartir vers elle et lui dire qu'on va vivre une histoire géniale et unique ! Laisse-moi repartir, je t'en supplie... Laissez-moi repartir vers elle, hurle Julien à l'adresse de l'univers.

Sa colère est telle qu'il en suffoque et tressaille dangereusement. L'enveloppe aurique qui atteste de sa santé énergétique se fissure. Elle vire au carmin foncé et déclenche un déséquilibre risqué. Des scintillements anormaux crépitent à des endroits d'ordinaire inattaquables. Ses particules et ses ondes personnelles communiquent mal et des interférences électromagnétiques le privent d'une élémentaire stabilité. Ses onze corps en phase de dissolution se densifient à nouveau. Ils alimentent la colère de Julien. Sa nouvelle géométrie atomique qui doit lui permettre de traverser les plans est menacée.

Face à cette réaction anormale, Valexaire comprend tout de suite que le responsable est le corps ombral de Julien. Il est encore actif du fait de l'existence de la dépouille du défunt sur Terre. C'est dans les parties dures de son corps humain, même inanimé, que se trouve ce corps de souffrance. Les os, les cartilages, les ongles et les dents sont les supports d'accroche du corps noir. Dans l'état actuel des choses, pas étonnant que Julien ait une dent contre la vie. Le guide n'a pas d'autre choix que d'aller purger ce corps énergétique pour combattre les dents de l'amer... Et rétablir l'équilibre général de son protégé.

Le silence qui prolonge la plainte de Julien s'accompagne d'une réduction immédiate de la luminosité. Les couleurs jusque-là radieuses font place à une lueur pâle et grisâtre.

Dans ce brouillard ambiant, Valexaire se dissout totalement, au grand étonnement de Julien.

— Décidément, c'est une vraie manie de s'évaporer, dans ce monde ! Gémit-il.

Au même instant, il est envahi par un souffle glacial qui le tétanise et cisaille sa voix plaintive.

— Qué qué quu'esst-ce qqui quii se pa paaa passsse ? Bégaie-t-il tout grelottant.

Un silence abyssal le pétrifie de terreur.

— Va Va Valexxxai rrre, t'es t'es où ? T'es t'es pas là, t'es où ? Tente-t-il d'articuler entre deux soubresauts.

Julien est au bord de l'évanouissement. Il ne perçoit plus aucun son et doit s'abandonner impuissant à une nouvelle somnolence qui l'aspire. Dans un râle qui s'apparente à un dernier souffle, il s'enfonce dans un sommeil profond.

Valexaire sait que la colère et le désespoir ne prédisposent personne à recevoir correctement un enseignement, écouter un conseil ou vivre une expérience. Il sait aussi qu'il ne doit plus perdre de temps s'il veut accélérer le passage de Julien. Trop de surprises lui ont déjà fait prendre des risques.

Pour que tout continue au mieux, il doit maintenant veiller à deux choses : l'élargissement du champ de conscience de son protégé et la purification des champs vibratoires de son âme.

À ce stade de la progression, et malgré les premières interventions sur la structure vibratoire de Julien dès son arrivée au plan 1, Valexaire s'étonne des réactions violentes qui persistent. Il décide de pénétrer le corps ombral de Julien. C'est pour cela qu'il plonge son ami dans un nouveau sommeil artificiel afin de n'être empêché par aucune forme de résistance. Cela est juste pour Julien et pour son âme qui doit, elle aussi, être aidée dans cette étape de transition. Le **TUSA** précise que toute âme doit retourner un jour à sa Source, là où elle est née. Rien n'est indiqué sur le délai ni le temps que prendrait ce voyage, mais les fiches de Valexaire sont claires à ce sujet : « *toute intervention sur le corps ombral d'un défunt a des conséquences majeures sur la trajectoire et la destination de son âme* ». Valexaire se demande si l'intervention qu'il envisage ne pourrait pas modifier les projets d'ascension de l'âme de Julien.

L'enjeu est très important et il préfère réviser un chapitre essentiel sur « *Définition et parcours de l'âme* » pour assurer le coup.

Très vite sa lecture lui confirme le risque de déviation, mais il comprend surtout que ce changement de trajectoire est favorisé si l'humain refuse de collaborer avec son âme au plan 1. Et c'est bien le problème que Valexaire rencontre avec Julien.

Certes il est de plus en plus éveillé et intègre assez bien les enseignements qui permettent son élévation, mais il est encore trop souvent rattrapé par ses blessures et ses souffrances.

Ceci ralentit son ascension vers le Plan 2, car il se ferme encore trop souvent au langage de son âme. À cause de la noirceur de son corps ombral, l'âme va dévier pour se libérer toute seule et elle risque au passage de s'amputer d'une partie d'elle-même pour la laisser au plan 1.

Dans sa future incarnation, elle serait obligée de faire un travail de rapatriement d'âme pour récupérer ce qui lui manque. Si les choses se passent ainsi cela veut dire que Valexaire aura échoué sa guidance. Cela reste acceptable et fréquent du point de vue céleste, mais impensable, ou plutôt « *Intensiable* » du point de vue d'un guide-préparateur-passeur !

Julien doit comprendre qu'il est son âme et que la dissociation de l'un et l'autre n'avait de sens que dans le monde de la dualité, la Terre. Ici dans l'unité, les deux intelligences fusionnent pour redevenir une entité à part entière. Julien et l'âme ne font qu'un. Ils sont pur amour. Ils sont la Source créatrice et doivent s'alchimiser au plus vite. C'est décidé, Valexaire opère !

Il installe son élève dans une zone dite d'évaporation qui permet de désolidariser toutes les particules énergétiques de Julien pour les infiltrer une à une. Dans cet espace de dissection, le guide identifie la charge souffrante de chaque molécule fréquentielle et procède au nettoyage des fibres polluées. Valexaire inspecte chaque couche, brin et corde énergétique du corps ombral. Il triture chaque filament cosmique et atomique, comme un électricien inspecte les centaines de fils gainés d'une énorme tresse de câbles. Il dissout au passage quelques mémoires souffrantes obsolètes pour arriver à l'origine du déséquilibre.

Julien est encrassé par de multiples douleurs de rancunes qui bloquent la communication avec son âme. Les parasites brouillent les fréquences d'amour et la réception est mauvaise entre les deux intelligences. Par erreur, l'âme se prépare à dévier sa trajectoire vers une dimension de très basse vibration. Ces profondeurs noires sont béantes et des énergies ténébreuses risquent de contrarier le projet d'ascension vers le tunnel de la grande lumière blanche.

D'ordinaire, descendre dans son ombre pour l'éclairer n'est pas dommageable pour l'âme et son représentant. C'est même un moyen très répandu pour apprendre à neutraliser des codes inadaptés à l'Actria* ou mission de vie. C'est un mal pour un bien, comme disent les humains. Mais dans le cas présent le processus est trop avancé pour que l'âme se désenlise toute seule. Valexaire intervient avec succès pour libérer à temps ce blocage.

Sa chirurgie précise et délicate a permis d'éviter le pire. Cet acte d'amour a libéré les doutes, les regrets, les dénis, les rancunes, les tristesses et toutes les traces souffrantes et limitantes de Julien.

Le protégé du guide a définitivement franchi le cap de sa propre résistance et va reprendre contact avec son âme.

* *Voir le lexique en annexe.*

Pour Angela, le même processus est en cours, mais la chirurgie s'opère autrement.

Au même instant, le hasard céleste prend la forme d'une ode à l'amour.

Ici-bas...

Chapitre 24

Au violent fracas de la porte qui claque s'ajoute un curieux piaillement inattendu et déplacé. Une voix aigüe et stridente acidifie la douceur de l'ambiance.

Jusque-là, les délicates notes de piano de *The World to Come*, rehaussées de la délicate voix de *Fredrika Stahl*, embaumaient l'air. D'un seul coup, elles sont dégommées par la tirade caricaturale de la jeune femme qui franchit le pas de la porte.

Tel un *Cyrano* drapé dans son manteau pourpre et coiffé de son feutre plumé, elle se plante toute fière et déverse son ode badine à la cantonade.

« Oh, toi qui vins ici pour goûter au bonheur
Entends qu'il est trop tôt pour honorer ton âme
Consens que je revienne en un temps de malheur
Pénétrer de mon glaive les entrailles de l'infâme »

En réaction à ce tsunami sonore, Angela tressaille et sursaute de peur. Extirpée de son vaisseau d'amour et ramenée avec violence dans sa réalité, elle bascule avant de tomber à la renverse. L'élasticité du pouf agit comme un ressort qui la projette au sol. Telle une poupée cassée, elle se fige dans une position qui rappelle celle d'une figurine désarticulée avec laquelle on a trop joué.

Hagarde, elle se frotte la nuque pour tenter d'effacer la douleur d'un début de torticolis et capte une conversation surréaliste, montée du rez-de-chaussée de la boutique.

— Bonjour, Aude ! De nouveau en pleine forme ! Dites-moi. S'exclame Cécile, affairée derrière une pile de livres.

La jeune femme qui a terminé la tirade se dirige d'un pas décidé vers un placard qu'elle ouvre sans délicatesse. Elle y jette négligemment le manteau qu'elle vient de retirer de ses épaules. Le faisant tournoyer comme la cape d'un super héros, elle manque au passage de faire valdinguer un présentoir de livres de poche sur les extra-terrestres. C'est un peu comme si elle faisait vaciller sa propre famille.

Elle enfile une blouse de tissu fleuri du plus mauvais goût et saisit avec poigne un balai, comme un soldat saisirait sa lance pour guerroyer.

— Oui, je suis en forme et vous le dis bien haut, je n'ai plus aujourd'hui besoin d'aucun repos ! Réplique Aude.

— Voilà qui me ravit, ma très chère employée, car votre arrêt de travail m'a coûté bien du blé ! Rétorque Cécile, habituée aux joutes verbales que lui propose sa femme de ménage.

Aude est chargée du nettoyage de la boutique. Elle vient deux jours par semaine aux mêmes horaires. À 16 h pétantes, elle fait son entrée théâtrale en faisant toujours claquer la porte pour marquer le début de sa saynète.

S'ensuivent quelques échanges d'alexandrins originaux entre patronne et employée.

Pour beaucoup d'habitués, Aude est l'attraction des mardis et samedis. Son style ne laisse pas indifférent et amuse grand nombre de visiteurs.

Cécile a déjà évalué que le taux de fréquentation de sa boutique augmente à ce moment-là. Ses calculs n'annoncent pas moins de vingt pour cent de visiteurs en plus et autant de ventes supplémentaires, le jour où l'extravagante femme de ménage est annoncée. Du coup, la commerçante a renoncé à la faire venir après la fermeture. Elle a demandé à son employée délurée de venir plus tôt pour ranger un peu. Aude n'a pas été dupe. Elle a négocié ses nouveaux horaires au tarif d'une intermittente du spectacle.

Ce ne sont pas que sur ses qualités professionnelles de nettoyeuse que la jeune femme a été embauchée. Sa prestation est même souvent très moyenne, au point que Cécile soit obligée de fignoler le travail. Mais Aude est un personnage attachant et hors du temps. Elle semble avoir été catapultée d'une autre planète pour atterrir à un endroit où elle n'a rien à faire.

Issue d'une famille de théâtreux et de littéraires, elle a été bercée par les lectures des grands textes classiques. Quand beaucoup de bébés, nourris au lait en poudre et à la tétine siliconée trois vitesses, grillaient leurs petits neurones dans les bras d'une mère hypnotisée par un écran plasma, Aude se gavait de lait maternel enrichi aux lectures paternelles à très haute voix. Les répliques et les tirades des plus célèbres textes avaient rythmé son début de vie. Ses premiers mots résonnèrent en alexandrin et dès lors, on ne la fit boire que dans des verres à *pieds*...

De Molière à Racine, en passant par *Anouilh, Pirandello, Rostand* ou *Mérimée*, elle a emmagasiné dans son exceptionnelle mémoire des œuvres entières, qu'elle estime merveilleuses et divines.

De ce temps enfantin, elle a gardé l'habitude de dire des vers au quotidien et met un point d'honneur à en vider au moins une dizaine par jour. Ce qui, au demeurant, l'a rendue alcoolique.

Cette femme est une énigme et c'est d'abord pour cela que Cécile a retenu sa candidature, sur les dix-sept prétendantes au poste. Le jour de l'entretien, pour ne pas dire de l'audition, Aude s'est présentée affublée de ce que l'on aurait pu prendre pour un étonnant déguisement moyenâgeux. Ainsi accoutrée, la jeune fille pouvait passer pour une illuminée. Il s'avère que l'extraordinaire costume qu'elle portait avait été créé par *Agnès Evein,* célèbre et talentueuse costumière, s'il en est. Les velours chamarrés enveloppaient Aude avec raffinement et elle paraissait angélique en tous points. Oui, elle était illuminée, mais de l'intérieur.

Cécile fut d'autant plus sensible à ses charmes que la jeune candidate, à la question : « pouvez-vous me décrire vos compétences ? », répondit en déclamant d'une manière tout à fait décalée, mais très intelligente, un extrait des *Liaisons dangereuses* de *Pierre Choderlos de Laclos.* Dans cet extrait, le personnage de *Cécile de Volanges,* présenté dans le roman comme une oie blanche, décrit avec des mots sans équivoque son nouveau statut de femme experte et dépendante des jeux érotiques.

Il n'en fallu pas davantage à Cécile pour être subjuguée par le magnétisme et le charisme d'Aude. Transportée par les fantasmes sexuels qu'elle réveillait en elle, Cécile prit aussitôt la décision d'embaucher le petit bout de femme, pour mieux réussir à la débaucher. Cerise sur le gâteau, à la signature du contrat de travail, Cécile, hilare, réalisa, sans jamais avoir fait le lien auparavant, que le nom de famille de sa nouvelle employée était JAVEL.

Depuis ce temps, Aude JAVEL, femme de ménage extraterrestre, dépoussière les ouvrages de BOOKOKAZEN, en déclamant des vers, rue Paradis, chez Cécile la libertine.

Chapitre 25

Le calme revient peu à peu dans les différents carrés de la boutique. Les thés et les tisanes fument dans les tasses peintes à la main. Les pages des livres frisotent sous les doigts agiles des lectrices. Les conversations sur la puissance de la prochaine pleine lune et ses conséquences sur le féminin sacré animent un coin de la boutique.

Cécile encaisse plusieurs achats à la chaîne. Le sourire imprimé en 3D sur son visage en dit long sur le volume de son futur chiffre d'affaires.

Aude repositionne des livres dans les rayonnages, après les avoir à peine époussetés.

La musique, un temps perturbé par la scène II de l'acte III de la pièce *Aude et Cécile à la boutique*, reprend ses droits. Les notes et les voix s'harmonisent à nouveau.

BOOKOKAZEN fait le bonheur de toutes et tous. Dans ce mini monde parfait, seule Angela se sent mal.

Intriguée par l'agitation du rez-de-chaussée, elle s'est relevée tant bien que mal pour venir s'appuyer à la balustrade de la mezzanine. Elle flotte encore dans une sorte de brouillard très inconfortable. Outre la douleur de son torticolis, officiellement installé dans son corps, elle se sent nauséeuse à point pour libérer un trop-plein de quelque chose. Angela ignore ce qui la gêne, mais une compression au niveau du cœur lui bloque la poitrine. Sa respiration reste régulière et normale, mais elle a l'impression d'avoir une énorme bulle de gaz coincée à l'endroit du plexus solaire. Elle a du mal à trouver son souffle. Elle se tortille comme un papillon qui tente de s'extraire d'une chrysalide. Tout en massant son thorax, elle revoit les images et ressent les impressions laissées par l'épisode du vaisseau d'amour. Elle ne tarde pas à recontacter l'émotion de la fusion avec Julien.

La douleur qui l'envahit est incommensurable. C'est un sentiment de désespoir mêlé de colère qui imprègne tout son corps. Angela est dévastée par cette sensation d'avoir été abandonnée et expulsée d'un endroit où tout était merveilleux. À ce vécu, s'ajoute l'horrible impression de ne plus jamais pouvoir y retourner. Les saveurs qu'elle retrouve lui paraissent toxiques et d'une amertume écœurante. Elles s'accompagnent de douleurs articulaires et de brûlures musculaires. Des larmes perlent au coin de ses yeux. Une évaporation acide remonte de son estomac jusqu'à sa gorge à la vitesse d'un ascenseur propulsé en vingt secondes au sommet d'une tour démesurée de Dubaï. Avant même qu'elle puisse le retenir, un rôt impressionnant enrichi d'une matière visqueuse verdâtre jaillit par la bouche sommée de s'ouvrir au passage du tsunami viscéral. Par chance, les éclaboussures du geyser, filtrées par les interstices des dents, s'éparpillent en parfaites micro bulles quasi invisibles. La matière biliaire s'écrase sans dignité au pied de sa propriétaire tandis que la pluie fine des résidus s'évapore dans l'espace. Personne n'est directement touché par l'éruption. Au pire, quelques postillons verts et crémeux se seront collés sur les vêtements de la cliente de la caisse.

Mais c'est surtout la violente détonation de l'éructation qui attire en masse les regards interrogatifs vers Angela. Imperturbable, parce que soulagée, elle répond à Cécile qui s'interroge.

— Ça va, Angie, t'es réveillée ?

— Oui, ça va t'inquiètes. C'est juste un éternuement qui venait de loin ! Tout baigne, conclut Angela en se tenant la nuque des deux mains pour soutenir son cou de plus en plus douloureux.

— Tout baigne, tout baigne cela reste à prouver. Vous avez, semble-t-il, niqué vos cervicales. Permettez que j'agisse pour mieux vous soulager. D'ici peu vous serez guérie et moins bancale.

La voix avait surgi de nulle part et, sans avoir perçu le moindre mouvement ni le moindre bruit d'approche, Angela se trouve collée à Aude debout, à côté d'elle.

Sans plus de prévenance, la petite femme de ménage passe un bras devant le thorax d'Angela pour saisir d'une main son épaule droite. Sa main gauche plaque sa paume entre ses omoplates avant d'écarter largement les doigts, à l'image d'un éventail qui se déplie avant de s'étirer. Cadenassée par la posture de son improbable manipulatrice, Angela est irradiée par un feu intérieur qui galope de son sacrum à sa nuque. Électrisée par de micro décharges qui semblent défroisser ses muscles, elle s'abandonne, lascive, à une danse improvisée et rythmée par les mouvements ondulants des deux femmes enlacées. Leurs corps semblent ne plus faire qu'un.

Au bout de quelques minutes intemporelles durant lesquelles Angela eut la sensation de voler, la Sévillane guérisseuse s'achève par un ultime pas de danse andalouse, un « *zapateado* » digne de *Carmen Amaya,* la célèbre danseuse de Flamenco. Le dernier coup de talon au sol finit d'aligner cervicales et coccyx. Aude lâche Angela, aussi vite qu'elle l'avait enlacée.

« Vous voilà réparée et remise dans votre axe
Chavirée vous étiez en sortant du vaisseau
Le voyage est gratuit, mais il y a une taxe
Que vous avez réglée en tombant de si haut. »

Angela, encore toute pétillante d'énergie renouvelée, se raidit comme un i à qui on vient de recentrer le point. Époustouflée par la performance d'Aude, elle acquiesce d'un balancement de tête, en réponse aux phrases incompréhensibles de la femme qu'elle reconnaît comme étant celle de ménage. Son attitude la fait ressembler au petit chien en suédine marron qui ornait la plage arrière des voitures des années 70. La petite bête semblait dire bonjour à tous les automobilistes qui la suivaient tout en les félicitant pour leur bonne conduite. Si Angela dodelinait en tirant une langue rose et pendante, on la miniaturiserait pour l'installer derrière tous les pare-brise. Une chose est sûre, le mouvement de sa tête atteste de l'élasticité retrouvée de son cou.

— Qu'est-ce que vous avez dit, Aude ? Interroge Angela dans un sursaut de conscience.

L'excentrique femme de ménage a déjà ressaisi son chiffon à poussière et s'affaire de nouveau sur les étagères de livres. Sans stopper ses mouvements de va-et-vient, elle répond à Angela.

— Je sais très bien ce que vous avez traversé. Je l'ai moi-même vécu à des âges différents. C'est une belle expérience que d'y être arrivé. Vous avez réveillé votre belle âme d'enfant, précise-t-elle, esquissant un sourire malicieux, perceptible à la seule intonation de sa voix rieuse.

— Vous voulez dire que vous avez aussi pris ce vaisseau qui transporte dans un autre monde ? Insiste Angela intriguée.

Aude se retourne pour saisir les mains de son interlocutrice et les envelopper dans les siennes avec fermeté. Son regard perçant semble vouloir pénétrer les entrailles d'Angela pour atteindre ses cellules les mieux cachées.

— Ma chère, c'est un vaisseau que tout le monde peut prendre. Le transport est gratuit et sans limitation. Il suffit de bien vouloir se rendre à l'endroit de son cœur où existe la station, insiste Aude, en martelant chaque syllabe comme pour enfoncer un clou qui fixerait au mur le tableau d'une charte de la vérité.

La pression exercée sur les mains et les poignets force Angela à se rasseoir sur le pouf toujours moulé de son empreinte. Elle s'y recale comme une bague s'inclut dans son écrin. La jeune femme s'abandonne au lâcher-prise imposé, mais tant appréciable à cet instant.

Agenouillée aux pieds de sa partenaire du moment, Aude lui souffle un filet d'air frais sur le centre du front. Les yeux d'Angela papillonnent aussitôt. Les clignotements incontrôlés s'accélèrent jusqu'à saccader sa vision. L'activité des pupilles bleu clair est anormale. Les iris de la jeune femme virent au rouge sang et se dilatent avec exagération. Une lumière dorée pénètre au centre de ses grands yeux ouverts qui larmoient.

Angela ne distingue plus les détails des images devant elle. Éblouie par un halo blanc et nacré, elle se laisse aspirer par les jeux de la lumière qui dansent face à elle. Cela lui rappelle étrangement l'effet stroboscopique dans les boîtes de nuit où elle s'est souvent éclatée avec Cécé.

Elle se met à rire avec nervosité en revoyant les déhanchements découpés et chancelants de sa pétillante amie sur le *dance floor*. Ses ricanements rythment les puissantes respirations qui battent la mesure d'une musique intérieure. Seule Angela l'entend. Elle traverse une transe douce et passive qui électrise tout son corps. Saisie par un sentiment d'amour éternel qui la lie à Cécile, elle recontacte aussitôt la vibration aimante qui la jumèle à Julien.

Dans la boutique, la guitare de *Leonard Cohen* libère les premières notes angéliques de *Suzanne*. À cet instant précis, la voix enveloppante de la légende folk distille des mots qui embaument le cœur d'Angela.

Sainte-Cécile, patronne des musiciens, œuvre avec précision. Elle touche le corps avec son esprit...

Angela voit se reformer autour d'elle une bulle translucide et vaporeuse. Elle comprend qu'elle va réintégrer son vaisseau d'amour. Elle est au bon endroit d'elle-même pour accueillir la force des esprits et contacter la puissance de son être divin. C'est l'âme d'Aude qui se présente la première pour lui souhaiter la bienvenue.

— Tu vois, ma belle, rien de plus simple que de se retrouver au cœur de soi. Il t'a suffi de peu. Juste de reprendre contact avec une belle émotion archivée dans ton histoire de vie. Tu t'es remise en lien avec ton être et ton intelligence supérieure en suivant la voie de l'amour de toi. Et voilà, tu es dans ton centre, celui où tout se passe. C'est de là que tout démarre. C'est là qu'est engrammée l'origine de ton essence. Celle qui crée. Celle qui anime. Celle qui insuffle. D'ici, tu peux tout envisager. D'ici, tout est possible parce que tu n'y trouveras aucune limite, ni d'espace, ni de temps, ni de condition.

Angela n'est pas surprise de voir Aude venir à sa rencontre. Elle s'étonne d'une seule chose : pourquoi lui parle-t-elle tout à fait normalement. Terminé les déclamations en alexandrins ?

— C'est si bon d'être de nouveau ici et de sentir la bienveillance de cet espace du cœur. Mais, dis-moi, Aude, tu parles normalement, ici ? Souligne Angela.

— Voyons, ma belle, ici je ne suis pas Aude et tu n'es pas Angela. Ce sont nos âmes qui se retrouvent et qui communiquent. Ici, aucune forme n'est utile ou nécessaire à quoi que ce soit. C'est un espace universel où tout est juste. Simplement perçu, vécu et intégré. Tu entends des mots issus d'un langage dont tu fais l'usage indispensable dans ton incarnation humaine. Les fréquences que j'émets vers toi, en ce moment, passent par ton programme de transformation d'ondes de forme, à l'image d'une traduction simultanée pour tous les membres multilingues dans un congrès international. Ici, l'énergie est traduite en mots, si nécessaire, pour celui qui doit les entendre. La perception que tu as de mon langage est uniquement liée à l'expérience humaine qui est en cours pour toi sur la Terre. Mais en fait, très cher être en phase d'incarnation, tu es en train d'écouter à nouveau avec ton cœur sacré. Ces fréquences te pénètrent sans résistance et sans filtre afin que tu reçoives l'enseignement, précise l'âme d'Aude.

La vibration qui enveloppe le corps physique d'Angela se fait plus dense et palpable. Un assemblage de fibres optiques tisse un cocon douillet qui s'apparente à un manteau de lumière.

La paroi lisse du vaisseau est lentement déformée par ces mouvements instables. Les étirements de la matière cotonneuse donnent naissance à une sculpture vivante. Les contractions et les rétractations des masses ajustent le paysage. Angela assiste à un spectacle extraordinaire. Les monts et les vallées s'unissent pour dessiner le relief d'un Nouveau Monde au centre duquel son âme se love merveilleusement. La jeune femme se sent libérée des poids qui alourdissent sa vie de femme pétrie de contraintes et de limites. Mais elle comprend qu'ils sont l'expression de la dualité du monde conditionné dans lequel son âme a décidé d'engranger des expériences, et elle l'accepte. Les limites et les conditions de sa vie sur la planète Terre lui sont indispensables. Elles favorisent son expérience du déconditionnement et de la liberté. Toute forme de dualité est un levier pour la polarité et l'unité.

Est-il possible de comprendre qu'il faut se réchauffer sans le ressenti d'un premier frisson ? Bien sûr que non ! Le froid appelle le chaud pour créer un point de rencontre et d'équilibre nommé confort ou bien-être.

La conscience d'Angela aspire et intègre sans résistance les informations multidimensionnelles émises par le monde de son âme bienveillante. Elle sait aussi qu'elle est encore en lien avec sa réalité terrestre et qu'elle doit poursuivre son incarnation. Elle doit faire descendre toutes ces informations essentielles dans sa matière. Guidée par cette double intelligence, Angela sera la créatrice de sa suite de vie et accèdera à tout son potentiel de réalisation.

— Je comprends tout à fait ce que tu m'expliques, Aude. Enfin, je veux dire chère âme d'Aude ! De toute façon, qui que tu sois, je sais que toi et moi faisons partie du même monde universel et que nos intentions sont dignes et sacrées. Grâce te soit rendue pour ce magnifique voyage et cette incroyable reconnexion à mon être supérieur.

— Je suis ravie de te retrouver dans ce plan, ma belle. Heureuse aussi que tu aies eu accès à la compréhension des particularités singulières qui animent et justifient chaque expérience de la vie. Toi et moi avons choisi l'incarnation sur Terre et nous avons chacune notre feuille de route. Il s'agit en quelque sorte d'un programme qui inclut les données utiles et essentielles à la réalisation de notre mission. Ailleurs qu'ici, elle est nommée Actria* et dans notre cas, il a été indispensable de nous rencontrer pour cheminer plus justement. À présent, il est nécessaire de retourner à nos vies respectives pour mettre en pratique, le plus souvent possible, cette lumineuse loi sur l'amour sans limites afin d'être tout à fait soi.

À peine, ces derniers mots sont-ils prononcés que les deux âmes réintègrent leur corps physique. Telles deux statues du musée de *Madame Tussauds,* les filles sont là, immobiles et cireuses. Angela lovée dans son pouf et Aude agenouillée devant elle, les mains autour des poignets de

---

* *Voir le lexique en annexe.*

sa partenaire de voyage. Leurs teints grisâtres ne tardent pas à redevenir roses. Au bout de quelques râles respiratoires identifiés comme des ronflements légers, les deux jeunes femmes s'éveillent d'un assoupissement prolongé. Ensuquées, elles sont rappelées à la réalité de l'espace et du temps par la musique qui caresse leurs oreilles.

Traditionnellement, comme un clin d'œil quotidien à l'amour, Cécile ouvre et ferme sa boutique sur les notes de la chanson *L-O-V-E*, rendue célèbre par *Nat King Cole* dans les années 1960. Elle collectionne toutes les versions, originales ou étrangères de ce titre mythique. Ce soir, elle a choisi l'extraordinaire prouesse vocale de *Nathalie Cole* lors de son *Unforgettable Concert* de 1992, en hommage à son père, *Nat*.

Les premiers swings cuivrés qui précèdent les claquements jazzy de la batterie annoncent la fermeture de la boutique.

Pour les clients fidèles, rodés à ce rituel sonore, il est facile de cesser toute activité, de se précipiter à la caisse pour régler les achats ou de sortir sans mot dire.

Pour les petits nouveaux qui tardent à bouger, Cécile fait comprendre sa ferme intention d'évacuer le lieu. Elle augmente d'un coup le volume, avant de le réduire aussitôt pour annoncer : « Mesdames et Messieurs, l'heure est venue de nous dire au revoir. Je serai ravie de vous accueillir à nouveau demain à partir de 10 h. Bonne soirée. »

Sans plus de manières ni de diplomatie, elle déclenche à distance les rideaux de fer qui obstrueront bientôt la lumière extérieure. À cela s'ajoute l'extinction progressive des éclairages intérieurs, commandés par un variateur central titillé, non sans vice, par Cécé la taulière.

La boutique se trouve vite plongée dans une pénombre presque angoissante.

Il faut moins de dix minutes pour vider l'espace qui se remplit tout aussi vite, chaque soir du grondement d'un : « Ouf, pas trop tôt ! » lâché par Cécile qui s'étire de satisfaction comme un chat sur la faitière d'un toit.

Sur la mezzanine, Angela et Aude s'étirent à leur tour pour ressolliciter la totalité de leurs corps encore engourdis. Elles se souviennent très bien de ce qui s'est passé, mais n'en disent rien. Avec un regard soutenu qui suffit à sceller dans l'éternité leur nouvelle complicité, elles séparent leurs mains rafraîchies. C'est Aude qui réanime le temps et la conscience d'Angela.

— Voilà que la boutique est déjà assombrie.

Le temps est donc venu de chasser la poussière.

Voulez-vous, je vous prie, rejoindre votre amie.

Et vous réjouir bien vite d'être à nouveau sur Terre.

En entendant à nouveau ces alexandrins, Angela comprend qu'elle a réintégré sa dimension d'incarnation. Mais elle est différente et pense à Julien, différent lui aussi. Elle adresse un sourire aimant à celle qu'elle considère à présent comme un ange.

— Merci, chère Aude, ajoute-t-elle avant de descendre l'escalier pour rejoindre Cécile qui l'interpelle déjà.

— Bien dormi, ma cocotte ? Ne dis pas non, je t'ai entendu ronfler comme un sonneur ! S'esclaffe-t-elle.

— Ronfler comme un sonneur... T'as de ces expressions, toi ! Eh non, j'ai pas dormi, j'ai voyagé, Madame, et c'était tip top ! S'esclaffe à son tour Angela, toujours un peu barbouillée.

— Sans blague ! Faut que tu me racontes ça. On ferme et on va bouffer. Tu me diras tout au restau.

Cécile verrouille son tiroir-caisse d'une main tout en décrochant son manteau de l'autre.

À cet instant, toutes les actions de Cécile paraissent à Angela d'une précision redoutable. L'impression que sa copine s'agite à une vitesse inadaptée l'empêche de la suivre ou même de l'écouter. Tout va trop vite. Elle semble au ralenti tandis que tout s'accélère autour d'elle. Le volume des paroles qu'elle perçoit est trop fort et les mots se font écho à eux-mêmes.

— Aude Aude, on y va on y va. Vous fermerez fermerez et pensez bien pensez bien à mettre l'alarme mettre l'alarme. Merci merci, à mardi, à mardi, hurle Cécile dans la boutique sombre devenue, pour Angela, une sorte de grotte rocheuse aux reflets vert pâle et blafards.

De la mezzanine où elle dépoussière dans la pénombre quelques livres, Aude déclame à très haute voix en réponse à Cécile :

« Si je comprends, Madame, il faudrait que je pleure.
Pour consentir à ça, il faut que je le veuille.
Je ne peux sur demande, m'épancher à toute heure.
Si fait, Madame, c'est dit, j'aurai l'alarme à l'œil ! ».

— Magnifique mon p'tit *Poquelin*. Allez, à mardi !

Cécile s'engage vers la sortie et lance à Angela, qui semble trainer un peu :

— Bon alors, tu viens, ma cocotte !

Soudain rattrapée par un état nauséeux et de nouveau percutée par une rafale de douleurs aigües dans le ventre, Angela tarde à réagir. Au prix d'un gros effort, elle finit par enfiler sa veste. Son cœur bat la chamade et s'accélère. Trop engoncée dans ses vêtements pourtant larges et légers, elle se sent comme un cosmonaute coincé dans sa combinaison.

Chancelante et transpirante, Angela atteint avec peine l'entrée de la boutique.

La porte qui se dédouble et ondule devant elle n'annonce rien de bon.

À son ouverture, reconnaissable au tintement du carillon de la mercière, un souffle d'air glacial saisit le visage de la jeune femme qui se met à suffoquer. Dans l'incapacité de trouver suffisamment d'air pour respirer, elle s'agite et panique pour dégager sa gorge d'une entrave invisible. Sa vision troublée et les taches noires qui flottent devant ses yeux brûlants sont, elles aussi, de mauvais augure. Dans une ultime tentative d'appel à l'aide imperceptible de quiconque, Angela s'écroule au sol, froide et tremblante. À peine consciente, elle perçoit une voix lointaine teintée d'un accent bizarre.

— Oh là là ! Elleueu va pas nous reufaireueu un mauvais coup, la peueutiteue dameueu !

— Ce n'est pas la voix de Cécile, ça ? Bafouille Angela.

Malgré la contrariété de l'interrogation, un sourire se dessine sur son visage.

La jeune femme sait qu'elle doit se laisser partir.

Angela ferme les yeux avant de perdre connaissance.

Ici-bas, bien plus au Sud...

Chapitre 26

Pedro Rodriguez est employé municipal à l'Hospitalet de l'Infant, au Sud de Tarragone, en Espagne. Cette petite ville de Catalogne doit son nom à un hospice fondé en 1346 par l'infante Pedro, fils de Jaume II d'Aragon El Just et de Blanche d'Anjou. Les bâtiments de l'époque avaient été pensés comme un hôpital pour soigner les pauvres et accueillir les pèlerins descendus par le col de Balaguer. Ce chemin de montagne tortueux, redouté pour ses attaques de brigands, glissait jusqu'au village de l'Hospitalet.

De l'édifice médiéval aux quatre tours de pierres taillées, il ne reste aujourd'hui que trois murs d'enceinte et une tour restaurée au sommet de laquelle flotte avec fierté un drapeau aux lignes horizontales jaunes et rouges. Ceci pour rappeler qu'ici, ce n'est pas l'Espagne, mais la Catalogne !

De nos jours, l'énorme mur principal de l'enceinte sert d'écran naturel pour projeter une animation en 3D qui retrace l'histoire de la ville depuis l'invasion des Arabes.

Le parvis de l'ancien hospice, aujourd'hui recouvert de grands carreaux de faïence contemporaine, est foulé tous les soirs d'été par des pieds internationaux qui noircissent le vernis. On y danse au rythme des musiques du monde. Au XXIe siècle, tous les voyageurs qui dépensent des euros à l'Hospitalet de l'Infant, y sont les bienvenus.

Aujourd'hui, plus la peine de franchir le col de Balaguer pour se faire dépouiller. Se frayer un chemin dans les rues aux innombrables boutiques, restaurants, bars et hôtels de la ville suffit à y laisser sa chemise.

Pedro est fier de porter le patronyme du fondateur de l'hospice médiéval. D'autant plus fier qu'il est chargé de l'entretien des bordures d'herbe et de fleurs qui ornent l'enceinte. Il est employé technique au service des espaces verts de la ville. Ou plutôt était, car l'agent municipal de la brigade des feuilles vient d'être promu au service de la voirie.

Cela n'empêche pas l'ex-jardiner de veiller au respect des zones vertes qu'il a entretenues à la sueur de son front. Il a souvent surpris des touristes éméchés par la sangria ou les mojitos et autres cocktails frelatés, en train de piétiner les massifs de magnolias ou arracher les branches de bougainvilliers qui ornent les jardins. Pire encore, certains irrespectueux laissent leurs chiens se soulager au pied des palmiers centenaires.

En réalité, ces arbres exotiques ont poussé en cinq ans, à grand renfort d'engrais chez un pépiniériste le long de la route Nationale 340 encombrée de camions. Nourris aux gaz d'échappement dès leur plus jeune âge, ils résistent très bien sur les ronds-points des centres-villes et ne craignent aucunement les déjections canines. Ils vivent malheureux au cœur des villes avant d'y mourir asphyxiés et fous d'avoir vu tourner autour d'eux des milliers de voitures assassines.

Dans l'enceinte contemporaine, la cour intérieure, renommée Plaça Del Pou, a vu s'installer plusieurs restaurants, dont l'Alhambra, célèbre pour sa paella marisco. Contre toute attente, à une telle adresse on n'a pas vu s'ouvrir de *peluquéria*. Il n'y a donc pas de coiffeur sur la place du « Pou » ! Normal, puisqu'il s'agit en réalité, de la place du Puit, en Catalan.

Pedro Rodriguez est un gaillard bien bâti. Il est travailleur et ne refuse jamais de tailler une haie ou de tondre une pelouse chez un particulier en plus de ses heures de travail officielles. À *l'Ajuntament* – ou, si vous préférez, à la mairie –, personne n'ignore cette pratique qui lui permet d'arrondir ses fins de mois. Certaines mauvaises langues catalanes disent que c'est surtout pour payer les bières qu'il engloutit au bar Felix.

Les jours de fermeture du Felix, c'est sur l'Alhambra que Pedro se rabat. Il s'y installe pour boire trois ou quatre *cervezas* accompagnées de quelques *patatas bravas*. En fait, il s'imbibe de bière et s'empiffre de patates coupées en gros cubes, frites à l'huile et noyées dans une redoutable mayonnaise tiède à base de sauce anglaise Worcestershire, de ketchup et de tabasco relevée de quelques gouttes de brandy.

Ce matin d'été, l'Hospitalet de l'Infant est plombé par une chape de nuages épais et sombres. On a l'impression qu'une soucoupe volante géante est en vol stationnaire pour occulter la lumière d'un ciel d'ordinaire bleu azur. Il en résulte une baisse très significative de la température qui chute de trente-cinq à vingt-trois degrés en quelques heures. Le vent de montagne souffle avec force depuis le milieu de la nuit. Il y siffle toujours sur un rythme immuable de trois périodes incompressibles de trois, six ou neuf jours consécutifs. Cette valse ventilée entraîne sur son passage tout ce qui peut s'envoler. Des sacs de supermarché aux serviettes de plage mal pincées sur les fils à linge des balcons, des torchons aux culottes en passant par les casquettes new style ou les vieux chapeaux de pêcheurs craquelés par le soleil et la sueur salée. On a même vu de petits chiens gueulards mal tenus en laisse, s'envoler avec leurs frêles maîtresses soulevées de terre par les voiles gonflées de leurs robes en tissu polyester, d'ordinaire utilisé pour fabriquer des cerfs-volants en Chine.

De jour comme de nuit, le vent pervers offre à la population irritée son concert de sifflements stridents ponctué d'un insupportable solo instrumental : celui de la canette métallique hagarde qui roule, désœuvrée, de rue en rue. Il semble qu'elle prenne un malin plaisir à rebondir de trottoir en trottoir à la recherche de quelques copines esseulées pour faire la fête ! Qu'elle soit rouge, jaune, ou verte, la canette de boisson diabolique et musicale, erre la nuit dans l'unique but de rendre fous les habitants.

La croyance populaire raconte que la session ventée prend son envol du sommet des montagnes pour déferler sur la ville avec un objectif précis : ébouriffer les permanentes laquées des vieilles Catalanes et emporter quelques parasols qui rêvent d'aller se replanter, bien droits, dans les fixations bétonnées des hauts jardins privatifs des terrasses de Manhattan ou de Paris.

C'est à partir du quatrième jour que les sourires des touristes font place aux grimaces. À la sixième journée, si le vent hurle toujours, les plaintes affluent. Certains disent qu'il était inutile de faire autant de kilomètres pour se retrouver sous un climat breton, ou bien que le mauvais temps vient encore de France par la chaîne des Pyrénées. D'autres se sentent obligés d'écumer les bars et les boutiques pour conjurer le mauvais sort et exploser leur budget vacances en six jours. Quant aux plus optimistes, ils assurent qu'il fera de nouveau grand beau et chaud à la fin du neuvième jour. Ce qui s'avère toujours exact.

Ici, l'astre de feu est vénéré. C'est lui qui garantit le bronzage doré et durable qui prouve aux collègues que vous avez passé de géniales vacances de farniente. Ceux-là mêmes qui s'étonnent de vous voir déjà rentrés et qui précisent que c'est vite passé trois semaines avant d'ajouter, avec cynisme, que c'est à leur tour de partir maintenant !

Pedro Rodriguez ne rencontre pas ce genre de problème. Lui et ses collègues vivent toute l'année au soleil. Du coup sa peau est tannée et grillée comme celle d'un vieux taureau. Son bronzage est devenu permanent. Ses cellules ont été créées bronzées. À force de traîner ses espadrilles, en souvenir de son pauvre père, sur la plage de l'Arenal, ou ses chaussures de sécurité, en souvenir de personne, dans les rues et les parcs de la ville, Pedro transpire le soleil sans se dessécher. De plus, comme il est très attentif à l'hydratation de sa peau via celle de son foie, tout va bien !

Pedro Rodriguez n'a pas de conscience. En tout cas, elle est ordinaire. Pas dans le sens du manque d'honnêteté, bien au contraire. Il est juste, généreux, gentil et dévoué. Mais il n'a pas la conscience de ses propres talents et encore moins de ses pouvoirs divins. Il les délègue en totalité à un seul Dieu qui sait tout, voit tout, peut tout et sanctionne en cas de péchés hypothétiques ou avérés.

Pedro ne contacte sa spiritualité qu'à travers sa religion et croit juste au paradis et à l'enfer. Il croit en la Sainte Vierge Marie et la prie tous les jours pour obtenir sa protection. En d'autres termes, il est croyant, mais pas en lui. Jusqu'au jour où il a constaté que les lois de son Seigneur sont tout à fait pénétrables.

Chapitre 27

Il y a environ quatre mois, Pedro a été validé en sa qualité de conducteur de balayeuse électrique. Son titre exact est : Opérateur à bord. Il est désormais le responsable du tout nouvel engin de nettoyage des voies publiques.

Pour arriver à cela, il a dû passer huit jours à Paris pour suivre une formation à la conduite spécifique de ce petit engin dynamique. À cette occasion, il avait été remis à chaque participant étranger un fabuleux boitier électronique personnel qui traduisait tous les propos des formateurs français. La compréhension théorique et pratique en avait été bien simplifiée. L'apprentissage des diverses manœuvres de terrain complété par de nombreux tests de sécurité routière urbaine s'était révélé facile. Pedro avait passé avec succès les différentes épreuves, jusqu'à sa validation officielle. Il pouvait dorénavant s'engouffrer dans sa petite cabine climatisée et tracer la route, ou plutôt la rue en toute légitimité.

L'Espagnol garde un merveilleux souvenir de cette escapade hors du pays natal. Il a toujours adoré la France pour sa gastronomie, ses digestifs et ses femmes. Ah, les Françaises ! Il les trouve amusantes, intelligentes et sexys, même s'il ne les comprend pas, il les apprécie.

Chaque soir, ses collègues français, quatorze parmi les quatre-vingt-cinq participants à la session de formation européenne, l'initiaient aux plaisirs parisiens. De restaurants auvergnats, en brasseries alsaciennes ou de bars à vin en salons d'hôtel luxueux, en passant par les crêperies bretonnes et les troquets crasseux coincés entre deux sex-shops, l'ami Pedro s'était gavé. Mais ce qui lui laissa une trace indélébile, ce fut la soirée de clôture du stage. Il en avait conservé, telle une relique, la serviette de table en tissu du Moulin Rouge, tachée de sauce béarnaise et de vin de Bourgogne. C'est dans ce haut lieu d'encanaillement parisien, entre Montmartre et la place Blanche, que les descendantes des premières danseuses de cancan, ou plutôt de coin-coin comme on l'appelait à sa création en 1850, lèvent encore la jambe pour le plus grand plaisir des spectateurs du monde entier. Ce soir-là, les chahuteuses endiablées à la célèbre élasticité physique s'étiraient, s'écartelaient, hurlaient et s'écrasaient avec élégance sur scène pour le plaisir de l'entreprise de formation, SpeedyBross. Le célèbre moulin, dans lequel flotte encore le fantôme de la Goulue et le parfum exotique de Mistinguett, servait de décor enchanteur au dîner de clôture de la formation des nouveaux opérateurs à bord. La fameuse société, formatrice et fournisseur des balayeuses, pouvait se permettre d'offrir ce bonus aux élèves. Elle venait de signer un contrat mirobolant pour équiper trois-cents communes de six pays de l'Union européenne avec sa nouvelle AS 547 New Action. C'est aux exigences technologiques de ce nouveau modèle que tous avaient été formés durant cette semaine studieuse et festive.

Pedro avait trouvé la soirée *perfecto* ! Et maintenant, à chaque fois qu'il renifle sa relique de serviette avinée, son visage s'illumine d'un sourire de benêt. Il est immédiatement transporté dans les lumières tamisées de la mythique salle. Il revoit la farandole de tables ornées de magnifiques petites lampes dorées ornées de velours rouge et voit virevolter les plis des frous-frous des belles cancaneuses du moulin de Panam. Il faut préciser que si ses collègues français l'ont invité à conserver la fameuse serviette, c'est parce qu'ils avaient pris l'initiative de la faire embrasser par toutes les danseuses du cabaret. La profusion de baisers rouge vif imprimés sur le rectangle de coton émoustille d'autant plus l'Espagnol qu'il avait jeté son dévolu sur l'une des filles de la troupe. En s'agitant devant lui toute la soirée et en déposant à son tour l'empreinte de ses lèvres pulpeuses sur la serviette, elle avait attisé les braises déjà bien chaudes du fameux Pedro. Ce dernier avait pris soin de repérer la forme de la bouche dessinée dans le coin gauche de la serviette fétiche. À chaque fois qu'il renifle le tissu du souvenir de la revue féérique, il voit apparaître le visage angélique de la somptueuse Miss Vava.

C'est sous ce nom de scène qu'elle lui avait été présentée. Miss Vava s'appelle en vérité Valentine. L'opération séduction s'était faite à l'insu du futur élu. Sa surprise n'en fut que plus grande et sa joie décuplée quand il s'était rassis à la table collective qu'il avait quittée quelques instants pour monter sur scène, en titubant.

À la fin du dernier tableau de la soirée, après que toutes les filles se soient plaquées au sol dans un ultime cri d'hystérie – ou de douleur peut-être –, Pedro s'était levé de sa chaise avec peine. Il avait répondu à l'invitation insistante du meneur de revues à le rejoindre au centre du plateau. Le jeune danseur latino, fluet, mais musclé, vêtu d'une combinaison lamée argentée, laissait voir l'essentiel d'une anatomie généreuse. Il frétillait sur scène en dodelinant de la tête au rythme de ses déhanchements quasi électriques. La paume de sa main droite claquait nerveusement sur sa cuisse tandis que les doigts de sa main gauche battaient le rythme de la musique sur un micro humide de sueur. Tout excité à l'idée de passer le relais du vedettariat à un compatriote, le meneur de revues chantait de plus belle pour maintenir la folle ambiance. Le pauvre était au bord de l'apoplexie. On eût dit un long poisson brillant tout juste pêché qui se tortille sur le pont mouillé d'un chalutier avant de se crisper, œil gelé, dans une caisse de glace conservatrice.

Dans un espagnol parfait, la sardine frétillante entonna, un « joyeux anniversaire » ou plutôt un « feliz cumpleaños », en tapant dans ses mains manucurées libérées du micro, qu'il avait maladroitement balancé dans le seau à champagne d'une table voisine, au grand désespoir de l'ingénieur du son. Contaminée par l'humeur du latino fou, l'assemblée ne tarda pas à reprendre le célèbre couplet tandis que l'intéressé remontait, sous les applaudissements, une allée bordée de superbes créatures glamour emplumées de rouges et brillantes de cristaux cousus à la main sur des costumes uniques et somptueux.

Parmi elles, Miss Vava s'acquitta, au passage de Pedro, d'un discret clin d'œil aguicheur qui faillit faire perdre l'équilibre au bonhomme ibérique imbibé. Il en transpirait d'émotion. À moins qu'il ne fût en train d'éliminer par les pores de sa peau, les deux bouteilles de champagne qu'il avait avalées durant la soirée.

Quoi qu'il en soit, Pedro Rodriguez n'oublierait jamais cet extraordinaire moment de gloire, surtout au moment de sortir de scène, quand sa main avait été enveloppée par celle de Miss Vava, réquisitionnée pour le salut final aux côtés de l'élu. Raccompagné jusqu'à sa table par l'ange aux plumes vermillon et aux cristaux facettés, il avait été gratifié d'un baiser prometteur et d'un « Bonne fin de soirée, mon cher Pedro. » Cerise sur le gâteau, il avait ainsi eu confirmation que la belle était Française. Ceci acheva la bête qui s'écroula sur sa chaise, sous les rires moqueurs de sa tablée.

Anesthésié de bonheur, Pedro sentait l'amour le pénétrer jusqu'au plus profond de ces cellules bronzées. Ce que l'hidalgo ignorait, c'est que tout avait été minutieusement orchestré par le staff de SpeedyBross, avec l'efficace complicité des responsables de la revue. En plus de fêter la fin d'un glorieux stage – et plus officieusement un juteux contrat de plusieurs centaines de milliers d'euros –, les organisateurs avaient décidé d'honorer leur élève espagnol. Non pas qu'il fût plus doué que les autres, mais pour une raison de date et, surtout de tradition.

Lors de l'établissement des dossiers d'inscription des stagiaires, la perspicace et scrupuleuse secrétaire de direction, Madame Berg, avait remarqué la concomitance des dates de fin de stage et d'anniversaire « Del señor Pedro Rodriguez ». Elle était coutumière du fait. Depuis la première fois où elle avait signalé à sa direction un tel étonnant hasard, pour un stagiaire grenoblois, huit ans plus tôt, et qu'elle avait proposé d'exploiter cette synchronicité, il était devenu impératif de vérifier ce détail à chaque nouvelle session de formation. Ainsi, les anniversaires des futurs techniciens de surface ou opérateurs à bord pouvaient être fêtés en fin de stage. C'était une attention remarquée et remarquable, dixit la direction du groupe.

Et ce que Suzanne Berg remarquait, commentait ou critiquait ne laissait jamais de marbre son Directeur général. Elle était en poste auprès de lui depuis bientôt vingt ans et avait grimpé les échelons sans jamais l'avoir été, aimait-elle à préciser. Elle était d'une honnêteté incomparable et d'un professionnalisme exemplaire. Parfois moraliste, souvent rigolote et toujours juste, Suzanne, pour les anciens, ou Madame Berg, pour les petits nouveaux, était respectée, appréciée et souvent redoutée, car elle avait les yeux partout.

Bien que sa vue ait baissé avec le temps et qu'elle refusait toujours de porter ses lunettes, par pure coquetterie, elle continuait de tout voir. Suzanne Berg voyait flou, mais voyait tout. Elle chaussait uniquement ses binocles dans son bureau. C'était indispensable pour trier sa paperasse ou tapoter sur son clavier d'ordinateur, qu'elle insultait toujours en regrettant le temps béni de sa bonne vieille machine à écrire *Olivetti Lexikon 82 Electric Typewriter.* Lunettes d'autant plus indispensables à l'examen des fiches d'identité des stagiaires. La secrétaire zélée mettait un point d'honneur à vérifier, à longueur d'année, les presque quatre-mille inscriptions aux différents stages de la société.

C'était du temps bien investi. Cette petite considération qui coûtait peu rapportait beaucoup. De nouveaux clients, sensibles à l'attention personnalisée, avaient pointé le bout de leur nez ou plutôt le bout de leur chéquier. En quelques années, les anecdotes autour des anniversaires des stagiaires SpeedyBross avaient traversé les frontières et généré des partenariats inattendus. Les secteurs d'activité longtemps réservés, comme ceux des ministères, des musées et même certains Palais Royaux, s'étaient ouverts à SpeedyBross.

Bien sûr, la société était déjà reconnue comme leader sur le marché européen du nettoyage professionnel, mais elle visait la reconnaissance mondiale. Elle n'était pas loin d'atteindre son but, car en plus de la fiabilité de son matériel et de la qualité de ses services, elle bénéficiait d'une odeur de sainteté. Son management humaniste empreint de bienveillance et de considération lui ouvrirait un jour, à n'en pas douter, les portes du Vatican. Mais en attendant le jour béni où la tradition des anniversaires se verrait enrichie d'une anecdote papale, c'est un certain Pedro Rodriguez qui avait été élu roi de la fête dans un cabaret parisien. La fumée blanche de l'élection ne provenait pas de la réduction en cendres de bulletins secrets, mais, plus modestement, d'un mélange chimique à base de glycol expulsé par les machines fumigènes du Moulin Rouge.

Un lâcher de confettis dorés avait été ajusté aux jets de vapeur pour donner l'illusion d'un brouillard scintillant de mille feux. Tout était très beau. Mais, à la fin de ce chaos éblouissant, ces milliers de petites pastilles d'or jonchaient un parterre trempé et crotté par les traces de pas, les miettes de pain, les noyaux d'olives et autres déchets festifs. Les commerciaux de SpeedyBross présents à la fête réfléchissaient déjà comment vendre au Moulin l'incomparable petite aspi-lustreuse E122TD pour nettoyer les chantiers d'après soirées.

Sûr qu'à une autre époque, elle eut été la bienvenue, car du nettoyage il aurait fallu en faire au Moulin et à grande eau, quand le 30 mars 1814, lors de la bataille de Paris qui opposa l'Empire français de Napoléon Ier aux forces d'une coalition européenne acharnée, des litres de sang coulèrent dans la capitale. La commune de Montmartre ne fut pas épargnée. L'armée russe qui partit à l'assaut de la butte se heurta à quelques milliers d'hommes, de cavaliers, de pièces d'artillerie de position et de campagne qui défendaient Paris. En plus de la horde de patriotes militarisés à laquelle elle se confronta, la colonne russe se vit contrainte de forcer un improbable et ridicule barrage.

Quatre frères, meuniers de leur état, prêts à tout pour défendre le moulin familial avaient décidé de tenir la dragée haute à l'envahisseur. La petite amande enrobée de sucre n'eut pas le temps de passer les gosiers de la sotte fratrie. Les pauvres frères Debray ne tinrent pas très longtemps leur position. Leurs cris de révolte, à gorge déployée, donnèrent tout son sens à l'expression quand ils furent égorgés. Bien mal leur en prit de croire qu'ils repousseraient, à grands coups de couteaux à pain, ces cosaques surarmés.

Ces barbares missionnés pour assiéger la capitale étaient autorisés aux pires atrocités pour accéder au Saint-Graal : la capitulation d'un petit bonhomme bedonnant engoncé dans une redingote grise et coiffé d'un célèbre bicorne noir, mieux connu sous le nom de Napoléon. Comme on peut s'en douter, les frères enfarinés furent déchiquetés en trois coups de cuillère à pot, ou plutôt en trois-cents coups de sabre à peau. Le dernier des frères résista un peu plus longtemps, malgré un petit coup de mou bien naturel. Suffisamment longtemps pour trouver la force d'occire l'officier qui commandait la charge. Très excédés et lassés des assauts héroïques des Français, les Russes loyaux aux mœurs soldatesques découpèrent grossièrement le cadavre de l'assassin et l'accrochèrent aux ailes de son moulin. Les voiles tendues ne tardèrent pas à dégouliner et à se teindre de sang. Le Moulin Rouge était né !

Rebelle, Pedro Rodriguez ne l'avait pas été quand il s'était agi de récupérer les coordonnées de Miss Vava. Désinhibé grâce à son succès scénique et son état d'ébriété avancé, il avait lancé un assaut à la hussarde pour glisser à l'oreille de la danseuse son envie de la revoir en privé. La jeune femme aux longues jambes, rompue à ce genre d'exercice, feignit d'être flattée. Elle glissa dans la poche de chemise humide du conquérant une carte de visite plastifiée à l'enseigne du cabaret sur laquelle était imprimé son pseudonyme associé à un 06.

Inutile de préciser que Miss Vava ne répondit jamais aux multiples appels du chevalier de la brigade des feuilles d'Hospitalet de l'Infant. Et pour cause : toutes les cartes, faussement renseignées avec un numéro inventé, étaient une supercherie pensée par la direction du Moulin. La machiavélique manipulation avait pour effet de décourager et d'éloigner tous les prédateurs capables de croquer dans le capital séduction du cabaret.

Dès le lendemain avant de s'envoler pour Barcelone, Pedro avait composé une première fois le numéro prometteur depuis l'aéroport d'Orly. Une voix féminine, qu'il prit d'abord pour celle de sa dulcinée, lui expliqua dans un excellent français, qu'il ne comprenait pas, que « *le numéro que vous venez de composer n'est pas attribué* ». Pedro s'était alors souvenu qu'il avait conservé le boitier électronique de la formation. Il avait tenté cent fois de se faire traduire le message téléphonique, mais sans succès. Le petit bijou de technologie à la batterie défaillante n'avait réussi qu'à dire « *la veine du numéro de votre tribu est décomposée* ». Pedro, désespéré avait abandonné. C'est seulement de retour en Espagne, grâce à une voisine française, qu'il s'était fait traduire et expliquer le sens de l'ingrat message. Pedro ne se remit pas de cet échec émotionnel et resta songeur et maladroit au travail pendant plusieurs semaines. Triste et dévasté dans son cœur.

Le plus rageant est que l'on sait d'une source sûre et bigleuse de chez SpeedyBross que Valentine, la danseuse élastique, n'avait pas été insensible au charme exotique et racé du tonique hispanique. Elle l'avait trouvé tendre et touchant, différent de la plupart des pervers qu'elle repoussait malgré certains ponts d'or qu'on l'invitait à traverser. Cet Espagnol simple et sincère possédait autre chose. Elle l'avait lu dans ses yeux pétillants de joie et de tendresse à la soirée du Moulin. En le raccompagnant à sa table, elle avait perçu dans la chaleur de sa main la force d'une présence rassurante. Il n'était pas dans son meilleur état, et certainement loin d'être à son avantage ce soir-là, mais Valentine avait eu l'intuition de croiser un homme qu'elle connaissait ou qu'elle recherchait. Ce fut une sensation bizarre et envoûtante. Rattrapée par son rôle d'hôtesse, elle s'était vite ressaisie. Elle connaissait très bien les règles de conduite imposées par la direction du célèbre cabaret. Jamais de relation avec la clientèle ou le personnel, sous peine d'être licenciée sur le champ. Malgré tout, elle resta troublée, plusieurs jours durant, par cette rencontre hors du commun.

Tout ceci n'avait jamais été rapporté à Pedro Rodriguez qui se morfondait toujours en Espagne, le cœur gros.

Chapitre 28

Moins d'une semaine après le retour de Pedro dans sa petite ville catalane, les services techniques de l'Hospitalet de l'Infant reçoivent une balayeuse AS 547 New Action flambant neuve. Selon les clauses strictes du contrat SpeedyBross, la machine est livrée prête à l'emploi. Sur le siège de l'opérateur de bord est sanglé un gros classeur technique en guise de mode d'emploi. La première page indique en gros caractères le numéro vert de la ligne d'assistance joignable jour et nuit. Ce numéro permet de joindre à tout moment un conseiller technique depuis tous les pays de la zone Europe. Le monde, c'est pour bientôt. Le coût prohibitif de l'appel est inscrit en minuscule. Honteux qu'il est, le prix se cache derrière un astérisque qui, sous son air rayonnant, n'est une bonne étoile que pour SpeedyBross qui engrange des richesses substantielles grâce à l'appel surtaxé. La plateforme téléphonique, installée au Maroc, pour des raisons fiscales, ne compte pas moins de cent-cinquante opérateurs, tous quadrilingues.

Si Pedro doit avoir recours à ce service, il engagera une conversation en espagnol avec un Anglais d'origine indienne marié avec une collègue biélorusse installé au Maroc et salarié en Croatie. Cela se produira à la seule condition d'avoir passé avec succès les treize étapes de sélection de bons chiffres pour entendre le bon conseiller dans la bonne langue. À la moindre erreur de sélection, la procédure devra être reprise du début. Les statistiques ont démontré que l'erreur se produisait généralement au choix n° six. Une étude psychologique a confirmé qu'à ce moment de la procédure, l'utilisateur n'est pas encore en colère. Il s'approprie l'erreur par maladresse et peut la répéter jusqu'à deux fois avant de réitérer l'appel sans se décourager. Il n'abandonne qu'après cinq tentatives infructueuses et n'incrimine la société qu'au bout de six appels. Même si ce numéro vert nécessite encore quelques ajustements techniques, il n'est surtout pas à l'ordre du jour des réunions SpeedyBross de rectifier cette procédure volontairement alambiquée. Elle est très rentable et ne fait remonter, en moyenne, que sept plaintes sur cent appels.

En clair, c'est un jackpot !

Si le Vatican découvre cette manipulation, la société risque l'excommunication avant même d'avoir franchi les limites du territoire des états pontificaux. En revanche, dans un souci permanent d'innovation, les responsables de la communication envisagent de créer des numéros multicolores. Si le vert sied parfaitement aux services des parcs et jardins, il paraît, de source de plus en plus bigleuse, que les services des pompes funèbres ont aimé le noir et que les pompiers se satisfont mieux d'un rouge pétant. Quant à la société de téléphonie du nom d'un agrume vitaminé, elle refuse catégoriquement d'utiliser une autre couleur que l'orange.

Le lendemain de la livraison du matériel et après s'être fait confirmer la bonne réception du produit, Speedy-Bross envoie toujours un mail de remerciements cordiaux pour la confiance témoignée par cet achat conséquent. Sans oublier d'y attacher une pièce jointe en forme de facture qui réclame un solde libérateur.

Suite à l'indiscrétion d'une de ses collègues comptables, Pedro a pu détailler cette facture. Il a été époustouflé en réalisant que le prix de sa balayeuse équivaut à trente-six mois de son salaire brut. Le montant de plusieurs dizaines de milliers d'euros invite l'unique opérateur de bord à se responsabiliser en tant qu'utilisateur exclusif. Il est aux commandes d'un précieux trésor, véritable bijou technologique de la valeur d'un diamant de plusieurs carats.

Pedro s'est très vite adapté à sa AS 547 New Action, en tous points identiques au modèle sur lequel il avait été formé à Paris. Il y a juste ajouté une touche personnelle. Sa hiérarchie l'a autorisé à suspendre une chaînette usée, au bout de laquelle ondule un médaillon décoré d'un ange doré blotti dans les bras de la Vierge Marie. Et il a aussi inséré dans une pochette plastique du précieux classeur au numéro vert une image pieuse de la même Santa Maria.

Les premiers jours ont été hésitants et anxiogènes, mais Pedro a vite pris de l'assurance. La dextérité avec laquelle il maîtrise à présent le petit engin racé impressionne ses collègues. Ils l'ont rebaptisé *Speedy Gonzales,* en référence au célèbre personnage du dessin animé de l'écurie *Looney Tunes.* La petite souris marron coiffée d'un sombrero jaune a marqué des générations par la vitesse de ses déplacements et sa réplique culte : « arribba ! Yii-hah ! » Pedro n'est pas mexicain, il ne porte pas de sombrero mais un simple chapeau de paille. Le marron et le jaune sont les couleurs fluos de sa combinaison de travail. Quant au célèbre cri de guerre, il l'aurait plutôt transformé en : « cerveza ! Yii-hah ! »

Il est vrai qu'il pilote sa machine avec rapidité et précision. Ses prouesses pour longer les trottoirs et éviter les voitures sont légendaires. Ses demi-tours, à l'image du toréro qui esquive le taureau, valent le coup d'œil.

Au passage de *Speedy Gonzales,* reconnaissable au bruit de son gros ventilateur, les Espagnols se mettent aux balcons pour assister aux acrobaties décapantes. Quand le gyrophare orange tournoie à grande vitesse et que le bip de recul de la machine retentit, on peut s'attendre à une chorégraphie digne du grand *Joaquin Cortès.* Les trois brosses rotatives dansent en parfait accord au rythme saccadé des pulvérisateurs d'eau qui giclent par petits jets puissants. Pedro Rodrigues, en danseur aguerri, guide sa partenaire d'une seule main et exécute une valse parfaite. Les touristes applaudissent face au ballet des balais.

Comme au début de chaque journée de travail, Pedro entre à la mairie vers 6 h 15. Il est toujours le premier à ouvrir la porte du service. Il aime démarrer dans le silence et la tranquillité.

Après avoir déclenché la climatisation principale qui va rafraîchir toutes les pièces de la mairie en une demi-heure, il consulte sa feuille de route journalière, établie la veille par sa hiérarchie. Chapeau de paille vissé sur la tête, il marche ensuite jusqu'au dépôt, à cinq minutes du bâtiment principal de l'administration. Il accède aux vestiaires où il enfile sa combinaison marron et jaune, met ses chaussures de sécurité et récupère dans son casier son lecteur mp4. Il est fin prêt pour retrouver sa chère balayeuse garée au premier sous-sol, à côté des tondeuses, souffleuses et autres engins de jardinerie. Il démarre sa partenaire de jeu et au volant de sa jolie complice, remonte la pente du sous-sol. Il débouche sur une rue discrète du centre-ville.

La cabine de pilotage est entièrement vitrée. Cette bulle transparente permet à l'opérateur de bord, d'avoir une visibilité, face et latérale, parfaite.

En sortant du parking, Pedro s'engage sans risque sur la chaussée et roule en silence, toutes brosses et pulvérisateur rétractés. Le gyrophare n'est pas utile à cette heure matinale de la journée. Il est 7 h et Pedro fonce vers sa première et incontournable étape, le bar Le Petit Raco, lieu de rencontre des travailleurs lève-tôt. Comme chaque matin, il vient boire son *café con leché*.

Mais avant ça, il réveille ses papilles avec une belle tranche de pain surmontée de lamelles de *jamon ibérico* et de quelques anchois. Il y ajoute quelques olives vertes pour faire passer la cerveza. Le pilote de rallye s'enfile du gluten, de la graisse, des protéines animales et du sucre dissout par la première gorgée de bière. C'est seulement après ça qu'il avale un premier café au lait et un petit palmier croustillant.

Repu et de bonne humeur, Pedro peut vraiment démarrer sa journée qui commence par la mise en route de son gyrophare orange à 7 h 30. Il bloque ensuite les écouteurs du lecteur mp4 dans ses oreilles et démarre simultanément l'engin racé et la musique.

Depuis la fin de son stage parisien, il y a quatre mois, où tout ce rituel de début de journée ne lui a pas été enseigné, il a cherché, en vain, à retrouver sur internet la bande-son du spectacle du Moulin Rouge. À défaut, il s'est rabattu sur le film du même nom et s'est passionné pour les tumultueuses aventures de Satine et Christian. Depuis il écoute en boucle *La Complainte de la Butte* reprise dans la bande originale. Subjugué par la douceur des paroles parisiennes et l'accent maladroit de son interprète, il trouve là un excellent moyen de mémoriser des mots de français. Cette gymnastique sonore quotidienne lui permet aussi de rejoindre virtuellement, Miss Vava.

C'est sa manière de rester en lien avec le pays de l'amour !

Bien calé et sécurisé, Pedro roule comme un bienheureux vers la deuxième étape sur son parcours initiatique…

Le cimetière.

Chapitre 29

Depuis la disparition tragique de ses parents, Pedro vit seul. Il s'est réinstallé dans la maison familiale juste après sa reconstruction sur son terrain de Las Planes Del Rei, à Pratdip, sur les hauteurs d'Hospitalet.

Aucune trace du drame n'est visible. Rien ne laisse supposer que la maison ait un temps disparu.

Luis et Rosa Rodrigues Menandez étaient retraités depuis près de dix ans quand le pire est survenu. Tous deux avaient travaillé à la centrale nucléaire de Vandellos, où ils s'étaient rencontrés. Leurs cœurs avaient chaviré au premier regard. Ils ne s'étaient plus quittés. Pedro avait été conçu seulement six mois après le premier baiser. De cet évènement, il avait gardé une empreinte inconsciente troublante. Il portait une adoration contrariée au chanteur Julio Iglesias. Bien sûr, Pedro se souvient très bien d'avoir dû supporter les sérénades du séducteur ibérique. Sa mère les écoutait en boucle à longueur de journée et de soirées. Cela aurait dû le dégoûter à jamais d'écouter ces rengaines. Contre toute attente, il était comme attiré par les succès de la star, jusqu'à acheter, de manière compulsive, tous les albums en différentes versions. Pedro ne s'était jamais expliqué cette névrose. Peut-être que

Luis et Rosa auraient dû révéler à leur fils qu'il avait été conçu, avec fougue un soir de concert de Julio dans les magnifiques toilettes du Palau de la Mùsica Catalana de Barcelone ! Ceci expliquant peut-être cela...

Luis et Rosa était un couple soudé qui le resta jusqu'au dernier moment de leurs vies, au sens propre comme au figuré...

Cet été-là, comme tous les matins de l'année, depuis plus de cinquante ans de vie commune, Luis s'était levé avant Rose pour lui préparer le café. Le rituel était immuable. Il glissait ses deux pieds dans ses espadrilles usées et, d'un pas claquant, passait de la chambre à la cuisine en piétinant sur le carrelage lustré. Il allait faire son petit pipi de chien avant d'aller ouvrir en grand la fenêtre du salon qui donnait sur les pins. Puis il repatinait lentement jusqu'au salon pour ouvrir la fenêtre d'en face, dans la cuisine. Il créait ainsi un doux courant d'air qui l'aidait à se réveiller. L'air, chaud en été et froid en hiver, le stimulait. Pour s'éveiller un peu plus au monde, il allumait son téléviseur et laissait le présentateur du club info de TV3 déblatérer sur les horreurs accumulées sur la planète durant la nuit. Puis, sans vraiment réfléchir, il prenait dans le placard vitré de la cuisine, les deux tasses peintes à la main aux prénoms de Rosa et Luis. Il les posait sur les sets plastifiés de la table en bois carrelé blanc et bleu, face à une bougie de la Sainte Vierge. Avant de préparer le café, il allumait toujours ce photophore sacré, en guise de remerciement pour la journée qui commençait. Enfin, il chargeait le filtre de café moulu de la marque préférée de Rosa. Le cône de papier encastré dans le support de la cafetière, il vidait toujours un pichet d'eau chaude dans le réservoir pour réduire l'usure de la résistance électrique de l'appareil.

Surpris par une dernière petite bourrasque du neuvième jour de vent qui fit claquer la fenêtre du salon, Luis se retourna d'un coup tout en continuant de verser l'eau qui coula à côté du réservoir. Le liquide, guidé par les joints usés du carrelage du plan de travail, dégoulina avec malice jusqu'au sol. Luis ne remarqua pas la flaque dans laquelle ses espadrilles trempaient. Il appuya sur le bouton on/off de sa cafetière qui, heureusement ne démarra pas. Luis comprit très vite qu'elle n'était pas branchée. La veille, Rose l'avait détartré à très grande eau avant de la laisser sécher à sa place habituelle, sans la rebrancher.

L'éclair se produisit quand Luis enfonça les fiches métalliques encore humides dans la prise murale. Les crépitements et les étincelles illuminèrent le retraité comme un sapin de Noël. Il s'éclaira d'une belle couleur violacée nuancée de rouge grenat qui sembla, tout à coup, le rajeunir. L'effet fut de courte durée. Il tressaillit avant de passer au bleu foncé. Tous ses muscles se mirent à chauffer comme des saucisses sur un grill. Les spasmes et les tremblements lui dessinèrent des rides si profondes sur le visage qu'il parut être un vieillard de cent-cinquante ans. La peau de sa main collée à la prise fondue formait déjà une pâte visqueuse et fumante. La terrible décharge électrique qui traversa son corps ne lui laissa aucune chance.

La corne de l'espadrille détrempée ne l'avait isolé de rien. Pire, elle avait commencé à se consumer et dégageait une odeur de cochon grillé. L'installation électrique trop vétuste, et tant de fois incriminée par Rosa, ne permit pas de faire sauter le disjoncteur. C'est Luis qui fit office de fusible. On peut dire sans se tromper qu'il s'enflamma une dernière fois pour sa femme chérie ! C'est l'odeur inhabituelle et trop matinale de grillade qui poussa Rose à se lever. Interpellée aussi par la fumée, qui la guida jusqu'à la cuisine, elle découvrit son pauvre mari chaud, tremblotant, raide et lumineux. Horrifiée, elle se précipita pour le secourir de ce qu'elle comprit être une électrocution. Elle en avait vu une, très bien jouée par un acteur de **Los Jóvenes y Los Inquieto**, *Les Feux de l'amour*, espagnol. Comme dans la série, elle avait saisi Luis par la taille pour l'extirper de son mauvais sort. Contrairement à ce que l'épisode avait montré, c'était la dernière chose à faire. À peine eût-elle touché son cher et tendre, ou plutôt son cher et croustillant, les pieds nus dans l'eau, que l'inéluctable se produisit. Rosa s'ajusta au rythme saccadé de son mari et l'accompagna dans sa gigue scintillante. Elle devint tout aussi lumineuse que lui, passant du violet au rose. Elle n'avait jamais aussi bien porté son prénom. Sa chemise de nuit en polyester, made in China, fusionna à haute température avec le tee-shirt amidonné de Luis et la mélasse souda le couple, pour l'éternité. Le poids et les secousses des deux corps tétanisés eurent raison de la résistance du câble électrique. Il céda d'un coup dans un festival de crépitements et de flammèches. Luis et Rosa s'effondrèrent sur le sol sans oublier, au passage, de heurter la table qui fit chavirer la bougie. Elle enflamma les sets en plastique qui fondirent en crépitant. Les projections incandescentes attaquèrent le bois de la table en quelques secondes. Elle se laissa généreusement lécher par les flammes qui s'unirent à celles de la prise murale. En quelques minutes, la maison devint un gigantesque brasier qui s'attaquait aux épines des premiers pins du jardin, toujours trop secs en cette saison.

Les *bombereros*, pompiers espagnols, étaient arrivés *in extremis* pour circonscrire les flammes avant qu'elles ne ravagent les haciendas voisines. Les différents rapports d'experts conclurent à un incendie domestique. Selon toute vraisemblance, il aurait démarré de la cuisine à partir d'un appareil électroménager. Les débris de la maison ne permettaient pas d'en savoir davantage. Seule certitude, il y avait deux personnes sur place au moment du drame. Des restes humains calcinés avaient été identifiés. Deux alliances d'or blanc et jaune, qui avaient résisté aux degrés Celsius, sublimaient le tas de cendres. Elles révélaient encore des initiales gravées qui attestaient bien de la présence des deux ex-retraités, réduits à l'état de poudre au centre de la pièce. Les quelques dents retrouvées dans les cendres et analysées par la police scientifique transformeraient bientôt l'hypothèse en certitude. Les époux Rodrigues Menandez étaient décédés ensemble dans leur cuisine lors de cet incendie.

Quand Pedro avait été questionné par la police et l'assurance sur l'agencement de la cuisine et sur ses équipements, il avait précisé que sur les deux plans de travail étaient alignés un grille-pain, un robot, un blender, une machine à cuisson vapeur, un lecteur CD pour Julio, une cafetière expresso et une cafetière électrique. La liste, non exhaustive, ne permit pas de comprendre de quel appareil était parti l'incendie. Pedro n'avait pas fait état de la vétusté de l'installation électrique et n'expliqua pas le rituel de la bougie mariale. Et pour cause ! Quelques jours après la disparition tragique de ses parents, il avait fait appel aux services d'une amie voyante pour comprendre l'intolérable. Elle lui avait décrit la scène de la cafetière avec une grande précision et avait affirmé qu'il valait mieux passer sous silence la défaillance électrique et le photophore, s'il voulait toucher la coquette prime de l'assurance. Les macabres révélations avaient bouleversé l'orphelin qui estimait qu'un malheur suffisait et qu'il aurait bien besoin de cet argent pour reconstruire la maison et sécuriser son avenir.

Il avait toujours habité chez ses parents. Cette modeste villa faisait partie intégrante de sa vie. Pedro comptait bien la faire rebâtir à l'identique, mais choisirait surtout, avec une exigence toute particulière, l'électricien qui installerait le nouveau réseau...

Au moment de l'incendie, il était en vadrouille à Peniscola. La Guardia civile avait pu le joindre grâce aux voisins de Luis et Rosa qui avaient communiqué le numéro de mobile du fils Rodrigues Menandez. Il précipita son retour, mais ne trouva qu'un tas de cendres fumantes à la place de la maison familiale. Sidéré pendant plusieurs jours, Pedro avait, malgré tout, affronté son noir destin avec un courage exemplaire. Il avait organisé les funérailles de ses parents avec une très grande dignité.

Comme il lui était impossible de récupérer les corps, il avait ramassé à la pelle un gros tas de cendre sur l'emplacement de l'ancienne cuisine et y avait enfoui les alliances de l'amour. Nul doute que la poussière concentrait à elle seule toute l'alchimie de l'évènement. En plus de la présence subtile des parents, s'y ajoutaient un reste de prise, un morceau de porte-filtre, du café moulu, un éclat de photophore, un morceau de table, des éclats de faïence et quelques dents. Il avait fait déposer le sac dans un beau cercueil verni, dont le bois ressemblait étrangement à celui des placards de la cuisine familiale. Il ne manquait plus qu'un couvercle vitré pour s'y méprendre. À la place du verre, la surface lisse et brillante de la boîte à brocante, supportait une plaque aux noms de Luis Rodrigues et Rosa Menandez, mort(e)s et né(e)s aux mêmes années – 1941/2018. L'inhumation eut lieu au cimetière communal en présence d'une foule bouleversée qui entonna une chanson de... Julio Iglesias, en hommage aux défunts. Comble de l'ironie, la concession, réservée depuis plusieurs années, se situait au pied d'un lampadaire électrique qui s'allumait dès la tombée de la nuit. Pedro y vit un signe et pensa que ses parents allaient très vite trouver le chemin de la lumière divine. Mais le lampadaire tomba en panne trois jours après la cérémonie et ne refonctionna jamais, malgré plusieurs interventions techniques.

L'anecdote finit de nourrir les ragots qui allaient déjà bon train, quant à l'origine de la disparition des retraités. Pour certains, nul doute que l'incendie était d'origine domestique, tandis que pour d'autres, c'était un mégot qui avait causé le drame, car on disait « qu'elle » fumait en cachette de son mari. On entendit aussi « qu'il » avait un alambic dans son sous-sol pour fabriquer de l'alcool de contrebande et que l'engin aurait explosé. Enfin, on affirma que les époux Rodriguez Menandez, qui avaient toujours travaillé à la centrale nucléaire voisine de Vandellos, auraient été suffisamment irradiés pour déclencher un phénomène paranormal. Ils auraient, à eux deux, créé un mini champ de force nucléaire en se frottant l'un à l'autre dans leur lit, au cours d'un ébat sexuel maladroit. L'arc généré par les champs magnétiques pulsés aurait détraqué tous les appareils électriques de la maison. Le téléviseur aurait servi de récepteur à des ondes d'un type inconnu, pour finalement déclencher un incendie au moment précis de la météo sur TV3. Les cryptogrammes des orages annoncés sur la carte du présentateur se seraient animés et auraient jailli hors de l'écran pour fusionner avec l'arc électrique du couple nucléaire en extase ! À n'en pas douter, les liqueurs locales avaient bien imbibé certains esprits.

Pedro n'avait que faire des allégations de la population. Lui seul connaissait la vérité grâce à son amie médium et gardait ce secret à jamais.

Cependant, quand la direction de la centrale nucléaire, par solidarité et en mémoire de ses parents, lui avait proposé un poste de technicien de surface, il avait refusé sans aucune hésitation. Peut-être par superstition tout de même !

Le maire, anéanti par le drame et touché par le désarroi du jeune homme, l'avait relogé en ville, aux frais du contribuable, en attendant la reconstruction de sa maison.

Pedro avait fini par accepter un poste d'employé municipal, au service des espaces verts. Il était ravi de s'occuper des plantes, des arbres et des pelouses. Il était aussi chargé de l'entretien des allées du cimetière et en profitait pour fleurir la tombe de ses parents trois fois par semaine. À chaque visite, il leur racontait les évènements de sa vie.

Ce matin-là, il prend le temps de leur annoncer sa promotion professionnelle, mais décide surtout de leur raconter l'histoire de la rencontre avec Valentine.

Chapitre 30

L'après-midi s'annonce plutôt calme. La suite du programme de la journée consiste à nettoyer les rues excentrées de la ville. Dans ces quartiers peu fréquentés par les touristes, l'agitation est moindre. Moins de détritus à aspirer, Pedro sera donc rentré tôt au dépôt.

Après sa traditionnelle pause déjeuner à l'Alhambra, il remonte dans sa cabine et visse ses oreillettes. Il pince entre le pouce et l'index le médaillon accroché à son rétroviseur. Avant chaque démarrage Pedro implore ainsi la protection divine pour sécuriser ses trajets, mais n'oublie jamais, en plus, de cliquer sa ceinture de sécurité. Il quitte la Plaça Del Pou au ralenti, en faisant bien attention aux touristes éparpillés, et s'engage tout droit dans la carrer de l'Estacio. Il accélère en douceur et coupe les rues transversales jusqu'à se retrouver à l'angle de la carrer Del Alt camp.

La jeune femme qui sort del Correos, le bureau de poste espagnol, avance hagarde, jusqu'à l'angle de la rue du même nom. La tête baissée sur le plan qu'elle vient de déplier, elle cherche à retrouver le centre-ville pour y boire quelque chose de frais. La température flirte avec les trente-six degrés et la chaleur, à laquelle elle n'est pas habituée, la place au bord du malaise. Désorientée, elle piétine et titube. Au prix d'un nombre incalculable de slaloms inutiles, la jeune touriste arrive, étourdie, à l'angle de la rue.

À cet instant divinement orchestré, la balayeuse coupe la trajectoire de la piétonne.

Pedro emporté par les paroles de, *La Complainte de la Butte*, chante à tue-tête dans un français très approximatif, quand soudain...

Paf le chien ! Tout le monde connaît l'histoire de Paf le chien ?

C'est l'histoire d'un chien qui traverse la rue... Une voiture arrive... Et paf, le chien !

Là, c'est la même chose, mais avec une touriste et une balayeuse.

C'est l'histoire d'une touriste qui traverse la rue... Une balayeuse arrive... Et paf, la touriste !

L'incroyable fracas de la piétonne sur le large pare-brise expulse Pedro de son moulin parisien pour le ramener dans sa dimension ibérique. Sur le coup, il ne comprend pas ce qui se passe. Il voit juste un plan de la ville d'Hospitalet placardé sur sa vitre, obstruant toute visibilité.

Le coup de frein brutal déclenché par le système anti-collision de l'engin a projeté Pedro vers l'avant. Retenu par sa sainte ceinture de sécurité, il est tout aussi vite renvoyé dans le fond de son siège de pilote. La violence du choc a délogé ses oreillettes qui pendouillent du lecteur mp4, comme des jambons pata negra au-dessus de l'étal d'une charcuterie de village.

Le fond musical que les petits écouteurs continuent de diffuser adoucit un tant soit peu l'ambiance dramatique de la cabine.

Le système anticollision n'a pas su éviter le crash. Pedro est pétrifié. Il voit perler des gouttelettes de sang à travers le papier imprimé.

— Santa Madre de Dios ! S'exclame-t-il horrifié.

Il élimine d'office l'éventualité d'avoir percuté une poubelle ou un poteau qui, d'ordinaire, ne saignent pas et se tétanise en pensant à quelque chose de vivant. Avec une intelligence ankylosée, il liste les possibilités. Une horde de moustiques fous ou un oiseau rêveur ? Un couple de lézards aveuglés par le soleil ou un taureau égaré ? Un chien suicidaire ou pire... Un piéton !

— Santa Madre de Dios, Santa Madre de Dios, radote-t-il, tremblant d'angoisse.

Les yeux rivés sur la vitre, il assiste, impuissant, au décollement progressif du plan qui va révéler l'insupportable vérité. Derrière ce rideau urbain quadrillé de rues se trouve sa victime.

Avant que le papier ne se décolle complètement, Pedro remarque un curieux détail. L'empreinte d'une bouche rouge sur le plan encercle l'emplacement de l'église du village. Les lèvres carmin entourent le symbole du bâtiment à croix. Cela ressemble à ces logos qui affichent un cercle sur un plan pour préciser « Vous êtes ici ! ».

Pedro connaît ces lèvres, cette bouche, ce baiser. En quelques millièmes de seconde, son cerveau lui fournit une quantité d'images impressionnantes. Une cascade de notes de musiques, un concert d'éclats de rire, des vagues de couleurs, un défilé de saveurs et une sorte de calque. C'est celui de la serviette du Moulin Rouge. La bouche se superpose idéalement à celle imprimée sur le plan de ville. Les lèvres se confondent pour n'en former qu'une, sensuelle, colorée et charnue.

Dans la tête de Pedro éclate un feu d'artifice de sensations, de pensées et de sentiments. Son cœur bat la chamade face à cette projection magique. C'est finalement, l'image de Miss Vava qui s'impose à lui ! Mais l'hallucination est interrompue par l'arrachement définitif du plan. Derrière le pare-brise fendillé, aucune présence n'apparaît. Pas plus de moustiques que de lézard ou de taureau, encore moins de chien. Reste le piéton...

L'opérateur de bord comprend que le pire reste à venir. La victime est forcément étendue sur le bitume brûlant, devant son engin, à moins qu'elle n'ait été projetée sur l'un des trottoirs latéraux.

Pedro scanne avec hésitation et lenteur le côté droit, puis le côté gauche de la chaussée. Il grimace à l'idée de découvrir ce qu'il imagine comme un carnage immonde. Un corps désarticulé ou, pire, déchiqueté par les lames souples de sa balayeuse assassine. Comment soutenir le regard d'une tête tranchée nette qui désespère de rejoindre son buste allongé sur le trottoir d'en face ? Et comment récupérer la main sectionnée d'un bras aspiré par la bouche d'un égout ? Pedro est envahi par le dégoût et la panique. Il perd tous ses moyens et doit faire un gros effort pour se ressaisir. Contre toute attente, il n'y a rien non plus sur les côtés. Il doit se rendre à l'évidence, c'est à l'avant que ça se passe. Il déboucle sa ceinture et descend de son engin avec une prudence extrême et un courage dissimulé.

— Santa Madre de Dios ! Qué desgracia ! Estoy maldito ! Pleurniche Pedro en constatant l'étendue des dégâts.

Devant lui, face à sa balayeuse, un corps de femme est étalé de tout son long, visage contre terre. De sa tête, recouverte par le plan retombé du pare-brise, dépasse sa chevelure emmêlée dans les brosses rotatives. Les bras en croix et les jambes en grand écart la font ressembler à l'homme de Vitruve, de Léonard de Vinci, mais à l'envers. Il ne manque qu'un cercle autour d'elle pour valider la copie de l'œuvre du maître italien. Pedro pense que ce sera bientôt le cas puisque la Guardia Civile délimitera d'un cercle de craie la scène de l'homicide involontaire. Il ira tout droit en prison pour au moins vingt ans. Il perdra tous ses amis et sortira vieux, rachitique, et avec des brûlures anales. Gémissant de douleur à cette idée, il est interrompu dans son délire par les râles et les grognements insistants de sa victime. Elle tente désespérément d'extraire ses cheveux des énormes brosses qui n'ont pas servi à la coiffer. Avec des mouvements incohérents se rapprochant plus de la transe que de la crise d'épilepsie, elle hurle sa rage, assourdie par le grand papier quadrillé de rues qui couvre sa bouche.

— Nom d'un chien, sortez-moi de là ! Je sais qu'il y a quelqu'un. Je vois vos pieds. Aidez-moi, je sais que vous m'entendez ! Je veux rentrer à Paris. Por favor ! Supplie la victime dans un espagnol très rudimentaire.

Pedro est soulagé de voir s'agiter le corps de l'inconnue. Il ne comprend rien à son discours, mais entend bien « Paris » et « Por favor ».

— Paris ! Si señora, conozco Paris ! S'exclame Pedro ravi de pouvoir échanger avec la jeune femme visiblement vivante.

— Senor, por favor, vous pouvez m'aider, s'il vous plaît, gémit la touriste avant d'éclater en sanglots.

Pedro comprend mieux le sens du propos. Il se précipite pour actionner à la main les brosses rotatives qui finissent par libérer les cheveux de sa victime. Il repositionne avec précaution la tête dans l'axe du corps et dégage le visage de son indélicat voile de papier.

Les yeux de la jeune femme ébouriffée apparaissent noyés de larmes et dégoulinants de mascara. Le fard à paupières se confond avec ses hématomes. Les lèvres rouges boursoufflées s'accordent malgré tout, plutôt bien, avec les égratignures rosées de ses pommettes. La coupure au front laisse perler quelques gouttes de sang qui forment comme un bijou de tête en travers du front, façon mode médiévale. La salive qui mousse aux commissures de ses lèvres souligne les rides d'un ancien sourire. Et la langue bleuie renforce l'éclatante blancheur d'une dentition intacte.

Malgré les multiples tuméfactions, la jeune femme reste séduisante et Pedro la reconnaît tout de suite. Dans un cri de stupéfaction mêlé d'excitation et de joie, il hurle son prénom, ou plutôt son pseudo :

— Miss Vava !

— Pe, Pe, Pedro ? Bredouille Valentine, incrédule.

C'est à cet instant magique qu'*Alphonse de Lamartine* aurait pu intervenir :

« Ô temps, suspends ton vol !
Et vous, heures propices, suspendez votre cours !
Laissez-nous savourer les rapides délices, des plus beaux de nos jours ! »

En effet, le temps était suspendu dans cette rue excentrée d'Hospitalet de l'Infant. Juste le temps de laisser infuser toutes les émotions, les informations, les questionnements, les doutes et les certitudes.

Deux êtres en quête l'un de l'autre s'étaient enfin retrouvés dans des circonstances dignes d'un roman, comme celui que vous êtes en train de lire...

Leurs vies en seraient à jamais bouleversées.

Valentine n'avait pas pu oublier Pedro. Elle avait écouté son cœur sans résister trop longtemps à l'envie de retrouver l'homme qu'elle considérait comme celui de sa vie. Elle avait enquêté auprès de SpeedyBross et avait fini par accéder à une source sûre, de plus en plus myope, qui l'avait renseignée avec générosité, émue et touchée d'être un peu à l'origine de l'idylle.

Miss Vava avait quitté le Moulin Rouge en feignant une entorse, validée par un ami médecin. Son arrêt maladie, maintes fois prolongé, lui avait permis de préparer son voyage pour l'Espagne, avant de démissionner du cabaret. Son arrivée en Catalogne, bien que fracassante, sacrait enfin sa démarche et la renforçait dans son identité de femme amoureuse, capable et créatrice du tout possible.

De son côté, Pedro avait entretenu sa foi en l'amour pour sa belle. Accompagné dans sa démarche par le ciel et sa très Sainte-Marie, l'homme peu croyant en lui-même avait fait preuve d'une résilience extraordinaire et avait développé une force de certitude phénoménale. Il avait élargi son champ des possibles en contactant une partie inconnue de lui-même qui s'était révélée comme un extraordinaire gisement de ressources inépuisables.

La puissance de leurs forces individuelles les avait fait se rejoindre. La fée synchronicité avait joué de sa baguette magique, ou bien les prières de Pedro avaient été entendues. Peut-être que chacun avait fait sa part du chemin en partant des bons endroits d'eux-mêmes pour arriver à l'endroit de l'improbable rencontre. À moins que ce ne soit le résultat d'une alchimie divine dont l'ingrédient principal est l'amour.

Reste à se demander quels rôles leurs âmes ont joués dans cette histoire.

— Qu'en penses-tu, Julien ? Questionne Valexaire.

Là-Haut...

Chapitre 31

Julien dubitatif questionne à son tour.

— Mais je ne sais même pas ce qu'on fait là. Tu es encore passé par ton *Intensia*, c'est ça ? Et pourquoi tu m'as montré cette histoire avec cet Espagnol et sa chérie ?

— Ah, toujours ces questions ! Tu es là parce qu'il est utile que tu y sois et peu importe le moyen par lequel tu y es arrivé. Toujours ce mental qui t'influence et perturbe ta clairvoyance ! Tu me sembles encore bien trop humain malgré l'avancement de ton parcours à mes côtés. J'ai parfois l'impression d'avoir omis quelque chose.

— Omis, du latin *omittere*, lui-même dérivé de *mitto* qui veut dire envoyer ! S'exclame subitement Julien, hilare.

Son commentaire semble totalement hors de propos.

— Qu'est-ce que tu me racontes ? Rétorque le guide qui soupçonne un bug. La bizarrerie de cette réplique, tout aussi décalée qu'inattendue, atteste que son protégé est toujours très en lien avec des souvenirs humains. Il n'est donc pas encore complètement décollé de sa dépouille. Mais d'un autre côté, la spontanéité du propos prouve aussi qu'il a recontacté une passion dont il a fait son métier : l'Histoire. Donc il a répliqué sur un sujet qu'il aime avec une partie de son identité humaine, celle du professeur d'histoire. C'est un élan du cœur qui signifie que la chirurgie du corps ombral a fonctionné. La charge souffrante a disparu et le réflexe de communiquer avec joie et humour est retrouvé. La reconnexion avec son âme est faite, c'est sûr. C'est un réel succès pour Valexaire qui poursuit sans commenter.

— L'Histoire semble t'intéresser ? Et bien l'Histoire d'Amour à laquelle tu viens d'assister est un enseignement et tu me remercieras un jour de te l'avoir partagé.

À présent, je veux te montrer quelque chose Julien, précise le guide. Pour être mieux compris et écouté, il se place au centre d'un cercle d'or qui apparait comme par magie. Valexaire paraît bien enraciné au cœur de cet anneau flamboyant. Une cinquantaine de cercles plus larges entourent bientôt le premier. Chacun d'eux s'allume dans une couleur différente et oscille à son propre rythme. Valexaire est installé au centre d'une cible géante qui clignote. Cela ressemble à l'enseigne d'un manège de fête foraine.

— Ça en jette ton truc ! S'exclame le spectateur attentif.

— Vois ce qui se passe, Julien. Observe bien, car je te présente ici une partie de mon âme. C'est avec elle que je dialogue pour affiner mes perceptions et prendre mes décisions.

Je suis installé dans mon centre, dans mon axe, si tu préfères. Ici, je suis en connexion avec toutes mes dimensions passées, actuelles et futures. Je suis en lien avec mon être divin, mon savoir, mon essence, mon moi supérieur, mon âme, mes intelligences, mes expériences, mes familles, mes ancêtres, mes incarnations, mes histoires, mes mémoires, mon éternité, mon origine, ma Source ; bref, avec mon Tout. Ici, j'ai accès à la connaissance universelle, intemporelle, inconditionnelle. Ici, je suis ma propre intelligence créatrice et illimitée.

Ici, j'ai les pleins pouvoirs. Je suis connecté, comme on dit en bas. Tous les cercles autour de moi sont mes territoires sur lesquels je peux me déplacer et avec lesquels je communique. Ils contiennent des informations essentielles pour mon évolution. J'intentionne toutes mes expériences à partir de ces cercles.

Tu te souviens de l'enseignement sur la bonne intention ?

— Oh oui ! Mais je ne vois pas le rapport avec l'Édit de Nantes de 1598, même si on a estimé dans le premier cercle d'Henri IV qu'il avait fait preuve d'une sacrée tolérance ce jour-là ! Rétorque Julien sur un ton mystérieux.

— Pardon, tu le fais exprès ? S'étonne le guide.

Mais cette allusion au premier cercle n'est pas si stupide, car beaucoup d'émotions y sont logées, mais quand même... ? Valexaire s'interroge, inquiet, sur l'état de Julien.

Tentant d'oublier cette anomalie, il poursuit.

— Puisque tu m'ouvres une voie royale, je m'y engouffre.

Eh bien oui, certains de ces cercles sont les territoires de mes émotions.

Tout au long de son discours, le guide renforce ou diminue l'intensité lumineuse des cercles dont il parle. Il semble interagir avec ses territoires grâce à un variateur invisible. Il finit par intensifier la couleur violette d'un des anneaux.

— Tu vois, ce quatrième cercle violacé qui augmente d'intensité et capte ton attention ? C'est un des espaces vibratoires qui contient des fréquences émotionnelles positives ou négatives.

Imaginons que je vive une situation triste qui me désespère et bien, l'énergie qui alimenterait cette tristesse proviendrait de ce quatrième cercle. Si je restais bloqué sur ce territoire, je serais uniquement nourri par l'énergie négative de ce cercle. Du coup je ne rayonnerais qu'à partir de ce triste endroit de moi pour réfléchir, intentionner et agir. Je serais donc très mal inspiré. Mon énergie négative, tel un poison, infecterait mon être tout entier et je serais affaibli et limité dans mon expansion. Les lois de la tristesse gouverneraient mon devenir et je perdrais tous mes pouvoirs de créateur de joies.

— Okay, mais en même temps, Thomas Edison bien que pionner en électricité, n'a pas inventé la télé couleur ! Lance Julien l'Historien.

— Encore ! Mais qu'est-ce qui se passe ? Ce n'est vraiment pas normal ces réactions excessives et répétées. On dirait bien une distorsion temporelle. S'inquiète Valexaire qui sait ce que cela peut vouloir dire.

Ce phénomène présage surement d'un gros changement de projet pour l'âme de son voyageur.

Malgré tout il poursuit son discours pour aller au bout de son enseignement. Quoiqu'il advienne sur la suite du parcours, Julien doit intégrer un maximum d'informations pour évoluer.

— Mais en fait, je crois que c'est nous qui écrivons l'Histoire depuis la nuit des temps. Persiste, Julien.

— Ça suffit maintenant ! Concentre-toi s'il te plaît.

Donc, disais-je, en plaçant ma conscience à cet endroit de mes émotions, je serais défaillant. Pour éviter d'être affaibli, je me déplacerais, au plus vite, sur un autre cercle, territoire d'une ressource qui agirait comme antidote.

Au même instant, Valexaire augmente l'intensité d'un nouveau cercle teinté d'un jaune vif qui affaiblit l'anneau violet, jusqu'à l'éteindre.

— Tu vois, l'effet est immédiat, parce que je me suis déplacé sur le bon territoire, j'ai modifié mon taux vibratoire et tout mon être.

C'est sur cette zone fertile que j'ai trouvé l'information qui a rétabli mon équilibre. Dans mon exemple, c'est l'énergie de la joie dont j'avais besoin pour neutraliser l'énergie de la tristesse et éteindre l'incendie de ma peine.

En me déplaçant, par une simple prise de conscience de ce dont j'ai besoin, au bon endroit de moi, j'ai guéri une souffrance. Cette participation favorise un changement d'état d'âme qui enrichit mon état d'esprit. Dès lors que je suis recentré, je redeviens disponible au tout possible pour créer et vivre la réussite ! Entends que cela fonctionne tout aussi bien avec la peur pour trouver la confiance, le ressentiment pour accéder au pardon, ou bien avec l'indifférence pour initier la reconnaissance. Est-ce que tu comprends ? S'enthousiasme le guide devenu jaune poussin.

— Pas tout, mais c'est pas grave. Mais je relirai bien les sept volumes sur la guerre des Gaules de l'Imperator Jules César, moi. Marmonne Julien, songeur.

C'est la réplique de trop pour son guide qui commence à envisager une lourde anomalie. Il immobilise d'un coup son voyageur pour suspendre le temps et faire apparaître en urgence la fiche du **TUSA** sur ***« Le cheminement céleste intemporel »***. Il doit réviser la partie du volume 73913 sur le sujet de la distorsion temporelle.

Trois secondes-lumière auront suffi pour visionner les deux-cent-soixante-quinze pages révélatrices. Les explications sont claires et l'option tout à fait envisageable. L'âme de Julien est entrée dans une phase de guérison totale. Si c'est le cas, Valexaire va devoir s'écarter du trajet de son élève ou se préparer à un changement radical.

Julien n'a pas eu le temps de se rendre compte qu'il a somnolé. Il reprend la conversation là où elle s'est arrêtée, mais avec beaucoup plus de lucidité. Le micro sommeil l'a réajusté.

— Sinon ça a l'air assez cool ton manège à émotions ! Alors, on peut se transformer soi-même grâce à nos expériences ? C'est ça que ça veut dire ! S'exclame Julien, enthousiaste et de nouveau cohérent.

— C'est exactement ça ! Chaque expérience est une opportunité de se transformer et d'évoluer dans toutes nos dimensions visibles et invisibles et quels que soient l'endroit, le temps, le plan ou la dimension de l'expérience.

À ce stade de l'enseignement, et un peu affaibli par le contre coup de sa chirurgie ombrale, Julien est rattrapé par un doute qui le place face à une évidence.

— Mais, dis-moi, Valexaire, ça veut dire que toutes les âmes sont organisées comme ça, avec un centre et des cercles qui clignotent ?

— Oui, enfin presque. Cela concerne juste les âmes en processus d'éveil ou d'incarnation.

— Mais alors, ça veut dire que les cercles se mélangent quand on est les uns à côté des autres ? Interroge Julien, inquiet des conséquences d'un tel phénomène.

— Pas exactement. Les champs vibratoires sont solidaires de l'âme et de l'être manifesté, sans possibilités de fusion avec les champs environnants des autres âmes. Cependant, il existe un risque.

— Ah, je me disais aussi... Lequel ?

— Celui d'être aspiré dans des cercles où tu n'as pas décidé d'aller. Je t'explique : mes cercles périphériques sont autant d'espaces dans lesquels je peux choisir de me déplacer pour y puiser mes ressources, ça, tu l'as bien compris. Mais ils peuvent aussi m'aspirer sans me demander mon avis. Leur puissance d'attraction est surnaturelle et je peux y rester bloqué, comme piégé. Ces anneaux du plus proche au plus distant ont le pouvoir de m'écarter de mon centre et de m'en maintenir éloigné. Je risque d'être déséquilibré et de perdre ma cohérence.

Dans ces cercles, dits vicieux, je risque de m'épuiser, de m'abîmer, de m'oublier et de me perdre. Je suis légitime pour m'y rendre en conscience et transmuter mes expériences, mais je ne dois jamais oublier de revenir dans mon centre principal. Je dois toujours tout faire pour rentrer à la maison, comme un vaisseau doit rentrer à sa base. Dans le cas où je reste prisonnier de la partie vicieuse d'un cercle, comme celle de la tristesse, que je t'ai évoquée tout à l'heure, je me vide de ma substance vivante et je me dénature. Dans ce cas je perds mon identité et ma légitimité. Je ne suis plus vraiment vivant, mais plutôt en survie, précise le guide enrobé d'une buée noire nacrée, qui traduit bien la noirceur à éviter.

Julien est à la fois subjugué et effrayé par la beauté du spectacle. Il est anesthésié par la puissance des révélations qui lui sont faites.

— Ça veut dire que dans tes cercles, là, il y a une partie sympa et une autre moins cool ?

— Te voilà bien inspiré tout d'un coup. Et tu as raison, valide Valexaire. Les origines des cercles vicieux sont multiples et complexes. Beaucoup sont le fruit de notre création souffrante et d'autres proviennent des êtres qui nous entourent. Tu entends bien, Julien, qui nous entourent ou devrais-je dire qui nous encerclent ? Tu peux être aspiré, appelé et déplacé dans le cercle négatif d'une situation créée et animée par des amis, des collègues, ta famille ou des inconnus. Lorsque tu crées, alimentes ou subis des cercles vicieux, quelles que soient leurs origines, tu pollues tes cercles vertueux et dévastes tes territoires de ressources et d'antidotes.

En ce qui te concerne Julien, nous avons, de ce plan, souvent constaté que, durant ton incarnation, tu as souvent été aspiré dans des cercles vicieux. Les plus fréquents étaient gouvernés par l'énergie de l'injustice, de la colère, de la trahison et de la rancune. Tu t'es souvent décentré à cause de cette lutte contre ce qui te paraissait injuste et tu t'es emprisonné toi-même, conclut Valexaire.

— Peut-être, mais ça me mettait hors de moi ces injustices et je perdais le contrôle.

— Comme tu le dis si bien, mon ami, tu étais hors de toi, ou plutôt hors de ton centre. Aspiré par un cercle vicieux colérique, tu t'es éloigné de ta base rassurante et aimante.

— C'est vrai, je le reconnais. Mais comment j'aurais pu rester ou revenir dans mon centre et bénéficier de ma vraie nature essentielle, intelligente et adorable ? Demande Julien, pacifié.

— En tant qu'âme, cette correction se fait automatiquement dès l'instant où tu vibres mal et que tu défailles. Dans les plans légers et illimités, comme ceux que tu traverses avec moi en ce moment, tout s'ajuste sans que tu n'aies à t'en soucier. C'est un miracle ! Et dans les plans plus denses, comme celui de la Terre, les humains possèdent tous un outil infaillible pour se centrer, se replacer dans leur axe, s'aligner et finalement se reconnecter.

— Ah ! Et c'est quoi ce truc magique ? Ironise Julien.

— Ce truc magique, comme tu dis si bien, c'est ce à quoi vous ne pensez jamais. C'est un moyen vital. C'est la respiration ! L'inspire, l'expire et l'espace intermédiaire qui les unis sont les sésames qui ouvrent toutes les portes du recentrage. Pourquoi crois-tu que le premier réflexe du nouveau-né soit d'inspirer dès sa naissance. Sans même avoir connu ou réfléchi à ce phénomène. Simplement parce que c'est un souffle divin qui unit l'âme du monde invisible et la personnalité du monde visible. Par cette première inspiration, il se relie au Nouveau Monde dans lequel il entre et s'harmonise avec lui. Lors du dernier souffle de vie de ce même humain qui meurt, il expire une dernière fois pour se déconnecter du monde qu'il quitte et initier le contact avec le monde invisible dans lequel il entre à nouveau, sous forme d'âme sans corps. C'est ce que tu as fait, Julien, avec plus ou moins de résistance...

Dans les deux cas, c'est un processus de connexion pour mourir à l'ancien et naître au nouveau. Il n'y a pas d'interruption entre les mondes ou les plans. Rien ne s'arrête et rien ne démarre. Tout se déroule sans coupure et sans débuts ni fins. Seule la forme change pour nous permettre d'être parfaitement adaptés aux mondes d'expériences dans lesquels nous vivons. Nous sommes tous paramétrés de manière idéale pour la vie éternelle.

La respiration est une circulation d'énergie et la zone entre l'inspire et l'expire est le passage qui fait le lien entre tous les temps, les espaces, les plans, les mondes. Un cycle de bonnes et profondes inspirations et expirations, avec une courte pause entre les deux, déclenche chez l'humain l'alignement efficace qui replace l'âme dans son centre et l'être dans son axe. Cet ajustement permet de se placer au centre de soi pour initier les changements d'états organiques, émotionnels, psychologiques, spirituels, célestes.

Conclut Valexaire, satisfait d'être allé au bout d'un enseignement parfois difficile.

C'est tout simple. Julien est subjugué par autant d'évidences. Savoir qu'il suffit de se souvenir de l'existence de son centre universel pour ne jamais oublier d'y retourner, c'est génial. Comprendre comment le rejoindre avec facilité, c'est encore plus génial. Découvrir que cette base personnelle stocke tous les moyens de réussir, c'est hyper génial. Et retrouver sa légitimité et son pouvoir grâce à tout ça, c'est supra méga génial !

Le sourire radieux de Julien et la teinte vibratoire arc-en-ciel qui l'habille en disent long.

— Bon, je vois que tu as compris, se réjouit Valexaire, heureux à chaque fois que son élève accueille et intègre, sans résistance et surtout, sans question !

Maintenant que tu es disponible et centré, je vais t'expliquer le pourquoi de cette histoire du couple Espagnol et le plan duquel elle t'a été racontée.

C'est celui des familles d'âmes.

Chapitre 32

Julien l'ignore encore, mais l'histoire d'amour de Pedro et Valentine dont il a été le témoin est destinée à donner un sens à son futur. Pour cela, Valexaire l'a installé dans un espace d'observation atypique du plan 1 qui permet de voir l'avenir. De cet endroit il a assisté à un phénomène exceptionnel, mais très banal du point de vue des âmes en transit. Il s'agit de la lecture des dossiers intimes d'une âme en préparation de son incarnation. Elle s'imprègne de la vie de ses futurs parents, eux-mêmes originaires d'une famille d'âmes. La famille terrestre dans laquelle elle va bientôt s'incarner possède une multitude de richesses enseignantes dont elle va avoir besoin pour finaliser son Actria*. Au-delà de la connaissance contenue dans les structures énergétiques de sa future mère et de son futur père, c'est un patrimoine transgénérationnel inestimable qui est archivé dans les mémoires évènementielles et vibratoires de sa future famille humaine. Toutes les âmes qui l'ont précédée dans cette famille auront un rôle dans son histoire et sont disposées à lui communiquer tout ce qu'elle veut savoir pour appréhender au mieux son projet de vie sur Terre.

* *Voir le lexique en annexe.*

Enitas est le nom de l'âme en transit. Sa carte d'identité vibratoire est : ENITAS ZEUGIRDOR EEN EL91 IAM0202 A 71H20. Elle sera enregistrée et vibrera grâce à ce code fréquentiel personnel. Elle prendra sa place sur Terre en tant que fille unique de Pedro et Valentine en Espagne.

Installée dans le sas énergétique du plan des familles d'âmes, Enitas affine et personnalise son identité. À ce stade de la progression, elle a déjà traversé trois autres sas dans lesquels elle a mémorisé ses appartenances et validé des choix d'expériences. Dans l'endroit où elle se trouve pour l'instant, elle endosse un manteau vibratoire qui l'enveloppera durant sa nouvelle vie. Ce tissage cellulaire énergétique invisible est imprégné de tous ses codes personnels et la différencie de toutes les autres âmes. C'est le costume de sa personnalité subtile. Sa photographie d'identité révèle des nuances de vert émeraude, d'ambre doré et de bleu glacial. Enitas est protégée par un cocon dont la transparence révèle son degré de pureté. Plus la bulle est claire et plus l'âme s'est purifiée au fur et à mesure de ses expériences de vies.

C'est grâce à la teinte et à la transparence de son manteau vibratoire qu'Enitas va pouvoir s'infiltrer dans sa famille d'âmes.

Cette âme a déjà fait l'expérience de l'incarnation sur Terre et elle sait très bien que ces origines célestes seront en partie occultées durant sa vie humaine.

Dès son arrivée sur la planète, elle aura oublié ce qu'elle vient y faire et d'où elle vient.

C'est le rôle de filtre que joue la planète bleue pour favoriser le jeu, maintes fois renouvelé, des expériences obligatoires qui font évoluer.

Oublier pour se forcer à se souvenir.

Enitas sait bien qu'une fois en bas, elle vivra cette sorte de coma temporaire qui lui fera oublier son identité divine et qu'elle sera dirigée par l'ego directif et abusif d'une personnalité caractérielle qui ignorera, trop souvent, l'existence de son âme.

C'est la raison pour laquelle elle veut engrammer, sur le plan des familles d'âmes, un maximum d'informations dans sa mémoire vibratoire pour y retrouver, dès ses premières prises de conscience humaines, les informations qui la reconnecteront à son intelligence supérieure.

Enitas se souvient aussi que plus son âme vivra son identité vibratoire dans l'incarnation et plus elle favorisera les fusions avec les autres âmes des familles qu'elle rencontrera. Elle facilitera les processus de rencontres et de reconnaissance avec des âmes sœurs, jumelles, cousines, primordiales ou doubles, incarnées dans sa vie à ses côtés. C'est par la puissance des expériences humaines spiritualisées qu'elle activera son évolution et celle de sa planète d'expérience, la Terre.

À l'étape où elle se trouve, Enitas collecte les informations provenant de sa future famille humaine et de sa famille d'âmes. Pour cela, elle utilise un cordon de lumière. Cette corde énergétique tressée d'argent et pailletée d'or cuivré permettra aussi à l'âme de s'attacher à son futur corps physique. Son point de fixation se situera à quelques centimètres au-dessus du cœur, à l'avant et à l'arrière de l'organe, dans le second cœur vibratoire. Comme pour toutes les âmes, il lui suffira une fois incarnée, de passer sa main devant le plexus solaire de son thorax pour se connecter à son intelligence supérieure. Ainsi elle sera toujours en lien avec sa famille d'âmes, ses guides et sa banque de données universelles.

Enitas veut se souvenir de ce détail essentiel pour optimiser sa mission de guérisseuse.

Ses futurs parents, Valentine et Pedro, sont aussi des âmes soignantes et apportent le bonheur autour d'eux. L'oncle Clément et la cousine Emma, qu'Enitas rencontrera aussi à sa naissance, viennent du même groupe céleste. Les cinq âmes appartiennent à la famille des Guérisseurs. C'est un choix délibéré de s'être installées dans cette famille d'âmes. Comme un grand nombre d'âmes, elles se connaissent d'avant et ont déjà partagé des expériences humaines dans des incarnations antérieures.

Ainsi, dans la Rome Antique, Pedro fut le frère d'Enitas et se faisait appeler Septimus.

Valentine, au temps de la dynastie des Hasmonéens de Judée était Josèphe, le grand-père de Pedro. Et à l'époque Médium Aevum, autrement nommée Moyen Âge, la même Valentine d'aujourd'hui, répondait au prénom d'Eusébie et était la sœur aînée d'Enitas.

L'actuel oncle Clément, identifié sous le prénom de René à l'époque de Charles Quint, fut le père, pour quelques semaines seulement, de Valentine qui, pour l'occasion, n'eut pas d'identité en tant que fœtus mort-né. Ce fut son choix à l'époque de ne pas vivre longtemps.

À la période des Merveilleuses du Directoire, la cousine Emma répondait au doux prénom de Fortunée, sœur cadette de Valentine et de Pedro.

Quant à Enitas, elle avait été :

- Sennefer, grand prêtre de Ptah, aux côtés de l'ami Pedro, lui-même prêtre funéraire de Thoutmôsis III, sixième Pharaon de la XVIIIe dynastie du Nouvel Empire égyptien.
- Siékwa, sous les traits du père de Valentine, dans le groupe ethnique des Bambaras dans Afrique de l'Ouest de 1621.
- Viridorix, ennemi juré de l'oncle Clément, connu en ce temps sous le nom d'Alix, à la bataille de Vernix, en pleine guerre des Gaules, en 56 av. J.-C.
- Rati, sœur d'Emma et toutes deux Nagarvadhu, courtisanes, danseuses et chanteuses en Inde ancienne.

Toutes les âmes ayant déjà vécu dans le passé avec Enitas sont passées par différentes familles d'âmes pour être enseignées et programmées pour toutes leurs incarnations.

Dans la vie à laquelle se destine Enitas, certains sont déjà très actifs comme Pedro, Valentine, Clément et Emma.

Valexaire observe tous ces phénomènes et s'étonne encore de la magie qui s'en dégage.

Il n'y a pas si longtemps, il vivait cette étape de l'infiltration dans les sas des familles d'âmes.

Il sait que ces communautés énergétiques constituent un formidable système d'enseignement général qui forme et prépare les âmes à leurs évolutions.

Chaque famille est à l'image d'une école spécialisée qui inculque un savoir spécifique et tatoue l'âme de l'empreinte vibratoire savante de la famille.

L'imprégnation de sa famille, permettra à l'âme incarnée de reconnaître sa tendance à pouvoir aider, protéger, guérir, communiquer, réparer, enseigner, guider, spiritualiser, éveiller, initier, transmettre, lutter ou combattre.

Cette étape du passage chez les familles d'âmes est complexe, mais décisive.

À n'en pas douter, Julien aura mille questions à ce sujet, au sortir de ce visionnage.

Valexaire tente de se remémorer tout cet enseignement, mais il bloque sur certaines étapes.

Le guide novice ne pourra pas demander à son protégé de comprendre la complexité de ce processus miraculeux si lui-même s'égare dans les dédales du labyrinthe des quinze familles d'âmes.

Il entame la révision d'un chapitre de ***« l'Encyclopédie des Familles d'Âmes »*** pour assurer le coup face à Julien, mais il laissera le soin aux guides des plans 5 et 6 d'accompagner l'âme de leur voyageur dans les rouages de cette mécanique divine, le moment venu.

Néanmoins, il connaît l'extrême importance des scènes auxquelles son élève assiste dans l'instant. Il sait qu'il doit suivre la progression de l'âme Enitas, aussi compliquée soit-elle.

Ceci aidera Julien à mieux comprendre son propre parcours et son devenir.

Depuis sa toute première incarnation, l'âme Enitas s'est positionnée deux-trente fois dans le noyau central de la famille d'âme des Guerriers-Guérisseurs, puis cent-trois fois dans la bande filtre qui entoure le noyau de la famille d'âmes des Passeurs et cinquante-neuf fois dans la bande périphérique qui scelle la cellule de la famille d'âmes des Guérisseurs-Enseignants. Elle a également séjourné quatorze fois dans les familles d'âmes des Initiateurs de Conscience et dans celles des Communicateurs.

Elle a toujours été accueillie avec bienveillance dans ces familles principales et secondaires pour y suivre ses formations. C'est là qu'elle a fait la connaissance avec les âmes qui joueront des rôles dans ses scénarios humains et qui l'aideront à tirer parti des expériences.

Qu'il s'agisse de rencontres anecdotiques, de liaisons fortuites, de relations amicales inattendues, voire impensables, ou de conflits relationnels brutaux, Enitas mettra à profit les enseignements de toutes les familles d'âmes qu'elle a côtoyées.

Cette âme experte connaît bien toutes ces particularités et a intégré tous les processus.

À ce stade de sa progression, Enitas doit absolument valider sa collaboration fondamentale avec une âme qui est aussi en processus final de descente vers la Terre.

Toutes deux se retrouveront très vite dans une expérience commune fondamentale sur la planète bleue, et ce, dès leur arrivée. Leur collaboration programmée dans l'invisible annonce de beaux moments dans le visible.

Il ne faut pas rater la préparation.

La rencontre est prévue au huitième plan, celui des ajustements d'Actrias*, avec un certain Nomis.

* *Voir le lexique en annexe.*

Chapitre 33

La masse d'informations reçue par Julien à la sortie de cet épisode le bouleverse. La charge qui l'électrise modifie sa plasticité énergétique. Il semble se sculpter, comme un bodybuilder qui transforme son corps à grand renfort d'exercices de musculation et de poudres hyper protéinées.

Au plan 1, le phénomène est instantané. Quand la transformation s'opère, la personnalité vit ses derniers moments, mais la compréhension est immédiate.

C'est comme si Julien rédigeait sa première fiche mémoire d'âme reconnectée. Son TUSA à lui. Les informations s'inscrivent en vrac, comme des notes dans un carnet, mais la synthèse sera bientôt faite.

— J'appartiens à une autre famille que celle que je connais sur Terre !

— Il y a eu bien d'autres vies avant celle-ci dans lesquelles j'ai guéri des blessures !

— J'ai connu les âmes avant de les croiser dans mes incarnations !

— La vie après la vie existe !

— La mort n'est qu'un état qui aide à passer ailleurs !

— Le corps n'est pas fait que de chair et d'os !

— J'ai plusieurs corps énergétiques intelligents !

— J'ai deux cœurs, un organique et un vibratoire !
— Je suis un être céleste doté d'une autre intelligence !
— Mes pensées sont créatrices et influencent le cours de ma vie !
— Mes territoires émotionnels regorgent de richesses et de ressources !
— Je suis une âme manifestée aux multiples pouvoirs illimités !
— Je peux transformer ma vie à volonté et sans limites !
— Je suis l'unique créateur de tout ce qui m'arrive !
— Je suis digne d'aimer et d'être aimé sans condition !
— Je suis digne de servir et d'être servi sans condition !
— Je suis légitime en tout...

Julien est sidéré. Il est émerveillé par l'extraordinaire puissance de cette connexion à lui-même, mais regrette encore de ne plus pouvoir explorer tout ça de son vivant.

Valexaire sait très bien que de telles révélations chamboulent toujours un candidat au passage. Mais d'ordinaire, la prise de conscience radicale se manifeste plus tard dans le parcours. Souvent, juste avant de passer au Plan 2.

Julien a synthétisé ses nouvelles connaissances bien trop tôt. Cette nouvelle anomalie confirme à Valexaire que cette âme en transit n'est pas obligatoirement destinée à passer sur les plans supérieurs pour poursuivre son évolution.

À la couleur des enveloppes énergétiques de Julien, il apparaît qu'un nouvel encodage est en cours. Ou plutôt que la première phase de désincarnation n'est pas aboutie. Il semble même qu'elle soit interrompue, car le corps émotionnel de l'élève ne se dissout pas à la vitesse normale.

D'ordinaire après les phases de vérification, de nettoyage, de chirurgie et de stabilisation, l'âme doit apparaître plus pure et plus légère. Son aspect laiteux s'éclaircit pour faire place à une transparence irisée. Ce n'est pas le cas de celle de Julien qui semble, à l'inverse, reprendre de la consistance. Elle est en train de s'alourdir.

Il est vrai que Valexaire a beaucoup stimulé certaines parties vibratoires de l'âme de ce voyageur. Il est même passé par des phases d'accélération peu classiques. Mais il a semblé au guide que l'élève était en facilité de transmutation et qu'il pouvait supporter les fréquences de certaines connaissances plus poussées.

Après le soin sur le corps ombral, le guide a bien remarqué que la partie de l'âme nettoyée n'avait pas réintégré tout de suite la structure de l'être Julien. Elle a été aspirée vers un plan intermédiaire pour y recevoir un encodage complémentaire. Ceci ne se produit que dans un seul cas précis. Valexaire est certain de ce qui se trame pour son ami. La confirmation du processus lui est adressée par l'intervention d'une guidance supérieure.

Issue d'un demi-plan entre la 35e et la 36e dimension, l'énergie enseignante s'infiltre dans les couches structurelles de Valexaire. Inutile de lutter contre cette intrusion bienveillante qui annonce sa venue par un tressaillement lumineux très reconnaissable des guides du plan I.

L'ajustement est immédiat et la musique céleste se fait reconnaître :

— Cher frère de l'inférieur de lumière, sois vénéré et remercié pour l'accompagnement aimant que tu as manifesté auprès de ton âme fraternelle. Tes enseignements ont été justes et efficaces. N'en doute pas. Sache que tu es maintenant attendu ailleurs. Le temps est venu de t'écarter de cette âme en transit pour faciliter sa réintégration. Nous allons initier un rapatriement d'âme pour que la force unitaire centrifuge des particules de l'âme du dit Julien réintègre le plan de la matière dense. Les Epryons* vont déverrouiller des vortex pour que lui soient révélés les nouveaux Génélopes*.

Le temps est venu de relancer l'Epryon Kristalame* et, comme tu le sais, cette activation déclenche les guérisons multiples. La conséquence est immédiate. L'âme en transit va réintégrer son enveloppe de chair et poursuivre son expérience d'incarnation. Sa corde d'argent n'a pas été dissoute. Elle est réactivée à l'instant. Le corps physique a été reprogrammé et il va ré accueillir l'âme par la porte d'entrée de la joie du corps émotionnel. Le réveil dans le plan de la densité est imminent. Que la paix universelle t'enveloppe sans limites. Reçois

* *Voir le lexique en annexe.*

notre entière et éternelle gratitude pour tout ce que tu as fait par amour.

L'énergie gouvernante se désintègre aussi vite qu'elle s'est infiltrée et Valexaire se stabilise avec facilité. C'est la première fois que le guide novice expérimente cette séquence de désolidarisation d'avec une âme à guider. Il n'a pas à la comprendre et doit s'y plier sans justification.

Il en sera d'ailleurs gratifié et verra s'accélérer l'intégration des connaissances mal assimilées. Certaines de ses fiches du **TUSA** se verront dissoutes parce que devenues inutiles.

— Je le savais... Se rassure Valexaire avant d'ajouter.

Pas de tunnel. Pas de lumière blanche. Pas d'anges ni d'êtres chers... Julien va râler c'est sûr !

Sans être impacté dans sa structure, le guide est propulsé hors du champ d'intervention de son protégé.

Valexaire est heureux d'être déjà ailleurs...

L'âme purifiée de Julien est renvoyée dans la fibre dense de son corps physique.

Julien n'est pas mort, il va vivre sa nouvelle vie.

Ailleurs, encore bien plus loin...

Chapitre 34

Enitas a atteint le huitième plan. Là où s'ajustent une dernière fois les Actrias* des âmes.

L'atmosphère qui règne dans cette énorme sphère aux mille facettes d'or est semblable à un paradis immaculé. Au centre de l'espace rayonne un gigantesque cristal conçu par l'Univers et façonné par les astres. On assure qu'il a été roulé dans une poudre d'étincelles d'étoiles magiques pour gommer toutes ses impuretés. Les exoplanètes se sont chargées de lisser le joyau avant qu'une queue étincelante de comète l'ait propulsé dans le cosmos. Il s'y est laissé porter, avec grâce, par le fil éternel des courants magnétiques avant de se fixer au cœur du huitième plan.

Ce trône étoilé dirige ses milliards de branches vers les centaines de milliers de couloirs d'existences nécessaires aux incarnations et désincarnations. Ces tunnels de lumière guident les âmes vers leurs destinations d'expériences et servent aussi à guider leurs retours vers les mondes d'en haut. Elles font halte par millions au cœur de ce cristal dit d'Holsygarmie. Il oscille et ondule à chaque prise de contact avec les âmes en phase d'entrées et de sorties. Aux pointes des branches du grand

---

* *Voir le lexique en annexe.*

cristal étoilé se trouvent des toboggans énergétiques qui descendent vers la Terre. C'est la dernière partie du parcours qui précède le contact avec la densité. Ces chemins glissants débouchent sur le voile astral de la Terre. C'est là que s'ouvre le grand portail énergétique sur la matière du monde visible.

Ces toboggans du grand cristal sont équipés d'alvéoles d'ajustement des Actrias*. C'est dans ces niches que les âmes se reposent et finalisent une dernière fois leurs projets d'incarnation avant de glisser vers la Terre de leur naissance. Les ultimes vérifications sont effectuées par les différents guides des Actrias* qui scannent l'anatomie subtile de chaque âme en approche de la planète bleue. Ces forces sont garantes de la viabilité de tous les systèmes subtils qui alimenteront les systèmes humains. Cette autorité bienveillante de régulation des flux vibratoires et fréquentiels contrôle une dernière fois le bon fonctionnement des corps énergétiques qui nourriront le corps physique. Elle corrige les codes défaillants et inocule dans la mémoire de l'âme les principes essentiels de son fonctionnement subtil avant de charger tous les programmes utiles à ses multiples expériences.

Enitas est prête à vivre ce dernier acte avant sa grande glissade. Avant cela, elle doit engrammer en elle, la Charte de Lumière qui lui permettra de ne jamais oublier ses origines célestes.

---

* *Voir le lexique en annexe.*

« Chère âme, la Charte de Lumière à laquelle tu adhères sans contrainte te rappelle avec amour tes origines célestes et le fonctionnement de ton futur état d'être humain.

Tu mémoriseras cette vérité pour l'éternité : tu es un Être Divin Humanisé sans limites de pouvoirs lumineux.

Pour atteindre et entretenir cet état, tu accepteras d'utiliser toutes les énergies créatrices mises à ta disposition pour constituer des particules qui se condenseront en atomes pour donner naissance à tes molécules qui créeront tes protéines utiles à la naissance des cellules de ton organisme humain vivant.

Ton corps physique électrique à vibration lente sera constitué de cinq sens et de trois extras sens qui te permettront de supporter les taux vibratoires et de traverser les dimensions utiles à ton projet.

Tes corps énergétiques compléteront l'anatomie organique de ton corps physique et tu accepteras de les mettre au service de tes expériences de vie pour faire vibrer ton âme et ton esprit.

Tous les corps, visibles et invisibles, seront alimentés par ta reliance permanente aux énergies de ta Source originelle détentrice de la connaissance universelle, intemporelle et illimitée.

Les énergies captées, stockées et renouvelées seront distribuées dans ta physicalité par des réseaux de vingt-quatre batteries principales, six-cent-quatre-vingt-deux secondaires et trois-mille-neuf-cent-douze tertiaires. Elles seront toutes actives du début à la fin de ton processus d'expériences d'incarnation. Une ramification de canaux invisibles alimentera tes systèmes psycho organiques pour les animer et les maintenir en vie. Ce processus miraculeux sera maintenu, avec plus ou moins de stabilité, jusqu'à ta décorporisation finale. Tu t'engages à entretenir l'équilibre de ta mécanique quantique et à honorer cette anatomie céleste et physique par tous les moyens utiles, justes et bienveillants. Afin de t'honorer dans ton projet et de respecter cette Charte de Lumière, tu privilégieras les actes d'amour responsables envers toi-même et les âmes qui participeront à ton histoire. Le partage et le respect devront guider tes pas sur le chemin de ton évolution et dans tes propositions d'ouvertures de cœur. Tes ressources guérisseuses devront être mises à la disposition de tous les êtres, sans exception, qui pourraient en avoir besoin. En cas de défaillance, tu devras t'en remettre à l'intelligence illimitée de ton âme et de tous les guides disponibles pour t'assister. Tu pourras renoncer, mais tu n'abandonneras jamais.

Que cette connaissance universelle t'encode dès à présent pour dynamiser ta force d'amour inconditionnel ».

Le processus automatique s'active et irradie avec succès l'âme en transit. Enitas a bien engrammé toutes ces informations. La charte a été archivée dans ses données personnelles et copiée dans le plan de l'Akasha*, territoire des expériences éternelles et intemporelles des âmes. Elle pourra s'y référer à tout moment et en tout temps, si le besoin s'en fait sentir.

Enitas s'est installée dans une enclave du cœur cristal où elle termine d'ajuster ses fréquences. Elle se repose avant de s'offrir à la vibration de son âme universelle partenaire.

---

* *Voir le lexique en annexe.*

Nomis est bien là, vibrant d'amour pour sa céleste compagne. Lui aussi, a été ajusté par la charte spirituelle. Il peut désormais s'infiltrer dans la structure tressaillante de l'âme primordiale d'Enitas. Au cours d'une centaine d'incarnations, toutes deux ont déjà appris ensemble à travailler, aimer, donner et recevoir. Les voyages communs leur ont permis d'expérimenter leur attirance pour favoriser leur expansion et leurs guérisons multiples. Les âmes Enitas et Nomis valident ici pour la première fois leur statut d'âmes jumelles. C'est à ce titre qu'elles s'unissent au 8e plan pour fusionner et accorder leurs Actrias*. En l'instant, sous la coupole céleste du cristal d'Holsygarmie, les deux âmes en fusion reçoivent les fréquences des sons sacrés qui encodent leur ADN céleste et humain. Les torsades luminescentes qui dansent et serpentent entre Enitas et Nomis forment des chaînes d'anneaux pailletés d'or et de bleu turquoise. Chaque maillon se charge de la lumière de la Terre et du Ciel avant d'être enveloppé d'un maillage rose cuivré.

L'état d'amour est activé dans toutes les dimensions des deux âmes lovées au cœur de l'alvéole.

Dans un état de paix absolu et portées par la force indéboulonnable de leur amour mutuel, les deux âmes viennent de pactiser dans la Lumière. Elles s'engagent à fusionner tous leurs états d'âme et leurs états d'esprit pour honorer leur projet d'incarnation. À chaque étape

* *Voir le lexique en annexe.*

de leur existence et quelles que soient les conditions, même les plus défavorables, les âmes Enitas et Nomis décupleront leurs forces d'amour afin de porter assistance, soulager et guérir leurs âmes et celles de leurs sœurs et frères de chair. Fortes de cet ultime encodage, les âmes jumelles s'engagent avec enthousiasme dans le toboggan énergétique qui mène à la Terre.

— Bon voyage, Nomis ! Susurre Enitas, étincelante de joie.

— À très vite... Confirme Nomis, rayonnant d'envie.

Cinq portes vibratoires concentriques d'or, d'argent, de platine, de cuivre et de cristal s'ouvrent les unes après les autres. Elles précèdent l'écartement de sept façades liquides aux couleurs de l'arc-en-ciel. L'ultime ouverture apparaît comme une minuscule fente. En son centre une pupille facettée pulse au rythme des battements des cœurs. Les poudres d'étoiles scintillantes des deux âmes sont aspirées, avec délicatesse, par l'œil céleste vers un gigantesque trou qui s'ouvre sur un vide abyssal de lumière rouge orangé.

Au terme de cette descente vertigineuse de six à neuf mois se profilera la porte d'entrée dans le Nouveau Monde d'expériences choisi par Enitas et Nomis. La Terre.

Presque maintenant...

Chapitre 35

Angela est tout engourdie. Son corps lourd est ankylosé. Sa déglutition est difficile. La salive lui fait défaut. Elle a soif et boirait volontiers un seau de soda caféiné dans lequel flotteraient des glaçons iceberg et des morceaux géants de cerise glacée. C'est comme ça qu'elle le préfère.

Ses yeux veulent s'ouvrir, mais les paupières résistent à ce souhait pourtant légitime. Angela sait qu'elle a assez dormi, mais elle resterait bien dans les bras de Morphée. D'ailleurs, si elle était hindoue, elle aurait même préféré Shiva, pour le nombre de bras !

C'est un petit cliquetis répétitif à hauteur de son oreille droite qui la rappelle à la surface de sa conscience.

— C'est quoi ce truc qui bipe sans arrêt ? S'entend-elle penser, agacée.

Elle perçoit une pression au bout de son index droit qui pulse au rythme du bip infernal. En tentant de bouger son bras pour regarder son doigt, elle sent une résistance qui limite sa liberté de mouvement. Dans un geste brusque, Angela trouve la force de se libérer de l'entrave. Le capteur arraché avec violence entraîne dans sa course le câble relié à la machine infernale. Une alarme stridente se déclenche sans attendre.

— Oh là là ! Elleueu va pas nous reufaireueu un mauvais coup la peueutiteue dameueu et tout nous casser ! S'exclame une voix fluette avec un fort accent marseillais qui sent bon le soleil. Angela a déjà entendu cette phrase chantante il n'y a pas si longtemps.

— Ce n'est pas graveueu va, je vais vous reumettreueu la tuyauteueurie enne placeueu, précise la voix moqueuse en refixant le capteur à l'index déjà tuméfié par la pince.

Angela découvre d'un regard encore flou une lumière blanche qui la coiffe comme un énorme parasol. Le plafond blanc, équipé de blocs de néons renvoie une pâle lumière qui éclaire la pièce comme en plein jour. Les murs blanchis et le carrelage grège renforcent la clarté environnante.

En tournant la tête, Angela distingue autour d'elle les détails d'une salle médicalisée. Des appareils à écrans d'où pendent de multiples câbles, des supports à perfusion sur roulettes et des casiers en plastique multicolores remplis de seringues, compresses et autres boîtes d'ampoules permettent de confirmer l'hypothèse. C'est un hôpital ou un truc du genre.

Surgissant de nulle part, le visage sans teint et sans expression d'un homme sec et cireux apparaît en très gros plan, au-dessus d'Angela effrayée. Elle aurait pu croire que l'inconnu allait lui claquer la bise. Le stress occasionné par la surprise excite le bip infernal. Le masque de tissu vert qui pendouille au bas de ce menton anguleux et le calot du même acabit vissé sur la tête chevelue permettent d'identifier un membre du personnel hospitalier.

— Calmez-vous, Madame. Vous êtes en salle de réveil. Tout s'est bien passé. On complète votre formulaire de sortie. Quand les fiches roses et jaunes seront visées par le chirurgien, je vous remonterai dans votre chambre. Il va bientôt passer vous voir. Tenez-vous tranquille d'ici là !

Cette voix, Angela la connaît aussi. Désagréable et déterminée, elle lui rappelle un mauvais souvenir. Quelqu'un a déjà utilisé ce ton directif pour lui signifier quelque chose. Mais quoi ? Une liasse à remplir ou un refus d'accéder quelque part ? Elle n'arrive pas à se rappeler, mais c'était dans un endroit froid et austère, un peu comme ici. Cette expérience a laissé la trace d'une colère teintée de rancune et la jeune femme est troublée par cette impression. Elle n'a pas la force de réfléchir plus. Tant pis, ça reviendra peut-être. Il y a plus important. Mais le fait est que ce type n'est pas sympa du tout. C'est même certainement un abruti fini. Il ne doit avoir pour cerveau qu'un pois chiche qui se balade sous sa voute crânienne. La bille sèche doit rebondir comme une boule dans un flipper, à chaque tentative de réflexion.

Bizarre cette remarque. Angela s'étonne aussi d'avoir pensé ça et d'être autant radicale.

Il y a quelque chose qui cloche ici...

Aussitôt apparu, aussitôt disparu. L'homme n'est déjà plus là. Ni pour valider la théorie d'Angela ni pour répondre à cette question essentielle :

— Qu'est-ce qui s'est passé ?

Pendant un temps qui lui semble une éternité, la jeune femme reste immobile et vaseuse. Seule une petite douleur au bas ventre l'incite à sentir son corps qui se réveille par morceau. Elle peut bouger la tête ou solliciter ses bras, mais ne perçoit aucune sensation du bassin jusqu'aux pieds.

Au cours de cet éveil progressif, Angela est percutée par des bribes de souvenirs plus incohérents les uns que les autres. C'est comme si elle assistait à une projection de diapositives sans rapport les unes avec les autres. Le diaporama est confus et désordonné. Elle a l'impression de devoir associer des pièces de puzzle qui ne vont pas ensemble. Pourtant, ça doit bien vouloir dire quelque chose, Angela en est tout à fait persuadée. C'est un défilé incessant de pensées chaotiques et incohérentes auquel la jeune femme doit faire face.

Inquiète de ne pas savoir pourquoi elle est allongée sur ce lit médicalisé, à moitié paralysée des jambes et du bassin, elle se décide à interpeller la Marseillaise qui passe en trottinant à côté du lit.

— S'il vous plaît, Madame, qu'est-ce que je fais là ?

L'infirmière de service stoppe net sa course et revient sur ses pas.

— Bonneue Mèèreue ! Vous plaisannetez, j'imagineue, ma peutiteue dameue. Répond incrédule, Miss Port-de-Marseille-1974, burinée par l'antique petit jaune local.

— Non, je plaiiisaaneteue pas. Singe Angela avec un accent caricatural.

— Mais, vous veuenez d'accoucher, peuechère ! Vous êtes maman depuis une bonneuue heure. Ça se prézzantait pas bieiin et le peuetiot est arrivé le cul en devant. On aurait dit qu'il voulait remonter dans l'autreue sèns le galopeiiin ! Du coup le docteur a préféré vous descendreue au blauuc, et hopeue, sésameue ouvreue-toi ! Uneue césarienne de riein du tout pendant que vous dormiez et voilà le beau bébé en pleineue formeue. Ah oui, diteue, c'est un beau garçon. Félicitations au papa ! Déclame l'infirmière hilare, tout en s'éloignant.

Angela n'en croit pas ses oreilles. La nouvelle est d'une telle violence qu'elle ne réalise pas ce qui s'est passé. L'annonce est pourtant claire. Elle vient d'accoucher ! Mais alors... Et si... Bien sûr !

D'un coup, tout s'éclaire...

Les douleurs de ventre, les spasmes, la perte des eaux. Certaines idées s'imbriquent les unes dans les autres aussi facilement que les petites briques en plastique de « l'ego » !

— Merci pour le papa ? Mais c'est Julien, le papa ! Il est où Julien ? S'exclame Angela redevenue cohérente, mais encore plus affolée.

À cette réaction de panique, le fidèle bip qui obéit au doigt et à l'œil, mais surtout au doigt, hurle et accélère encore son rythme pour alarmer de nouveau.

— Oh ! Tu me saoules, le bip. Grogne Angela en dépinçant son index teinté d'un beau bleu marbré violet et jaune.

— Où est mon mari, euh, mon ami, enfin le père du petit ? Hurle la toute jeune maman requinquée par miracle !

— Trouvez-moi Jullliiiieennn !!! S'égosille Angela, hystérique, à moitié étouffée par un début de sanglot.

En un éclair, un homme massif et sculpté se dresse à ses côtés. Véritable statue grecque, l'apollon puissant et sexy au crâne rasé impressionne Angela. La douceur et la force de son regard émeraude, assorti à la couleur de son uniforme de chirurgien, pénètrent Angela au plus profond de son âme. Mais il émane de l'homme une étrange odeur de javel.

Pourquoi Angela est-elle sensible à cette odeur si désagréable ?

— Pourquoi ces hurlements ? Ça ne va pas recommencer ! Soupire l'apollon au crâne lisse et brillant.

Angela parcourt du regard les traits de ce visage bien dessiné. Magnétisée par le charisme de l'homme, elle tente malgré tout de reconstruire ses pensées. Elle connaît ce type. Elle l'a déjà vu quelque part. Mais où ?

Le bellâtre prend sa plus belle voix pour s'adresser à l'ex-parturiente :

— Que se passe-t-il encore, Madame ? Insiste-t-il en saisissant avec délicatesse l'avant-bras de la jeune femme.

La chaleur de cette main providentielle et virile apaise Angela. Et ça aussi, elle l'a déjà ressenti.

— On se connaît, non ? Demande Angela, en guise de réponse.

— Bien sûr que l'on se connaît, voyons ! Je suis le Docteur Wayne, votre obstétricien. C'est moi qui vous ai accouchée. Je vous ai prise en charge en salle de travail, au troisième étage, vers 22 h 30, après votre évanouissement, précise-t-il, à peine étonné, car habitué aux états seconds de ses patientes.

— Wayne, comme *John Wayne*, le cow-boy des vieux films westerns ? Précise bêtement Angela.

— Si vous voulez, oui. Par contre moi, je n'utilise pas des colts quarante-cinq, mais plutôt des colts de l'utérus... S'étouffe le Doc dans son propre rire, fier de sa blagounette à deux balles.

— Nom de Dieu ! S'exclame Angela dans un éclair de lucidité. Vous êtes l'homme de l'Ouest américain de la Grèce Antique et l'autre rabat-joie à mon réveil, c'était l'employé de la morgue !

Horrifiée d'avoir fait le lien entre les deux personnages et ses souvenirs, même confus, elle voit défiler le film de son aventure. Consciente de ce qu'elle a traversé comme épreuve avec la disparition de Julien, elle s'effondre en larmes et plonge dans une détresse abyssale. La vague d'émotion qui la submerge balaye tout espoir de futur. En quelques minutes, Angela se souvient de tout.

De sa grossesse, bien sûr, et de la joie d'envisager la vie à trois. Mais aussi de l'accident et de la disparition de Julien, à quelques heures de l'accouchement. Il lui a téléphoné de la voiture pour lui dire qu'il était en retard.

C'est ça qui a provoqué l'accident. Ce putain d'accident !

Mais son cerveau lui envoie aussi des informations plus légères, comme pour la rassurer et lui injecter des micro doses d'espoir.

Elle se laisse envahir par un autre souvenir, plus confortable. Celui d'une rencontre avec des personnages d'une autre époque. Elle se sent comme visitée par un couple confit d'amour et de bienveillance à son égard. Ils sont enveloppés dans une sorte de couverture de lumière éclatante, qui ressemble à un manteau et leur langage est d'ailleurs.

Sans plus de détails, Angela est comme imbibée d'un sirop qui la rend moelleuse. Elle est un baba au rhum doré et gorgé de sucre aromatisé, dont les effluves d'alcool ambré l'enivrent. Elle esquisse un sourire divin entre deux giclées de larmes et trouve la force de parler avec confiance.

— Pardonnez-moi Docteur, c'est terrible ! Je sais que Julien est mort. Je me souviens de tout, maintenant, reprend-elle après avoir reniflé sans élégance.

Le chirurgien lui tend une poignée de mouchoirs en papier multicolores tirés d'une boîte cartonnée imprimée de fleurs.

— Oh là là ! En vérité, vous savez quoi, je ne comprends rien à ce que vous me dites, rétorque l'homme grec ou américain, ou peut-être extraterrestre. Calmez-vous ! C'est quoi ce cauchemar ? Écoutez, nous allons vous remonter dans votre chambre d'ici quelques minutes. Vous allez retrouver votre compagnon et votre bébé. Ils vont très bien tous les deux, malgré certaines péripéties, conclut rapidement le chirurgien pour éviter toute autre dérive.

Exténué par sa journée qui a compté pas moins de neuf accouchements compliqués, il n'a aucune envie de nourrir les délires de la jeune maman. Elle est épuisée par l'épreuve qu'elle a traversée, c'est tout. La blague du colt a montré combien lui aussi était déphasé. Il est temps que la journée s'achève.

— Allez, tranquillisez-vous et félicitations pour ce beau bébé ! Ça va aller maintenant, affirme-t-il sur le départ.

Angela est décomposée, décontenancée, désagrégée. Elle vient d'imploser en mille morceaux et il faut quelqu'un pour l'aider à ramasser et recoller les débris.

— Attendez, Docteur, s'il vous plaît. Quel évanouissement ? Quelles péripéties ? Expliquez-moi ce qui s'est passé. Je suis perdue.

Interpellé par l'évident et sincère désarroi de sa patiente, l'homme revient sur ses pas pour la rassurer.

Il fait tournoyer son index pointé vers le plafond comme pour monter quelque chose à Angela.

— Écoutez... Vous entendez cette douce mélodie dans l'air chère Madame ? C'est de la douceur et du bonheur. Ne vous inquiétez pas. Affirme-t-il, confiant.

Ce sont *Les Quatre Saisons* d'*Antonio Vivaldi* qui s'égrènent pour ambiancer la pièce. Comme ailleurs dans l'hôpital, des mélodies diverses et variées sont diffusées en permanence dans les couloirs, les salles de réveil et dans les blocs opératoires de l'établissement. C'est un moyen habile pour apaiser les patients, les familles et le personnel. En fonction du planning, des interventions et des équipes, les musiques sont éclectiques. C'est à qui fera partager sa préférence pour un artiste ou une musique traditionnelle de son pays. Le brassage culturel fait voyager. Des sambas endiablées du Brésil aux rythmes celtiques des bombardes et bignous braz des bagads bretons, sans oublier les biguines antillaises ou les incontournables succès de la variété française ou anglo-saxonne. La musique s'infiltre même dans les ascenseurs qui desservent les étages et les sous-sols. La morgue aussi a droit à son concert permanent. On évite toutefois d'y diffuser les marches funèbres par respect pour les défunts.

Revenant sur ses pas, le Doc tire au passage, du dessous d'un petit bureau, un tabouret métallique sur roulettes qu'il fait tournoyer jusqu'au bord du lit d'Angela. Il s'assied avant de frotter énergiquement la surface lisse de son crâne luisant. Il semble vouloir réveiller ses neurones à l'heure où ils s'endorment.

Il lâche un long soupir de lassitude avant de commencer son récit.

Chapitre 36

Résumons, Madame. Vous êtes arrivée chez nous, non accompagnée. Vous avez franchi les portes de l'hôpital, ou plutôt ce qu'il en restait, aux alentours de 21 h 30. Le bulletin d'admission, rempli par la remplaçante de Colette, pourra nous confirmer l'heure exacte, si cela vous est utile. Après moult péripéties, dont je vous passe les détails parce qu'il est tard, l'équipe des urgences vous a extirpée du taxi fou qui vous avait amenée. Il venait de valdinguer sur l'herbe glissante devant le hall d'entrée. Ne me demandez pas pourquoi, je n'en sais fichtre rien. Le fait est qu'il s'en est suivi une cascade de catastrophes incroyables dont vous n'êtes pas responsable. C'est le fameux effet papillon. Vous connaissez cette métaphore qui concerne le phénomène fondamental de sensibilité aux conditions initiales de la théorie du chaos ?

Angela, les yeux exorbités, est statufiée par la stupéfaction.

— Non... Balbutie-t-elle.

— Non, vraiment ? Pas grave. Mais tout de même... Edward Lorenz, le météorologue, l'a très bien expliqué dans sa conférence scientifique de 1972 : *Prédictibilité, le battement d'ailes d'un papillon au Brésil peut-il provoquer une tornade au Texas ?* Non, ça ne vous évoque vraiment rien ? Bref, laissons les papillons s'envoler et revenons à nos moutons. Je disais donc, malgré les mouvements de foule, les cris, dont vos hurlements, Madame, les débris de verre et les flaques de sang, les urgentistes ont réussi à se frayer un chemin dans un chaos indescriptible. Tant bien que mal, vous avez été montée dans mon service. L'auscultation et l'échographie ont confirmé – oh, surprise ! – que vous étiez enceinte de trente-huit semaines, soit environ huit mois et demi, d'un petit garçon tout à fait formé et équipé pour la belle aventure de la vie. Seul hic, le cher ange était en position de siège. Entendez par là que le petit bonhomme n'était pas engagé dans le bon sens. Il prenait le toboggan à l'envers. La tête en haut et les fesses en bas. Bref, il nous tournait le dos, comme pour nous faire un clin d'œil malicieux, ou plutôt un clin de cul provocateur. Sa manière à lui de nous dire, non sans humour : « je suis une feignasse, je ne bougerai pas. Je profite encore du gîte et du couvert. Si je dois quitter l'hôtel du bidon, vous devrez m'expulser et venir me chercher, bande de rigolos incompétents. » Je prononce ce dernier mot d'un seul trait, c'est plus flatteur pour moi et mon équipe, que de séparer les syllabes. Au vu de ces indications, vous avez été transportée en salle de naissance. Votre col était dilaté à huit et vous aviez commencé à perdre les eaux dans le taxi. À ce sujet, vous avez bien déliré à propos d'une gigantesque inondation partie de votre entrejambe ! Est-ce la raison de l'aquaplaning du taxi ? J'en doute, mais tout doit être envisagé dans cette histoire rocambolesque. Vous hurliez avec exagération pour une femme en passe d'expulser un rôti d'environ trois kilos, barde et ficelle comprise. Certes, c'est toujours moins confortable que d'accoucher d'une crevette prématurée de huit-cents grammes sans carapace, mais tout de même. Vous avez été un peu pénible, chère Madame, si je peux me permettre ! Comme je vous l'ai précisé, vous étiez arrivée seule à l'hôpital et n'avez pas cessé de demander à mon équipe de contacter un certain Julien. C'est un prénom qu'ils ont entendu au moins deux-cents fois en quelques heures ! Vous rabâchiez qu'il devait être encore bloqué au parc Voltaire, comme d'habitude. Personne n'a rien compris à votre histoire. Lassée par votre insistance à réclamer votre téléphone à la pomme et effrayée par votre agressivité, l'infirmière s'est résolue à vous le rendre. Cela vous a calmé un temps. Vous avez dû croire un instant que vous pouviez téléphoner vous-même. Pure illusion, vu votre état ! Pour détendre l'atmosphère, l'équipe a diffusé de la musique dans la salle de travail. La sympathique mélodie de *Crying* a semblé vous plaire, mais contre toute attente, vous vous êtes emportée. Vous êtes devenue hystérique. Vous avez pété un câble ou perforé une durite, si vous préférez ! Cela a eu pour effet d'accélérer votre dilatation et de rapprocher encore vos contractions. Le monitoring qui surveillait les battements de cœur de votre bébé s'est affolé. Il a signalé une faiblesse cardiaque anormale qui pouvait laisser présager une procidence du cordon. Comprenez ici un écrasement de cette longue nouille translucide boursoufflée et gondolée qui nourrit et oxygène votre rejeton. Remarquez, nous avons aussi suspecté un hématome rétro placentaire ou une éclampsie, autrement appelée convulsion. Inutile de vous dire que, dans ces conditions, la vigilance de l'équipe est montée d'un cran. Malgré notre inquiétude et vos cris qui auraient pu faire saigner nos oreilles, nous sommes restés efficaces et professionnels. Cerise sur le gâteau, c'est à cet instant précis que votre téléphone a sonné. Croyez-moi, il eût été préférable qu'il reste silencieux, mais quand le hasard s'en mêle, alors... Connaissez-vous la différence entre le hasard et la synchronicité ? Pardon, peu importe... Donc, dans un sursaut de clairvoyance, vous avez eu la force, Dieu seul sait comment, de regarder l'écran et d'ouvrir le SMS qui venait d'arriver. Vos yeux se sont écarquillés de frayeur et vous vous êtes évanouie, langue pendante et bleue. Vous avez surpris tout le staff en coupant net, le son et l'image. Nous avons tous pensé, « quel bonheur de savourer cet improbable silence ! » d'autant que l'équipe affairée aux préparatifs de votre accouchement n'a pas constaté tout de suite votre malaise. C'est le bruit du choc de votre téléphone sur le carrelage qui a interpellé l'infirmière au pied de laquelle il avait glissé. Au même moment, les alarmes des appareils de surveillance se sont mises à hurler. En voyant vos yeux globuleux révulsés, mon équipe d'agents très spéciaux a déployé tous ses talents pour vous faire revenir parmi nous. Comme dans les scènes mythiques d'un film où la mission semble toujours impossible au départ, ils se sont activés autour de vous, pour agir avec la précision d'agents spéciaux de haut vol. Quant à moi, tel un super héros radieux, je suis apparu pour vous sauver la vie ! Pour être tout à fait honnête, j'ai mis quelques minutes à arriver jusqu'à la salle parce que je finissais de dîner. J'ai horreur de laisser un plateau à moitié terminé. Aussi mauvais soient les desserts de cet hôpital, je mets un point d'honneur à finir mes assiettes. À l'instant où je plongeais ma première cuillère dans ma mousse au chocolat aigre-douce, la sonnerie « coupe-faim » de mon bip a retenti. Cette satanée mélodie flippante a le don d'avarier tous les mets quand elle se déclenche pendant un repas. Elle fait même tourner le lait d'un café dans une tasse carrée de la salle de repos, c'est dire la puissance dévastatrice de ce code rouge. Horrifié, j'ai vu apparaître sur l'écran le 66666 tant redouté pour un accouchement. J'ai tout abandonné pour me précipiter auprès de vous. Une petite aigreur à l'estomac a ralenti ma course. Ce n'est pas la première fois que je me fais avoir par la mauvaise qualité de cette satanée mousse. D'ailleurs, entre nous, on la surnomme « pousse mousse », si vous voyez ce que je veux dire. À mon arrivée, j'ai constaté votre état de délabrement avancé. J'ai décidé, sur le champ, de vous faire descendre au bloc. Devant les anomalies cardiaques de votre bébé, nous avons dû vous anesthésier pour l'extraire illico presto. Vous avez été stabilisée et le rythme du cœur de votre fils s'est régulé. Il n'a pas souffert de l'incident. J'ai pratiqué une césarienne avec la délicatesse qui caractérise mon doigté. C'est une merveille de couture. Le point de croix est recommandé pour ce genre d'ouvrage. D'ailleurs, j'expliquais à mon équipe, durant l'intervention, que ma grand-mère m'avait enseigné avec grâce l'art de la double surpiqûre pour des ourlets bien faits. J'ai appris ça tout gamin, dans sa boutique. Elle était mercière. La pauvre est décédée à la suite à une opération dans des conditions plutôt bizarres...

Vous savez, on raconte souvent des anecdotes au bloc pour détendre l'atmosphère et rigoler un peu.

Votre fils est apparu aux yeux du monde en parfaite santé. Violet, visqueux et ensanglanté. Normal quoi. Après une petite tape traditionnelle sur les fesses pour attester de sa vigueur et le rosir, il s'est mis à hurler pour initier une série de pleurs dont il vous fera des concerts réguliers. Notez que la tape fut légère, mais elle permit de lui signifier qui était le patron compétent dans le monde où on l'aidait à débarquer. Tout était okay, j'ai donc coupé le cordon, au demeurant en parfait état, à 01 h 17 tapante. Navré de vous rappeler la désagréable nouvelle, mais le papa n'était pas présent pour l'occasion. J'ai dû œuvrer à sa place. À ce propos, nous nous sommes questionnés, après coup, sur cette histoire d'un compagnon absent, bloqué dans un parc. Nous en avons rediscuté dans la salle de repos avec nos tasses carrées. Mais pourquoi donc déliriez-vous sur l'absence d'un homme tout à fait présent ? Vous avez une explication, Madame ? Quoi qu'il en soit, dès sa sortie, votre petit garçon a été confié à la sage-femme qui l'a enveloppé dans un linge stérile. Vous étiez dans le coaltar, mais l'enfant vous a été présenté, de l'autre côté du champ opératoire. Pendant quelques secondes vous avez pratiqué le peau à peau, visage contre visage, si important. C'est ce qui facilite la transition entre vies intra et extra-utérines pour le bébé qui éveille ses premiers sens. Il respirait bien et était rose de partout. Le nettoyage sommaire a été fait, sans lui décaper le vernix qui le protège, avant de l'habiller avec les vêtements que vous aviez prévus. Lové dans son berceau de plastique transparent, passager heureux dans un vaisseau futuriste, votre fils a été présenté à son père qui s'était endormi dans votre chambre. Quant à vous, chère Madame, vous êtes restée ici, en salle de réveil, où je viens de tout vous expliquer. Je me rappelle même de la musique diffusée quand vous avez entrouvert vos yeux. C'était la voix crépusculaire de *Leonard Cohen* s'adressant à sa *Suzanne* tant aimée. Quelle belle ballade énigmatique que cette chanson ! Je m'en souviens parce que l'infirmière se dandinait sur les notes de guitare quand elle a ramassé votre téléphone. Il était resté allumé durant tout ce temps et elle s'est permis de lire le message affiché à l'écran et qui semblait vous avoir tant perturbée. Il était assez clair en soi. Je vous le répète, de mémoire : « *chérie chou, il est presque 21 h 30, je serai un peu en retard mais j'arrive, attends-moi si tu peux ! Je t'aime. Bisous* ». Il y avait aussi l'émoticône du visage jaune souriant au clin d'œil qui fermait la phrase.

Rien de particulièrement inquiétant dans tout ça.

En vérité, nous n'avons pas bien compris votre réaction.

Durant tout le temps qu'a duré le monologue, Angela est restée prostrée, bouche bée. Figée comme la statue de sel de la femme de Loth, elle ravale bruyamment une grosse gorgée de salive mousseuse. Il lui faut encore quelques minutes pour réaliser ce qu'elle vient d'entendre.

Alors, Julien a bien eu un accident, mais il n'est pas mort !

— Présenté à son père dans la chambre ? C'est bien ce que vous avez dit, Docteur ? Balbutie Angela en faisant des bulles de salive.

— Oui, oui, il est en haut, dans la chambre. Mais ne vous inquiétez pas, chère Madame, nous avons élucidé le mystère. Votre mari est bien vivant. Certes un peu amoché, pour ne pas dire transformé, avec son gros pansement en travers du visage, mais tout à fait vivant ! S'exclame le médecin, avant de disparaître comme par magie, heureux d'avoir annoncé la bonne nouvelle.

— Élucidé le mystère ? Mais quel mystère ? Soupire Angela, dépitée.

Chapitre 37

Julien est resté inconscient six heures, douze minutes et quarante-neuf secondes. De petites heures, de courtes minutes et de minuscules secondes dont il ne se souvient pas. Il n'a rien su du temps qui s'écoulait ni de l'irréalité des évènements auxquels il a participé.

Il lui est impossible de croire qu'il soit resté sans connaissance si peu de temps et qu'il en ait fait autant... Des connaissances !

Dès son évanouissement, il a été pris en charge par les urgentistes. Dans la demi-heure qui a suivi son traumatisme, Julien était déjà stabilisé et ses jours n'étaient plus en danger. Il faut dire que son accident, très impressionnant, aurait pu lui être fatal. Cela n'a pas été le cas.

Il a surtout choqué Colette, l'agent d'accueil de l'hôpital Saint-Vincent. Interrogée par les médecins, la quinquagénaire peine à trouver les mots pour décrire l'incroyable scène.

— J'étais en train de remplir un dossier d'admission quand j'ai entendu un énorme boom. On aurait dit une explosion. J'ai même pensé que c'était une bombe qui avait pulvérisé la porte vitrée. Des éclats de verre ont volé jusque sur le comptoir de l'accueil. Vous vous rendez compte, j'aurais pu être éborgnée ou pire, perdre un œil ! S'exclame Colette, hébétée.

Les épais résidus de verre sécurit jonchent bien le sol du hall. On dirait de petits glaçons bleus éparpillés çà et là. Certains ont bien volé jusqu'au bureau de Colette qui les brandit comme des preuves irréfutables.

— Vous voyez, je dis pas n'importe quoi ! Quand j'ai vu le Monsieur couché sur le sol, devant l'entrée de l'hôpital, j'ai tout de suite appelé les urgences. Le pauvre Monsieur baignait dans une mare de sang. Il était inconsang, euh, je veux dire inconscient dans son sang. Il était écrasé sous un brancard et son beau blouson en cuir était tout déchiré. Ça m'a marqué parce que la couleur était moche. Un kaki qu'est craquelé, ça craint. Bref, j'ai pensé que c'était pas un malade parce que les malades ils sont en blouse ou en pyjama, pas en blouson de cuir. Et puis, surtout, ils sont sur les brancards, pas dessous... Je me suis précipitée et c'est là que j'ai reconnu Sylvain. C'était pas lui par terre. Sylvain, c'est le brancardier du troisième étage. Il s'occupe des femmes enceintes. Il était debout à côté de son brancard retourné et il pouvait plus bouger. C'est pas qu'il était blessé ou quoi que ce soit, non il était choqué ! J'ai dû le secouer comme un prunier pour qu'il reprenne ses esprits. « Ça va, Sylvain ? » que je lui ai demandé.

— Ouais, ça va. Qu'est-ce qui s'est passé, bordel ! J'ai rien compris. J'ai vu comme un énorme flash. J'ai eu un éblouissement et puis boom ! S'étonne l'homme, hagard.

— J'en sais rien. J'étais en train de remplir un dossier d'admission et j'ai entendu l'explosion. J'ai cru que c'était une bombe. Des éclats de verre ont volé jusque sur le comptoir. Tu te rends compte, j'aurais pu être éborgnée ou pire, perdre un œil ! Radote Colette.

Puis elle s'agenouille auprès du corps inerte du pauvre Monsieur, comme elle l'appelle.

— Monsieur, mon pauvre Monsieur, ça va ? Vous m'entendez et vous pouvez vous lever pour venir avec moi ?

Pauvre Monsieur Julien ne peut pas bouger et encore moins répondre. Il est inconscient dans son sang, faut-il le rappeler ? Ce sont les urgentistes qui l'ont bougé. Ils ont immobilisé sa nuque avant de le soulever pour le repositionner sur un brancard, bien campé sur ses roulettes, celui-là. La perfusion est posée et les patchs de l'électrocardiogramme transmettent un graphique normal.

La mare de sang est due à une hémorragie nasale provoquée par la fracture du nez. La grosse tache au sol sera nettoyée par un technicien de surface dans les minutes qui suivront la levée du corps. Inutile d'effrayer les patients et les visiteurs avec une hypothétique scène de crime. Pour limiter les dégâts des imaginations les plus perverses, un simple cône jaune est placé là pour avertir que le sol est glissant.

Julien est transporté dans les différents services qui auscultent, contrôlent, scannent, vérifient pour valider qu'il va plutôt bien. Malgré un soupçon de traumatisme crânien qui ne révèle ni hématome extra ou sous dural ni aucun œdème cérébral diffus, il est considéré comme stable.

Une saturation à cent-dix. Un Glasgow à douze. NFS et IONO normaux. Et la tension à onze n'est pas alarmante si l'on considère le stress généré par le choc. Même pas besoin d'ajouter un *qu'est-ce qu'on a ?* Comme dans les séries médicales de la télé.

Malgré tout, Julien ne se réveille pas.

Il ne peut pas être classé dans les comateux. Force est de constater qu'il dort simplement et ronfle, ce qui est médicalement rassurant puisque cela indique que les voies respiratoires ne sont pas encombrées. Profitant de ce sommeil naturel et d'un état stabilisé, les chirurgiens décident de prolonger son repos dans un sommeil artificiel. Ils anesthésient Julien pour l'opérer et réduire sa triple fracture du nez.

Il se réveillera, tout au plus dans trois heures. On lui expliquera pourquoi il a un horrible mal de tête et un gros pansement blanc démesuré qui lui barre le visage. Quant aux diverses tuyauteries enfoncées dans ses narines, ses bras ou sa bouche, on expliquera, en arrachant avec délicatesse ces tentacules de plastique, que tout va bien !

Dans le hall d'accueil, Colette continue de mener son enquête pour comprendre ce qui a pu se passer. Et surtout comprendre comment elle a pu éviter de devenir borgne à quelques mois de la retraite. Bien que la file d'attente s'allonge devant le comptoir et que les cartes vitales frémissent d'impatience à l'idée d'être introduites dans le lecteur de la CPAM, Colette discute avec le technicien de surface. En plus de devoir éponger la flaque de sang, c'est lui qui doit déblayer les débris de verre pour faire place nette.

— Vous vous rendez compte, recevoir ça dans l'œil, c'est effrayant, vocifère-t-elle en inspectant sous tous les angles un petit cube transparent aux reflets bleus, pincé entre son pouce et son index.

L'homme d'entretien indifférent à la plainte de sa collègue fait cependant remarquer que cela devait arriver, tôt ou tard. Et de préciser que s'il y avait eu un adhésif règlementaire collé sur la vitre coulissante de l'entrée, la catastrophe aurait été évitée.

— Comment ça ? Interroge Colette avec le regard suspicieux d'une Miss Marple débutante.

— Ça fait déjà plusieurs jours que j'ai décollé la pastille rouge avec mon chiffon. Ça tenait déjà pas très bien, mais à force d'asperger du produit et de faire glisser la raclette, tout a fini par s'arracher. J'ai prévenu mon chef. Il m'a dit qu'il recollerait un point identique à l'autre. Il devait même ajouter une ligne jaune fluo à l'horizontale pour mieux signaler la vitre. Mais voilà, c'est trop tard. Y a des dégâts maintenant, s'insurge l'employé modèle.

— Vous voulez dire que quelqu'un n'a pas vu la vitre et qu'il l'a percutée ? S'étonne Colette.

— Évidemment ! Insiste le technicien en poussant du balai les éclats de verre jusque dans sa pelle, avant de la vider dans un carton récupéré à l'économat. Un carton de boîtes de haricots verts. Détail inutile, mais qui n'échappe pas aux yeux aiguisés de Colette, pas encore borgne.

Durant cet échange Sylvain n'avait pas bougé du hall. Il avait récupéré son brancard, à peine déformé par le choc. Il s'était assis sur une chaise bancale avec laquelle il prenait de gros risques en se balançant d'avant en arrière. Son attitude traduisait soit un toc, soit une anxiété à fleur de peau, prête à ouvrir ses sépales.

— C'est moi qui ai percuté la porte, avoue-t-il soudain à la cantonade. Désespéré, il laisse tomber sa tête dans ses mains avant de fondre en larmes.

Tous les visages présents dans le hall se tournent d'un coup vers le coupable. Les cartes vitales vertes de peur sursautent dans leurs étuis. Les regards accusateurs, telles des mitraillettes, canardent le pauvre homme qui s'écroule, terrassé par la honte.

— C'est toi, Sylvain, qui as failli me rendre borgne ! S'exclame Colette, étonnée qu'un si bon collègue ait voulu attenter à sa vie. Mais pourquoi ? Hurle-t-elle au milieu d'improbables sanglots, comme ceux d'une mère juive qui apprend que son fils ne veut pas être avocat.

— Au troisième, ils m'ont dit de me précipiter dans le hall pour prendre en charge une hystérique prête à accoucher qui arrivait en taxi. J'ai déboulé un peu vite de l'ascenseur face aux portes coulissantes du hall. Au même moment, le taxi est arrivé en trombe face aux vitres. Ses pneus ont crissé et il a fait une sorte de pirouette avant de stopper net face à moi. J'ai été ébloui par les phares. Moi, j'ai cru qu'il s'arrêterait pas. J'ai lâché le brancard pour me protéger les yeux et il est allé s'écraser dans les vitres, explique le jeune homme chamboulé d'avoir dû revivre la scène pour justifier sa faute.

— Je l'avais bien dit que ça devait arriver, ponctue avec fatalisme, le technicien de surface avant de s'éloigner en traînant son carton de « haricots verres ».

Mais oui, je me rappelle t'avoir vu débouler à grande vitesse dans le hall avec un regard noir et déterminé. Ton intention de nuire était clairement affichée ! Continue de délirer Colette Marple.

— Mais pourquoi as-tu abattu le pauvre Monsieur au blouson de cuir ? Persiste-t-elle, stupéfaite de constater que la méchanceté humaine peut s'exhiber là où on l'attend le moins.

— J'ai abattu personne, merde ! Je l'ai même pas vu ton bonhomme, quand tout a explosé, proteste Sylvain avec fermeté.

— Ah tu vois ! tu parles d'explosion. C'est bien une bombe que tu as fait péter dans le hall. Tu es un monstre, Sylvain ! Hurle Colette qui perd son sang-froid, mais sans créer de flaque sur le sol, ce qui aurait passablement énervé le technicien de surface qui venait de tout nettoyer.

— Enfin, Colette, calme-toi, je te dis que je l'ai pas vu. Il était sûrement de l'autre côté de la vitre, à l'extérieur. Il devait entrer dans l'hôpital quand la vitre s'est volatilisée, précise Sylvain, redevenu lucide.

Il ne croit pas si bien dire. Julien entrait bien dans l'établissement au moment des faits. Pressé de rejoindre Angela pour assister à la naissance de ce qu'il ne savait pas encore être un fils, le futur père s'était mal garé dans le virage qui précédait la sortie du parking visiteur. N'ayant trouvé aucune place et trop stressé pour réfléchir, Julien s'était arrêté là pour ne pas refaire un tour de parking supplémentaire. Sa voiture, qui gênait considérablement la circulation, resta là tous feux éteints, invisible dans la nuit épaisse. Il s'était mis à courir jusqu'à l'hôpital tout en téléphonant à Angela pour la rassurer et lui préciser qu'il arrivait. Il était déjà près de 21 h 30. Angela lui avait laissé un message, une heure plus tôt, pour se plaindre qu'elle ne pouvait plus l'attendre à cause des insoutenables contractions. Elle avait commandé le taxi qui l'emmènerait à l'hôpital Saint-Vincent.

Julien était sommé de l'y rejoindre le plus vite possible.

D'ordinaire si douce, Angela avait utilisé un ton agressif tout à fait inhabituel. Le jeune homme avait mis ce débordement sur le compte d'un stress bien légitime. Mais la poussée hormonale de sa chérie avait eu pour effet immédiat d'augmenter le taux d'adrénaline dans son sang. À la fois boosté et paniqué, il en perdit les pédales, bien qu'il ne fût pas à vélo.

Dans sa course folle, il avait glissé et trébuché sur un nid-de-poule du parvis de l'entrée principale, largement vitrée. Déséquilibré, il avait failli lâcher son téléphone portable, mais l'avait rattrapé de justesse. Ce jonglage maîtrisé lui avait fait baisser la tête quelques secondes.

Au même instant, il entendit derrière lui des crissements de pneus stridents et menaçants suivis d'une succession de bruits d'écrasement de métal, d'arrachements de plastique et d'éclatements de verre, le tout dilué dans la nuit noire.

Une voiture qui se précipitait dans le parking visiteur n'avait pu éviter un véhicule fantôme, planté dans le dernier virage avant la sortie. Elle s'était encastrée dans la berline de Julien. Le taxi qui suivait de près l'auto tamponneuse avait fait une embardée suffisante pour ne pas s'écraser à son tour sur les deux carcasses imbriquées devant lui, style compression de César.

Déporté de sa trajectoire initiale, il avait repris de la vitesse pour s'écarter du carambolage avant de s'envoler littéralement. La voiture était retombée de l'autre côté du parking, sur la pelouse gorgée d'eau d'arrosage. Elle y avait tracé une route imaginaire sur laquelle elle dérapait sans maîtrise jusqu'au parvis de l'hôpital. Le taxi fou, peu décidé à faire la queue à l'accueil de Colette, fonçait à vive allure vers l'entrée principale. Les phares du véhicule se reflétèrent dans les grandes baies coulissantes. La surface miroitée augmenta le halo qui créa un éblouissement, tant à l'extérieur qu'à l'intérieur de l'établissement médical.

Julien vit cette énorme lumière derrière et devant lui.

Contre toute attente, à la dernière seconde, le taxi fit un tête-à-queue magistral, digne de figurer dans le manuel de l'apprenti cascadeur et stoppa net sa course à quelques mètres de la porte.

Au même instant, Julien qui s'apprêtait à franchir l'entrée fut percuté de plein fouet par un brancard fou qui venait d'exploser la vitre. Tel un toréador éventré par un taureau en colère, Julien fut encorné par la froide tubulure du brancard de Sylvain l'assassin !

Une grosse pièce de métal arrachée à l'encadrement de la porte coulissante avait été propulsée en l'air par le choc. Elle amorçait sa retombée pour s'écraser sur la tête de Julien. L'arme fatale lui explosa le nez en trois fractures distinctes, nettement révélées par la radiographie, et lui déchaussa deux dents. Les chocs frontaux et abdominaux eurent raison de la conscience du futur père de famille. Sa respiration se coupa net. Un flot de sang jaillit par les narines de ce qu'on ne pouvait plus appeler son nez. Ses yeux se révulsèrent. Il perdit connaissance sur le coup.

Juste avant de s'évanouir, il vit son corps désarticulé faire un vol plané pour s'écraser au sol sur des débris de verre humides, semblables à de petits glaçons bleus. Son visage brûlait et ses yeux se troublaient. Un liquide chaud et épais, au goût métallique, coulait dans sa bouche. Une horrible douleur lui donnait l'impression de bloquer sa langue entre ses dents déchaussées. Il était épuisé. Il voulait juste dormir.

Le brancard qui avait fait office de bélier avait ripé sur les dalles glissantes et bancales. Il avait dessiné une trajectoire que même les ingénieurs les plus doués de la Nasa n'auraient pas pu calculer pour un tel angle de tir. Au terme d'une vrille improbable et d'un salto arrière d'un genre inconnu, même chez les plus grands gymnastes, le brancard termina sa prestation en ouvrant ses deux barrières latérales de sécurité. Tel un volatile qui se soulage en plein vol, l'oiseau métallique médicalisé libéra son matelas de mousse.

L'épais rectangle de polyuréthane alvéolé atterrit sur le corps inerte de Julien. Cette douce chorégraphie eut pour effet de protéger un tant soit peu la victime déjà bien amochée, au moment fatidique où le brancard retomba sur son thorax. Le blouson de cuir kaki dehors, ne résista pas à cette ultime agression, et devint caca dedans !

Le téléphone, lui, avait virevolté depuis longtemps. Il tournoyait en l'air comme pour se mettre en orbite au-dessus de cette scène surréaliste. Peut-être cherchait-il l'antenne la plus proche pour continuer à recevoir la future 5G et émettre des tweets qui commenteraient la situation en direct. Renonçant à ce projet fou, il s'était résolu à rejoindre son infortuné propriétaire. En désespoir de cause, il s'écrasa au sol. La pomme n'était plus qu'une compote.

Dans la confusion qui suivit les crashs, tous s'affolèrent. Les urgentistes couraient dans tous les sens en bousculant leur matériel. Les patients du hall criaient sans vraie raison, comme pour être solidaires de Colette qui hurlait de plus belle. Les médecins, prévenus qu'un attentat dévastateur avait meurtri près de cent personnes, déboulaient par vagues successives, stéthoscopes pendouillants et coins de lèvres tachées de « pousse mousse ». Les smartphones eux, captaient déjà les images de guérillas urbaines qui seraient revendues et diffusées en boucle sur les « chaines d'un faux ».

En quelques minutes, les badauds s'étaient agglutinés à l'entrée de l'hôpital, bloquant l'accès aux pompiers et aux ambulances. Tous avaient fait grossir la rumeur qu'une actrice de cinéma très connue avait volontairement embouti une voiture. Les témoins de la scène certifiaient que la femme hystérique avait voulu empêcher l'accouchement de la maîtresse de son acteur de mari. Elle aurait même été jusqu'à tirer au revolver en direction du brancard qui assurait la fuite de la traîtresse de maîtresse à tresse ! Le maladroit canardage aurait explosé les parois vitrées du hall. Une balle perdue aurait atteint l'hôtesse d'accueil à l'œil. Elle serait morte, une carte vitale à la main, ultime preuve de son dévouement sacrificiel à l'établissement et à sa fonction.

Il paraîtrait même qu'une plaque commémorative serait déjà en fabrication pour rendre hommage au courage exemplaire de l'employée du mois, devenue employée de l'année.

Les sirènes, les gyrophares, les hurlements, les débris et les quelques gouttes de sang de Julien illustraient ce qui ressemblait à une scène de guerre civile.

La réalité est tout autre et bien plus simple. Malgré ce chaos, Angela avait été extraite du taxi et transportée sur un brancard qui ne tarda pas à croiser celui sur lequel était harnaché Julien. Angela hurlait sans discontinuer et fermait les yeux à chaque contraction. En un centième de millième de seconde, elle entraperçut sur le sol un bout de plastique imprimé d'une pomme qui marqua son inconscient. Mais elle ne vit pas Julien. Lui dormait profondément et ne la vit pas non plus. Dans son semi-coma, il était déjà en grande conversation avec sa mère et son père. Quant au bébé, il dandinait du cul dans le ventre maternel et tournait le dos à tout le monde, désintéressé par ce qui se jouait à l'extérieur de sa sphère.

À 21 h 23 précises, les membres de la future famille se sont tous croisés sans que ni les uns ni les autres ne le sachent.

Dans le hall, Colette, revenue à de meilleurs sentiments envers son collègue Sylvain, conclut, après une enquête approfondie, que l'évènement était un simple accident. Pas d'attentat, et encore moins à son encontre. Un simple concours de circonstances malheureuses qui avait fait croire à un désastre humanitaire. Cerise sur le gâteau, elle comprit aussi comment elle avait pu éviter le pire. Elle était baissée sur sa paperasse au moment de la mitraille de glaçons bleus. Dommage, il n'y aura jamais de plaque commémorative gravée à son nom.

Chapitre 38

Au deuxième jour de vie du nouveau-né, tout est calme dans la chambre. Une douce lumière tapisse la pièce d'une teinte chaude et cotonneuse. Quelques rayons de soleil zèbrent les murs empreints des mémoires des naissances. Le bébé somnole après tant d'émotions cumulées. Angela et Julien, enlacés, se partagent les écouteurs d'un téléphone, abîmé mais fonctionnel, qui donne tout pour la musique. L'inoubliable voix de *France Gall* chante *Les Élans du cœur* pour égrener les lettres du mot A.M.O.U.R sur la géniale mélodie de *Michel Berger.*

L'instant de plénitude est divin, mais l'irruption volcanique de Cécile dans la chambre brise net la quiétude de la scène. La porte s'ouvre brutalement sur un gigantesque bouquet touffu à longues jambes. Des paquets cadeaux semblent être accrochés au feuillage. De la profondeur de cette végétalisation humaine s'envole un cri de joie strident et hystérique.

En comparaison, Tarzan planqué dans sa jungle, est un petit joueur !

— Ouuuaaahhhh ! Mazel Tov, ma chérie. C'est génial ! S'égosille Cécile en penchant la tête sur le côté, comme pour dire « C'est moi, la folle dingo ! »

Qui d'autre pourrait surgir de derrière un bosquet enrubanné avec autant de peps ?

Angela s'étonne toujours d'entendre Cécile utiliser l'interjection « Mazel Tov » à tout bout de champ pour partager son enthousiasme, vu qu'elle n'a aucune origine juive, ni même de lien avec cette communauté, et ne parle ni hébreu ni yiddish.

Un bras en l'air, agitant sa main comme pour se débarrasser d'un papier collant, elle reproduit maladroitement la scène d'une célèbre comédie française dans laquelle une vieille dame, engoncée dans un manteau de fourrure, accueille son beau-frère rabbin, en hurlant dans un hall de l'aéroport d'Orly. Heureusement, dans le cas présent, elle s'est contentée de s'exclamer en gardant un bras serré autour de son sapin urbain de la nativité.

Mais Cécile sait-elle qu'elle n'adresse pas que de simples félicitations avec ces deux mots ? Le *Mazal* est la racine de l'âme. Cette essence, qui reste dans les dimensions supérieures, nous éclaire de loin et insuffle à sa partie manifestée dans l'humanité le conseil divin dont elle a besoin le moment venu. C'est une véritable et puissante bénédiction que ce *Mazal* ou *Mazel Tov* qui traduit bien plus que bonne chance et semble dire : « puisse cette goutte d'inspiration de ton âme d'en haut ne pas se perdre, mais au contraire avoir sur toi un effet positif et durable afin que, désormais, tu vives ta vie avec une conscience accrue des bénédictions qui la jalonnent et que tu sois prêt à en recevoir encore plus. »

Angela s'étonne d'être d'un coup si érudite sur ce sujet. Elle a l'impression d'entendre une petite voix qui lui souffle la connaissance à l'oreille. Bizarre...

Reprenant ses esprits, elle freine l'élan de son amie. Le bras autoritaire qu'elle tend en direction de Cécile lui ordonne de stopper sa course. L'index de son autre main barre la bouche d'Angela. Ses yeux ronds et noirs fixent sa cible avec froideur.

— Ccchhhuuuuttttt, il dort ! Murmure la jeune maman avec un sourire pincé, en délogeant l'unique écouteur de son oreille.

Comme atteinte par le rayon laser d'un pistolet invisible Cécé s'immobilise sur le champ. Comprenant qu'elle a dérangé la tranquillité de tous, la future marraine du nouveau-né poursuit son entrée au ralenti, sur la pointe des pieds.

— Désolée, les amis... J'suis trop contente, lâche-t-elle du bout des lèvres avant de se jeter dans les bras d'Angela.

Cadeaux et fleurs virevoltent avant de se lover avec délicatesse sur la couverture du lit, comme pris en charge en urgence par les ailes des anges bagagistes.

Les deux complices de toujours s'étreignent en sanglotant. Elles marmonnent des choses que seules les filles savent se dire dans ces moments-là et que l'on nomme « secrets ».

Julien, resté silencieux, observe la scène avec bienveillance et tendresse. Un écouteur vissé dans l'oreille et l'autre pendant comme un bijou trop long, il se laisse aspirer par les dernières notes de musique qui l'apaisent. Il est envahi par le souvenir nostalgique d'une autre étreinte, tout aussi puissante et vibratoire venue d'un autre monde.

— Mon Julien, que tu m'as manqué aussi ! Déclame Cécile en se redressant.

Elle contourne le lit avec l'agilité d'une gazelle et lui saute au cou pour l'envelopper de tout son corps.

Surpris de l'intensité du contact, Julien s'abandonne bien volontiers à la douce gentillesse de marraine Cécé, parfumée à souhait.

— Tu m'as manqué aussi, ma belle, soupire Julien, empreint de sincérité.

Après quelques minutes de silence durant lesquelles les cœurs se rejoignent et les âmes s'unissent, un petit souffle sonore se fait entendre au bout du lit. Calfeutré dans son berceau futuriste, Simon, comme pour appeler Cécile, émet de petits sons qui ressemblent aux ronflements d'un bébé enrhumé. De petits tressaillements et de légers signes de succion attestent pourtant qu'il est juste installé dans un sommeil réparateur. Interpellée par cette micro animation, Cécile réalise la présence de celui qu'elle ignore encore être son filleul.

— Mon Dieu, quel petit ange merveilleux, s'émotionne-t-elle en se penchant au-dessus du petit d'homme potelé.

— Vous l'avez appelé Simon comme... Hésite-t-elle.
— Comme, comme... Je sais pas, mais c'est top !

Des larmes, fraîchement fabriquées à l'usine du cœur de la jeune femme, perlent le long de ses joues. Impossible pour elle de masquer son trouble face à la magie de la vie. Elle se sent pénétrée par une force d'amour indescriptible, comme si elle était en lien avec cet enfant depuis toujours. Elle semble le connaître et s'attache déjà à ce petit bonhomme dont la vie commence à peine. Dans un élan contrôlé qui lui correspond peu, mais très inspirée, elle se retourne et lance avec solennité :

— Angela, l'ange est là !

— C'est vrai, tu as raison, acquiesce la jeune maman en partageant cette vérité avec Julien par un clin d'œil complice qui en dit long.

Cécile remarque soudain le rideau de tissu plissé qui sépare la chambre en deux zones presque privées.

Dans un chuchotement cette fois-ci tout à fait adapté, elle demande des précisions.

— Vous n'êtes pas seuls dans la chambre ?

C'est Julien qui prend la parole tout en ajustant, derrière son fauteuil, le fameux rideau pour s'assurer qu'il est bien tiré.

— Non, il y a un couple qui vient d'avoir une petite fille. Ils sont en vacances en France et elle a eu des contractions en visitant le Moulin Rouge. Du coup, ils ont atterri aux urgences. Elle a accouché en deux temps trois mouvements avec six semaines d'avance. Mais on n'a pas trop parlé. C'est l'infirmière qui nous a raconté leur incroyable histoire. Ils sont étrangers, je crois précise rapidement Julien.

— En fait lui est Espagnol et elle, Française. Ils ont l'air très sympas et leur petite fille est toute mimi. Ils lui ont fredonné, en cœur, la chanson d'un film tout à l'heure, pour l'endormir. C'était une sorte de complainte ancienne, rajoute Angela en bâillant avec délectation.

Cécile s'asseoit sur le rebord du lit avant de saisir un des paquets cadeaux.

— Ah okay, on s'en fout, en fait ! L'important, c'est vous deux, euh pardon, vous trois ! Il va falloir que je m'y fasse. Tiens, ma chérie, je t'ai trouvé ça chez un bouquiniste. J'ai tout de suite pensé que tu aimerais raconter ça au p'tit, s'amuse la jeune femme en tendant le paquet mystère à son amie.

À peine le temps pour Angela de saisir le frisottage de bolduc rouge métallique qui orne le présent que Cécile le lui reprend *in extremis*.

— Attends, attends, faut que je te raconte un truc avant, insiste-t-elle en bloquant le paquet entre ses cuisses. J'ai eu une révélation, la nuit dernière, chez Sabine. Tu sais qu'elle est bizarre en ce moment, je la trouve distante et chafouine. Elle se vexe pour un rien et, hier, elle m'a reproché de trop dépenser. Moi, trop dépenser ! Tu le crois, ça ? J'ai jamais un kopek et c'est elle qui m'a dit de prendre sa carte bleue... Ça sent mauvais, cette histoire... La vérité, ça sent mauvais ! Insiste la très pâle copie d'un commerçant caricatural du quartier du Sentier.

Bref, figure-toi que j'ai rêvé que j'achetais une boutique pour vendre des livres d'occasion ! On se baladait, toutes les deux, un soir après un restau bien arrosé et là, j'ai été touché par la grâce, ma chérie ! Une sorte de gourou est venu à moi dans un miroir pour me faire comprendre que mon avenir, c'était de créer un endroit zen et sympa pour réunir les gens autour des livres d'occaz et des tisanes de bien-être. Et y avait une histoire de boutique à vendre avec une dame qui cousait des trucs et qui s'était mal fait recoudre. J'ai rien compris, mais, dans mon rêve, j'ai racheté la boutique de la vieille qui a clamsé à l'hôpital. C'était supra cool ! Y avait des espaces avec des poufs. Et aussi de l'encens et beaucoup de musiques super bien. Et attends, tiens-toi bien, dans ce rêve tu me disais que Julien était mort ! T'entends ça, Julien ? Glousse Cécile face au jeune papa impassible et songeur, enfoncé dans son fauteuil visiteur. Incroyable comme histoire, non ? Et encore mieux, j'avais embauché une drôle de fille pour faire le ménage. Elle parlait bizarre et son nom... Ah, je m'en souviens plus zut ! Un truc en rapport avec la désinfection... C'était dingue comme elle me plaisait, cette petite. Bon, je me souviens pas de tout, mais ça m'a laissé une sacrée envie d'avoir une boutique de bouquins ! C'était hallucinant... Et vous savez quoi... Je vais faire ça ! J'ai déjà commencé à regarder les annonces dans le quartier. C'est top, non ? Se réjouit Cécile qui retend le paquet, un peu plus écrasé, à Angela.

— Tiens, ma cocotte, c'est à cause de cette histoire que j'ai eu envie de traîner chez les bouquinistes ce matin, termine la jeune femme tout excitée et essoufflée par la narration de son aventure onirique.

Tout en déchirant le papier étoilé qui protège l'ouvrage, Angela ne cesse de fixer avec tendresse son amie de toujours et l'apaise du regard.

— On sait déjà tout ça, ma Cécé, et tu vas réussir. Crois-moi, fais-toi confiance. Écoute ton cœur et ton âme.

— Oui, on sait déjà tout ça, confirme Julien dans un soupire amoureux.

— Comment vous savez ? S'interroge Cécile, dubitative.

Baissant les yeux vers le mystérieux livre, Angela bouleversée sanglote de joie et s'enivre de gratitude. Elle essuie des larmes pour mieux lire à haute voix le titre qui vient de se révéler à elle. Les lettres dorées incrustées sur la couverture de cuir usé s'imposent à Angela qui s'exclame :

— *La légende extraordinaire de Davreille Heliotropa, le tisserand de lumière !* Merci beaucoup, c'est génial, susurre Angela, bouleversée.

Chapitre 39

Après le tumulte des improbables révélations et le séisme intérieur qu'elles ont provoqué, Angela et Julien ont discuté avec excitation. Ils ont parlé avec passion et se sont enthousiasmés face aux nouveaux potentiels et aux talents qu'ils avaient contactés. La joie du partage les a directement placés dans leurs cœurs physiques et vibratoires. L'ascenseur émotionnel les a arrêtés à chaque étage de leur conscience. À chaque niveau, ils ont déclenché des rires et des larmes, de la tristesse et de la joie, du doute et de la foi.

Julien a su expliquer à Angela qu'il ne fallait pas rester dans la tristesse, parce qu'il était facile et génial de se déplacer sur son territoire joyeux pour aller mieux. Angela s'est empressée de décrire sa bulle d'amour avant d'inviter Julien à construire la sienne pour mieux fusionner. Il s'est surpris à lui décrire le même espace de bienveillance irisé de couleurs chatoyantes.

De détails en précisions, le couple a ressenti un sentiment d'appartenance à la même Source d'amour. Les mots ont été enrobés du lait sucré de la sincérité et les étreintes régulières ont nourri les corps fatigués devenus plus magnétiques. Leurs états d'âme ont révélé des secrets et leurs états d'esprit ont alchimisé les nouvelles informations. Angela et Julien sont transcendés.

Incapables de faire la distinction entre rêve et réalité, fantasme ou délire, ils restent malgré tout persuadés que l'extraordinaire voyage a bien eu lieu, ce voyage initiatique de l'éveil spirituel destiné à faire descendre dans la matière la part divine de chaque être.

Grâce à cette expérience mystérieuse, dont il est impossible de connaître les origines, les âmes d'Angela et Julien ont ajusté leurs Actrias* et initié une reprogrammation cellulaire dans leurs vaisseaux humains. Les nouveaux corps sont désormais plus aptes à collaborer pour continuer le voyage dans l'humanité.

Et dans cette aventure un nouveau petit être s'invite.

Près de ses parents, il dort en paix dans son berceau de lumière. Il s'appelle Simon.

Semblable à ce petit garçon, sa petite voisine de chambre, arrivée une heure après lui, dort tout aussi pacifiée. Elle s'appelle Satine.

Dans la chambre assombrie par les premières heures de la nuit, parents et enfants s'enfoncent dans un sommeil réparateur. Du moins en apparence…

— Comment te sens-tu ? S'inquiète Simon.

— Très lourde et épuisée. Je ne me souvenais pas que c'était aussi douloureux d'arriver jusque-là. Mais je suis tellement contente de te savoir ici avec moi, répond Satine.

---

* *Voir le lexique en annexe.*

— Pour moi aussi, c'est merveilleux de t'avoir à mes côtés. Dis donc, c'est plutôt inconfortable un corps humain et si étroit. J'avais oublié ! Commente l'âme masculinisée.

— T'as raison, on étouffe là-dedans, confirme l'âme féminisée.

— D'après toi, qu'est-ce qu'on doit faire maintenant ? Demande Simon.

— Aucune idée. Je sais même plus pourquoi on est là, mais quoi qu'il en soit, on dirait qu'on a réussi quelque chose de grand ! Se réjouit Satine.

En écho à cet improbable dialogue, une vibration sonore résonne aussitôt dans les tympans des nourrissons.

— Mes enfants, chères âmes pures. Pour vous rappeler, n'oubliez jamais de visiter, aussi souvent que possible, la chambre sacrée de votre cœur cristallin. Celui-là même qui contient l'information divine de vos origines et de votre appartenance aux plans supérieurs. En entrant dans votre sanctuaire céleste, posez votre conscience au centre de cette couronne universelle et visitez chaque alcôve sacrée qui l'entoure. Ces alvéoles d'amour vous relient aux lois de l'Univers et aux principes alchimiques qui créent l'unité. Dans ce temple de l'éveil et de la métamorphose, vous recontacterez toujours votre pouvoir divin, juste et bienveillant, pour vous transformer et grandir en puissance et en toutes occasions. La Charte de Lumière est à votre disposition. Vous le savez.

Ces mots prononcés avec amour embaument les deux petits corps d'un fluide magique et sucré. La douceur d'un parfum de rose mêlé de miel d'oranger envahit la chambre qui monte en vibration. L'ambiance florale apaise l'espace et la pièce semble s'agrandir.

Les carreaux de miroirs collés sur le mur qui fait face aux lits donnaient déjà l'impression d'une chambre plus spacieuse, mais la nouvelle énergie ambiante décuple cette sensation. La surface miroitée renvoie les images et multiplie les présences. Les quatre parents présents dans la pièce semblent être huit et les deux bébés, quatre.

Les hommes, les femmes et leurs enfants semblent être en présence de leurs doubles vibratoires. Leurs âmes respectives se montrent.

Sur les fiches d'identités des nouveau-nés, accrochées au bout des berceaux, on peut lire :

SIMON FLOCHIN NÉ LE 19 MAI 2020 A 01H17

SATINE RODRIGUEZ NÉE LE 19 MAI 2020 A 02H17

Les deux nouveaux petits habitants de la Terre Mère viennent de prendre leur place dans le monde dense de la matière visible.

Les reflets inversés de leurs fiches de naissance dans les miroirs laissent clairement apparaître leurs identités divines encodées par leurs ADN célestes :

NOMIS NIHCOLF EN EL91 IAM 0202 A 71H10

ENITAS ZEUGIRDOR EEN EL91 IAM 0202 A 71H20

Dans les couloirs de la clinique, une précieuse mélodie serpente d'étage en étage pour s'infiltrer avec malice dans les chambres. La musique céleste d'un génie vient border les nouveau-nés et rassurer les jeunes parents.

Les notes magiques de *Smile* de *Charles Chaplin* enveloppent les cœurs qui s'endorment.

Maintenant, tout de suite...

Chapitre 40

Bon réveil ! Nous venons d'écouter l'inoubliable *Smile* et beaucoup de sourires prévus pour ce lundi 18 mai car le soleil pointe déjà le bout de son nez et c'est une belle journée de mai qui s'annonce. Vous êtes bien, sur « *Musica, la radio de vos meilleurs choix* ». C'est vous qui faites le programme. N'hésitez pas à appeler le standard pour partager vos coups de cœur ! Bienvenue si vous nous rejoignez. Il est sept heures passées de quelques minutes. Tout de suite place à l'info. Le journal avec Julien Delahaut. Pardon pour le retard, Julien.

L'insupportable voix perchée de l'animateur s'écrase sur le jingle du journal, lancé précipitamment comme pour dire *« c'est bon, tais-toi maintenant ! »*.

— « Julien ? », s'interroge Angela, à peine réveillée.

La douce envolée lyrique des violons des temps modernes l'a extirpée en douceur de son sommeil. Les notes célestes appellent la lumière dorée du soleil à illuminer ce début de journée. La caresse des rayons tièdes taquine les paupières d'Angela qui ouvre timidement les yeux.

Elle jette un coup d'œil furtif au radio-réveil qui affiche 7 h 07. Elle a l'impression d'avoir déjà vécu cette scène.

Inquiète, elle parcourt la pièce du regard pour valider qu'elle est bien dans sa chambre.

L'atmosphère est paisible et rassurante. Julien est là, assis au bord du lit. Il écrit sur un carnet. Il semble dresser une liste de choses qui le mettent en joie. Il murmure en même temps une succession de « je suis et je peux » ...

Une grande inspiration rassurante accompagne la prise de conscience d'Angela et ses premiers mouvements.

Elle réalise soudain la nature incroyable de la puissante expérience qu'elle a vécue pendant la nuit.

— Mais alors... Je dormais ? Pendant tout ce temps, je dormais. Tout ça je l'ai rêvé ! Juste rêvé... Susurre-t-elle, époustouflée mais tellement soulagée.

Julien a entendu le soupir de sa belle et se retourne vers elle avec un large sourire.

Il est radieux et semble très heureux.

— Bonjour, mon amour. Comment ça va ?

La bienveillance qui illumine son regard en dit long sur la sincérité de ses sentiments. Sa main s'unit à celle de sa compagne. Angela sourit à son tour et s'étire encore tout en recalant son oreiller pour s'y avachir. Elle fixe un temps Julien et laisse perler une larme. Son sourire rejoint celui de l'homme qu'elle aime plus que tout. Le silence se remplit de pensées délicates.

— Alors, tu es bien là ! Pour de bon ! J'ai rêvé tout ça... Assure Angela parcourue par un long frisson d'émotion. Elle est encore tout émerveillée par ses souvenirs nocturnes.

— Comme tu vois, je suis bien là. Tu as cru que je m'étais évaporé ? Rétorque Julien avec un petit sourire angélique et une grimace enfantine. Angela le retrouve bien là.

Il vient se pelotonner contre l'épaule de sa chérie et pose sa main sur le ventre arrondi et tendu de la future maman. À son tour, elle caresse son abdomen de Bibendum avant d'expliquer avec une sérénité exemplaire :

— Tu sais que j'ai vécu une nuit incroyable ! Tu le sais ? Insiste-t-elle déjà persuadée de la réponse.

— Je crois le savoir, oui. Acquiesce Julien collé à elle.

— C'était dément ! J'ai eu un sommeil pourri et vraiment agité. Avec une impression bizarre d'avoir été transportée par des musiques. Et tu sais quoi ? Le sommeil a été pourri, mais la nuit a été belle même si j'ai vécu le pire et le meilleur. J'ai rêvé que tu étais mort et ça, c'était horrible. Pendant un temps, tu m'as semblé si loin de moi et en même temps plus proche que jamais... J'ai eu la sensation de te perdre pour mieux te retrouver. Et j'y comprenais rien parce qu'y avait pas de logique dans tout ça, au point que j'ai fini par accepter l'inexplicable. Du coup j'ai lâché l'affaire et j'ai fait des rencontres insensées, avec des personnages surréalistes. Même Cécé était de la partie avec un projet incroyable. C'était fabuleux, aussi très angoissant, mais génial quand même. Tu sais que j'ai rêvé que je perdais les eaux, assise sur une sorte de grosse poire. Mais qu'est-ce que j'ai eu mal au bide ! S'exclame Angela en rigolant, moqueuse d'elle-même. Elle se redresse pleine de vitalité et excitée par son propre récit décousu interrompu par Julien, tout aussi impatient.

— Pas banal dis donc. Mais attends chérie, tu sais pas, j'ai rêvé que je te rejoignais à l'hôpital et que je me fracassais dans la vitre du hall à cause d'un taxi fou ! Incroyable ce délire ! Au début j'ai cru que c'était un accident de voiture, mais non... Et tu te souviens d'autre chose ? Interroge Julien, perplexe et mystérieux ?

Angela lui parait encore plus radieuse. Il s'extasie devant sa nouvelle beauté. C'est vrai qu'elle est différente. Julien comprend très bien de quoi elle parle puisqu'il a vécu le même engouement pour cette expérience extraordinaire.

— Oui ! Je me souviens de tout. Moi aussi j'ai cru que tu avais eu un accident ! Et le funérarium, je t'ai parlé de ça ? Un vrai délire ! Faut que je te raconte parce que c'est encore tellement présent, toute cette histoire. J'ai tellement adoré et détesté vivre tout ça. Confie-t-elle avec une émotion confuse.

— Mais tu sais Pilou, pour les musiques, je voudrais pas te décevoir, mais j'ai une explication rationnelle. Annonce fièrement Julien.

— Quoi, rationnelle ? Mais on a rêvé Julien, y a rien de rationnel dans tout ça.

— Quand même... Souviens-toi qu'on s'est endormis avec la radio, hier soir. Tu sais *Radio Musica*. Ça pourrait expliquer les musiques... Ironise-t-il en baissant un peu le volume de ladite radio qui continue malgré tout d'ambiancer leur conversation.

— Sûrement, mais en tout cas chaque morceau collait super bien aux situations, non ?

— Je sais pas. Moi, j'en ai pas entendu beaucoup, mais faut dire que j'étais pas au même endroit que toi et que ça captait pas toujours bien « là-haut ». S'amuse Julien.

Conscient lui aussi des phénomènes inexplicables qu'il a expérimentés, il précise.

— En fait, moi aussi j'ai perçu des sons et des musiques. Tiens d'ailleurs je me souviens quand même de *Hotel California* et d'un remix de quelque chose. Il y avait aussi d'insupportables clochettes et un Espagnol qui chantait fort, je sais plus trop quoi. Mais y avait pas que ça. C'était un autre univers avec une sorte d'ange qui m'a appris des choses géniales. C'est vrai, j'étais ailleurs. Comme toi, j'ai rêvé ou cauchemardé, peut-être. En tout cas, c'était très spécial et tellement riche. Ce matin je me sens différent. Cette nuit j'ai contacté une partie de moi que je ne connaissais pas et j'ai l'impression d'avoir été guidé pour le faire. C'était magnifique, parfois flippant, mais vraiment magnifique précise Julien dans un soupir d'extase, presque de regret.

— Je sais ce que tu ressens, mon amour, j'ai vécu le même phénomène et mon cœur est grand ouvert maintenant pour accueillir la vie et ses expériences avec toi. Ce rêve était tellement prégnant. Il fait partie de moi pour toujours.

— Et pour cause, tu sais que c'était bien plus qu'un rêve. Toi et moi on a vécu un voyage incroyable au cœur de nos âmes pour y contacter ce qu'il y a de meilleur en nous.

Cette aventure c'est à la fois notre complexité et notre simplicité évidentes, et assez questionnantes pour nous transformer et laisser notre conscience ouverte au tout possible. C'est génial ! S'enthousiasme Julien qui semble parler sous une nouvelle influence.

— Ouah, c'est beau ça mon chéri. T'es très philosophe mon amour et de très bon matin ! Taquine Angela.

Mais tu as raison et j'ai compris moi aussi que je pouvais envisager ma vie autrement. Avec toi et les autres, mais surtout avec moi-même.

— Tu peux me raconter, ma chérie ? Moi aussi j'ai plein de choses à t'expliquer, mais vas-y commence, supplie Julien impatient et confiant.

— Pour une fois que c'est toi qui me demandes de raconter mes rêves, je vais pas m'en priver ! S'esclaffe Angela, hilare.

La crise de rires secoue brutalement le ventre de la jeune femme.

— Alors, ça commence dans le parc, tu sais sur le banc Voltaire et...

La narration est coupée nette par la grimace qui fige le visage d'Angela. Elle témoigne de la violence de l'agitation utérine. Une série de contractions s'annonce.

Julien comprend tout de suite qu'il se passe quelque

chose. Il assiste impuissant au comportement de la future maman qui se tord de douleur. D'autant plus impuissant que son propre ventre est aussi secoué par une vague de crampes insupportables.

Dans un sursaut de lucidité commune, Angela et Julien se fixent du regard et joignent leurs mains. Ils pénètrent mutuellement au plus profond de leurs âmes et trouvent sans détour le chemin de leur soulagement respectif. Tout va très vite. La décharge électrique qui irradie, les deux bas ventres au même instant vient de la même Source.

Elle trouve son origine dans les couloirs et les labyrinthes de l'invisible. Il se passe quelque chose dans l'ailleurs, de l'endroit même où ils ont voyagé dans leurs rêves. On tente de leur dire quelque chose, de passer un message. En une fraction de seconde, leurs consciences s'éclairent. Ils comprennent qu'ils doivent laisser passer la Vie à travers eux.

Toutes leurs identités, de la plus ancestrale à la plus récente, s'amalgament pour créer une force confiante qui va permettre de vivre les prochains évènements. Leurs alignements et la cohérence de leurs vécus sont honorés. Une synchronicité nécessaire vient couronner l'instant ; comme par magie, des voix chorales échappées de la radio se font entendre. Le groupe *ABBA* entonne *Thank you for the music* qui annonce le succès à venir. Comme si les anges disaient au couple que le temps de la gratitude était venu et qu'il fallait maintenant accueillir l'extraordinaire dans la réalité de leur vie.

Le travail commence vraiment pour tous les personnages de cette belle histoire.

La grande scène du II va être jouée. Le spectacle peut commencer !

— C'est pour bientôt... Sanglote Angela, submergée d'émotions.

— Je sais, ma chérie. C'est pour le 19, c'est certain. Demain matin, il sera avec nous. Je suis prêt et toi aussi, répond Julien, le regard flouté par les larmes de joie.

Dans une étreinte étincelante d'amour et un feu d'artifice de bisous pétillants, le jeune couple s'accorde sur un dernier point essentiel, dans une complicité télépathique.

— Juste un truc, chéri, interpelle Angela.

— Quoi ? S'angoisse Julien.

— Pour aller à l'hôpital...

— J'ai compris... C'est promis, on prendra pas de taxi, ni la voiture ! On va appeler les pompiers pour arriver entiers et tous en même temps. Rassure Julien d'un air déterminé et malicieux.

— Et t'enverras des SMS à personne sur le trajet ? Se fait confirmer Angela.

— Ah ça non ! C'est juré ma chérie. Affirme Julien.

Lové dans son cocon maternel, bébé, paisible, et le cul en l'air, approuve avec joie la décision de ses nouveaux parents. *« C'est un minimum après tous les signes que l'on vous a envoyés dans ces rêves prémonitoires ! »* s'entend penser le futur nouveau-né.

À l'instant même où cette phrase est prononcée, un taxi se gare au parking des urgences de l'hôpital Saint-Vincent.

C'est celui de Pedro et Valentine qui les dépose au pied du bâtiment où va naître leur fille. Prête à bondir hors de son vaisseau de chair, la petite pousse déjà sur ses jambes pour forcer le passage. L'impatience et la détermination de la future danseuse de flamenco ont eu raison du calendrier prévisionnel. Elle arrive au moment le plus juste. Le sien !

Dans quelques longues heures, parents et enfant seront réunis dans une chambre partagée. Derrière le tissu tendu qui séparera la pièce en deux, Angela et Julien entendront chantonner une complainte qui leur semblera très familière...

Dans les plans télépathiques auxquels ils seront encore reliés pour quelques jours, les clins d'œil complices des deux bébés feront comprendre avec humour à leur guide du plan 1, un certain Valexaire, que tout est parfait dans le meilleur des mondes.

Ils auront réussi leurs arrivées sur Terre et leurs entrées dans l'incarnation.

Leurs nouveaux parents respectifs seront prêts et alignés pour les faire grandir.

Confiant, comme à son habitude, le guide-accompagnateur des premiers et des derniers instants scintillera de joie avant de s'évaporer dans l'éternelle immensité des mondes célestes.

Au son de la délicate mélodie de *Sara* de *Stevie Nicks* de *Fleetwood Mac*, il sera déjà en approche de Sarah qui mourra dans sa quatre-vingt-seizième année. Il devra pacifier cette visiteuse du plan 1 dont l'âme se décorporisera. La vieille dame, bien que sonnée, râlera de ne pas avoir atteint ses cent ans d'existence. Elle exigera des explications pour comprendre ce qui se passe !

Autour du corps sans vie de Sarah, allongée sur un lit de l'hôpital Saint-Vincent où naîtront Simon et Satine, les petits-enfants de la vieille dame diffuseront la chanson préférée de leur grand-mère pour lui dire « on t'aime Mamé et on ne t'oubliera jamais ».

Les premières notes de *Sur ma vie* de *Charles Aznavour* rebondiront dans la pièce froide. La voix chaude et vibrante de l'artiste réchauffera les cœurs et invitera l'âme à décoller joyeusement pour l'ailleurs.

D'un espace plus subtil et éthéré, les paroles seront reprises par une autre voix, teintée de tonalités plus hésitantes. Sarah reconnaîtra cette envoutante voix masculine parmi des millions d'autres. Le temps d'un enveloppement d'amour perçu comme une caresse délicate et éternelle, elle verra apparaitre distinctement la silhouette de l'amour de sa vie.

Jacob, son défunt mari, parti sept ans plus tôt, viendra l'accueillir aux portes du plan 1.

Valexaire l'avait dit à Julien. Aucun passage n'est identique. Pour Sarah, l'être cher sera déjà à ses côtés pour traverser la Lumière du Plan 1. Il vaut mieux que Julien n'en sache rien, car il pourrait se mettre en colère de voir que pour certains les choses sont plus faciles...

— Bienvenue, ma chérie, je t'attendais depuis si longtemps... Tu sais, ce n'est pas si mal quatre-vingt-seize ans ! Tu as bien réussi ta vie. Tu es magnifique et si délicate aujourd'hui. C'est un bon jour pour partir. Viens mon amour c'est moi qui t'emmène j'ai beaucoup de choses à te faire découvrir. Beaucoup de monde t'attend ailleurs. Cette vie s'arrête là et la nouvelle commence...

Profitons de nous maintenant et de l'éternité glorieuse.

Sarah s'apaisera vite et ne luttera plus.

Elle sera de nouveau amoureuse et tous les Nouveaux Mondes s'ouvriront à elle.

Elle acceptera sa suite de vie dans la merveilleuse Lumière de l'Amour Éternel.

Mais, Valexaire expliquera-t-il à Sarah qu'elle rêve ou l'invitera-t-il simplement à entrer dans la paix de sa lumière pour vivre avec joie la nouvelle réalité et se « rêve-ailer » à elle-même ?

Quoiqu'il en soit, il s'en occupera bien et la préparera, avec l'âme de Jacob, à monter au Plan 2 de la Grande Lumière.

Il lui ouvrira le Grand Livre de la Vérité et lui révèlera que la grande horloge du temps universel tourne sans interruption et qu'elle n'a pas besoin d'horloger.

Puis sa mission accomplie, il reviendra vers Julien et Angela pour surveiller du coin de l'âme, les débuts de vie de Simon et de Satine.

Nul doute qu'il accomplira des miracles...

Et qui sait ? Peut-être viendra-t-il vous visiter aussi pour vous chérir et vous communiquer sa force inépuisable.

« Votre Valexaire » est déjà certainement à vos côtés tous les jours. Discret, mais efficace pour intervenir de manière bienveillante à chacun de vos égarements ou exploits.

Demandez-lui de vous faire un petit signe, il sera honoré et heureux de se montrer.

Il est alors probable que la magie vous enveloppera et qu'un miracle se produira, juste pour vous...

Ainsi, vous saurez que vous ne rêvez pas !

La fin de cette incroyable histoire marque le début de la vôtre.

Écrivez-la dans la force, la foi et la légitimité de qui vous êtes dans toutes les dimensions.

Prenez bien soin de vous et des autres.

Vous êtes formidables !

Bonne suite de vie consciente et éveillée, ici ou ailleurs...

La vie a plus d'imagination que nous.
Elle est miraculeuse.
Tout est possible, partout.
N'en doutez plus.

LE ROMAN EN MUSIQUES

Imprégnez-vous des mélodies qui teintent et parfument les aventures d'Angela et de Julien.

– ***Crying*** (Joe Melson / Roy Orbison) © Sony/ATV Acuff Rose Music / Barbara Orbison Music Company, 1961. Avec l'aimable autorisation de Sony/ATV Music Publishing (France). Droits protégés. Copyright © 1961 Sony/ATV Music Publishing LLC, R Key Darkus Publishing, Orbi Lee Publishing, Barbara Orbison Music Company and Roys Boys LLC. Copyright Renewed. All Rights on behalf of Sony/ATV Music Publishing LLC Administered by Sony/ATV Music Publishing LLC, 424 Church Street, Suite 1200, Nashville, TN 37219.All Rights on behalf of R Key Darkus Publishing, Orbi Lee Publishing, Barbara Orbison Music Company and Roys Boys LLC Administered by Songs Of Kobalt Music Publishing International Copyright Secured. All Rights Reserved. Reproduit avec l'aimable autorisation de Hal Leonard Europe Limited.
– ***Hotel California*** (1976) Paroles et musique : Glenn Frey/ Donald Henley/Don Felder © Red Cloud Music/Cass County music/Finger Music. Avec l'aimable autorisation d'Universal Music Publishing France. Paroles et Musique de Glenn Frey, Don Henley et Don Felder ©

Fingers Music. All rights administered by WARNER CHAPPELL MUSIC FRANCE & Unknown Publishers. Avec l'aimable autorisation de WARNER CHAPPELL MUSIC FRANCE.

- *In My Life* (John Lennon / Paul McCartney) © Sony/ATV Tunes LLC, 1965. Avec l'aimable autorisation de Sony/ATV Music Publishing (France). Droits protégés.
- *Music* (1976) Paroles et Musique de John Miles © Rak Publishing Ltd. All rights administered by Warner Chappell Music France. Avec l'aimable autorisation de WARNER CHAPPELL MUSIC FRANCE SA.
- *Concerto pour mandoline en C majeur RV425, Allegro* (1725) de Antonio Vivaldi. (Domaine Public dans sa forme originale.) Libre de droits.
- *Dreamy Lullaby* (1955) de Jacobs Lee (Arr Lee Jacobs) (p) Soho Archive © Soho Production Music. Avec l'accord gracieux de Kapagama.
- *Prélude à l'Après-midi d'un faune* de Claude Debussy (1882-1894). (Domaine Public dans sa forme originale.) Libre de droits.
- *Bien Sûr* (2019) Paroles et musique : Jean Louis Aubert © Éditions : LA LOUPE II. Avec l'accord gracieux des Éditions LA LOUPE II.
- *No Surprises* (1997) Paroles et Musique de Thomas Edward Yorke, Edward John O'Brien, Colin Charles Greenwood, Philip James Selway et Jonathan Greenwood © Warner Chappell Music Ltd. All

rights administered by WARNER CHAPPELL MUSIC FRANCE SA. Avec l'aimable autorisation de WARNER CHAPPELL MUSIC FRANCE SA.

- ***Seven Chakra Gayatri Mantra*** (2018) de Premal Deva, Baker Joby. Avec l'accord gracieux des Éditions Hal Leonard Europe. Droits protégés.
- ***There must be an Angel*** (1985) Paroles et musique : David Stewart/Annie Lennox © D-N-A Ltd. Avec l'aimable autorisation d'Universal Music Publishing France.
- ***L'Arche d'Alliance*** (2008) Oratorio de Michel Garnier « François des oiseaux, Claire et le soleil » © (2011). Paroles et musiques de Michel Garnier. Avec l'accord gracieux de Michel Garnier. Droits protégés.
- ***Sarvesham Svastir Bhavatu*** auteur inconnu. (Domaine Public sous sa forme originale.) Libre de droits.
- ***Sonate n°28 des 32 sonates pour piano Vivacissimo*** (1784-1787) de Domenico Cimarosa. (Domaine Public sous sa forme originale.) Libre de droits.
- ***La chevauchée des Walkyries*** (1856) de Richard Wagner. (Domaine Public dans sa forme originale.) Libre de droits.
- ***The World To Come*** (Fredrika Stahl) © Sony/ATV Music Publishing, 2015. Avec l'aimable autorisation de Sony/ATV Music Publishing (France). Droits protégés.
- ***Suzanne*** (Leonard Cohen) © Stranger Music Inc, 1967. Avec l'aimable autorisation d'EMI Music Publishing France. Droits protégés.

- *L-O-V-E* (Bert Kaempfert / Milt Gabler) © Bert Kaempfert Music, 1964. Avec l'aimable autorisation d'EMI Music Publishing France. Droits protégés.
- *La Complainte de la Butte* (1955) Paroles de Jean Renoir – Musique de Georges van Parys © Les Nouvelles Éditions Méridian. Publié avec l'autorisation des Nouvelles Éditions Méridian-Paris-France.
- *Smile* Music by Charles Chaplin. Words by John Turner and Geoffrey Parsons © Copyright 1954 by Bourne Co. Copyright Renewed. All Rights Reserved International Copyright Secured ASCAP. Reproduit avec l'aimable autorisation de Bourne Co.
- *Les Quatre Saisons* (1723) de Antonio Vivaldi. (Domaine Public sous sa forme originale.) Libre de droits.
- *Les Élans du cœur* de Michel Berger (paroles et musiques) ©1992 Avec l'accord gracieux des Éditions C.M.B.M. Droits protégés.
- *Thank you for the music* (1977) Paroles et Musique : Bjoern Ulvaeus/Benny Andersson© Universal/Union Songs Musikforlag AB. Avec l'aimable autorisation d'Universal Music Publishing France.
- *Sara* (1976) de Nicks Stephanie.
- (Auteur/Compositeur). Avec l'accord gracieux des Éditions Hal Leonard Europe. Droits protégés.
- *Sur ma vie* Paroles et Musique de Charles AZNAVOUR © Éditions Raoul BRETON (1956). Avec l'accord gracieux des Éditions Raoul BRETON. Droits protégés.

Crédits musiques : en vertu des lois du Code sur la propriété intellectuelle et du Code pénal, tous les crédits pour les titres des œuvres musicales cité(e)s et reproduit(e)s dans le roman « Angela, l'ange est là ! » ont été validés par des accords gracieux ou payants avec les auteurs, co-auteurs, ayants droit, éditeurs, co-éditeurs et labels. Toutes les taxes et redevances dues ont été acquittées avant la parution du roman.

Olivier HILDEVERT remercie ses interlocutrices et interlocuteurs de l'industrie musicale pour leur collaboration bienveillante à ce projet.

Lexique

Actrias : Programmes d'incarnation ou missions de vie.

Akasha : Territoire vibratoire des archives des expériences totales, éternelles et intemporelles des âmes.

Champ de Marka : Espace vibratoire dédié aux rencontres avec les âmes sélectionnées pour les projets et expériences d'incarnations.

Éon : Une année-lumière.

Epryons : Clés magnétiques pour libérer les énergies utiles aux expériences.

Epryon Kristalame : Clé de guérison universelle.

Génélopes : Sujets inédits à travailler pendant l'incarnation.

Limsènes : Rotules énergétiques qui articulent les évènements de vie entre eux.

Lois Matriciales : Lois qui gouvernent les expériences prévues dans l'incarnation.

Mémoires Akashiques : Bibliothèque vibratoire inaltérable constituée d'ouvrages fréquentiels qui enregistrent et stockent toutes les expériences vécues par les âmes.

Oparus : Sujets anciens déjà travaillés dans différentes incarnations.

Opus : Expériences à vivre pendant l'incarnation.

ENCYCLOPÉDIE du TUSA

Traité Universel
des Secrets des Âmes

Extraits des Volumes du Plan 1.

Fiches consultées par le Guide-Préparateur-Passeur
VALEXAIRE
pendant l'accompagnement initiatique
de Monsieur Julien Édouard FLOCHIN.

VOLUME n° 250364

Révélations 789
« Programmes de revitalisation et dévitalisation des corps vibratoires ».

« ...il vous est rappelé que dans le sas intermédiaire, dit Plan 1, entre visible et invisible, les corps vibratoires des arrivants sont toujours scannés pour évaluer leurs états. Ils peuvent y être nettoyés, réinformés et restaurés. Avant toute intervention, ils seront lus pour être remplis ou vidés de leurs informations. Ces ajustements conditionnent la suite du parcours de l'âme dans les plans supérieurs.

Deux cas distincts peuvent se présenter à vous.

- *Cas n°1 : si l'âme doit redescendre dans le plan inférieur, après un court passage dans ce plan d'ajustement, les corps physiques et énergétiques vont se regonfler d'informations nouvelles. Dans ce cas, le passage dans le premier plan permet de récupérer des données essentielles pour la suite et pour l'alignement de la vie en cours. Il s'agit d'une simple mise à jour de son programme. Une fois réinformée, l'âme va réinvestir le corps physique, qui aura été momentanément inactif, et le réanimera pour continuer l'expérience terrestre.*
- *Cas n°2 : si l'âme doit poursuivre son ascension, monter vers les plans supérieurs et progresser dans les autres dimensions, les corps énergétiques se délesteront de l'inutile. Ce n'est que*

dans ce cas que les mémoires contenues dans les corps seront récupérées et archivées par genres : actions, non-actions, sensations, émotions, pensées, souvenirs, compréhensions, incompréhensions, répétitions, réussites, échecs, guérisons. Elles ne serviront plus à la vie qui vient de se terminer, mais seront indispensables aux suivantes, comme outils de référence.

Les mémoires aspirées intègrent des fichiers universels, généraux, spécifiques ou personnels. Elles ont vocation à être partagées.

La banque de données, dites Akashique en raison de son implantation dans le monde de l'Akasha, est à la disposition de toutes les âmes. Elles peuvent y trouver des informations utiles à la compréhension de leur passé, de leur présent ou de leur futur. C'est une bibliothèque vibratoire constituée d'ouvrages fréquentiels. Chaque âme y a compilé sa grande histoire et peut la consulter à tout moment. Les encyclopédies collectives sont mises à disposition pour être utilisées. Chaque volume peut être annoté et enrichi du fruit de l'expérience de chacun. Ces valeurs ajoutées offrent des enseignements exceptionnels et des sources massives de potentiels d'évolution.

C'est également au premier plan que sont décollés les miasmes liés aux diverses souffrances accrochées au corps physique.

Dans le cas n°1, une activité vitale minimale est maintenue dans le corps physique pour, le cas échéant, y réintroduire l'âme qui reprendra vie dans son monde d'expériences. Dans cette éventualité, c'est le corps énergétique éthérique qui assure, durant le temps de flottement, la dynamisation vitale minimale du corps physique endormi. Cette substance d'éther fait office de pile.

Dans le cas n°2, le véhicule humain utilisé par l'âme pour ses expériences d'incarnation est définitivement débranché et abandonné. Il se décompose pour être rendu en poussière à la planète d'expériences. En cas de décorporation définitive, le corps éthérique est le dernier à se décoller du corps physique. Les autres corps énergétiques se dissolvent avant lui et sont récupérés par les plans supérieurs pour défragmentation et analyses.

L'être humain qui s'éteint ou meurt reste momentanément actif d'un point de vue vibratoire et fréquentiel. Cette activité énergétique perdure le temps nécessaire aux transformations utiles à la transition vers l'Au-delà.

Tous les souvenirs de sa vie sont inscrits dans les mémoires de ses corps énergétiques.

Durant la phase de « vidange » ou de « remplissage », les corps vibratoires servent de pont entre les deux mondes. Grâce à eux, la montée vers les plans supérieurs ou la descente vers les plans inférieurs s'effectuent toujours en douceur. Les décollements des couches énergétiques sont progressifs et adaptés au programme de l'âme concernée. »

VOLUME n° 14107374

Épisode 68
« Les séquences quantiques primaires primordiales ».

« En cas de décorporation violente, totale ou partielle, la constitution vibratoire du défunt ou du comateux devra révéler que :

1. *La membrane supérieure du plan équatorial gravitationnel vibre à un taux normal.*
2. *La membrane inférieure du plan vertical informationnel vibre de manière irrégulière pour attester le parasitage émotionnel négatif.*
3. *La membrane intermédiaire du plan latéral temporel se stabilise pour ajuster le maintien de l'âme entre deux espaces-temps.*
4. *Les quatorze canaux principaux extrasensoriels s'électrifient normalement et les vingt-quatre batteries centrifugeuses se magnétisent régulièrement.*
5. *Les dilatations des corps psychologiques et énergétiques sont dissymétriques, mais le mouvement axial ajuste et règle les distorsions.*
6. *Les ponts photoniques scintillent et encodent correctement les fils de la tresse archaïque, unité-amour-conscience.*
7. *Les plaquettes biocinétiques se déplient pour développer une parabole d'imbrication géométrique de particules quantiques.*

8. *La rotation nanoatomique doit être excellente et les cristaux gouverneurs doivent s'aimanter pour créer le nouveau générateur de particules de plasma cristallin.*

Tous ces éléments réunis présageront d'une bonne constitution énergétique qui favorisera le passage dans les mondes non linéaires des plans 1 et 2.

C'est uniquement dans ces conditions que le corps éthérique pourra jouer son rôle de batterie, durant cette période de transition. Cette alimentation électromagnétique du corps physique pourra ainsi travailler au ralenti. Elle réduira la fabrication de cellules de carbone pour la cessation partielle ou totale de la distribution de l'énergie vitale au corps humain.

Cette coque se désépaissira pour se désagréger en totalité quelques jours après la fin de la vie. Cette disparition du corps éthérique confirmera le passage définitif dans le nouveau plan.

Si ces conditions ne sont pas réunies, choisissez de vous référer au protocole 45007-B14.09 du TUSA. Il est essentiel de vérifier les différents corps énergétiques pour parfaire le diagnostic de passage. Vous devrez évaluer, sans exception, l'état des corps :

- ***Physique***
- ***Éthérique***
- ***Astral***
- ***Émotionnel***
- ***Mental***

– ***Causal***
– ***Supra Mental***
– ***Atmique***
– ***Ombral***
– ***Galactique***
– ***Stellaire***

Sur les corps énergétiques et psychologiques principaux contenus dans le ***corps physique****, seul le* ***corps émotionnel*** *pourra être légèrement décalé ou altéré.*

Il est possible que le ***corps astral*** *émette des fréquences irrégulières pour perturber la fluidité des processus de transformation. Si tel est le cas, il se produira un blocage de l'ouverture du cœur vibratoire qui empêchera le total lâcher-prise nécessaire à l'opération de passage.*

Afin de rétablir l'équilibre fréquentiel, il sera alors indispensable de visiter la structure du corps émotionnel pour contacter l'origine du conflit parasite.

À ce stade de la décorporation partielle, le ***corps mental*** *restera très actif et renverra encore les dernières pensées émises dans les jours, heures, minutes et secondes qui ont précédé la mort dite clinique ou physique.*

Le ***corps causal****, qui analyse et mémorise les expériences de l'existence, commencera à s'éteindre et libèrera quelques informations inutiles.*

Le ***corps supra mental*** *et le* ***corps atmique*** *seront normalement chargés de lumière d'amour et rayonneront déjà. Sa* *puissance, à ce stade du dégagement de l'âme, indiquera que ses piliers d'amour sont bien configurés pour faciliter la traversée des futurs sas vibratoires vers les autres plans d'expériences.*

Le **corps ombral** *pourra être congestionné. Ce tissu vibratoire, qui collecte toutes les informations des corps énergétiques et cellulaires, conserve la trace des impacts et les conséquences des expériences vécues pendant l'existence. Il sera souvent saturé. Par précaution, ce disque dur interne devra toujours être purgé pour évacuer les résidus toxiques.*

Le **corps galactique** *se réveillera de manière automatique pour déclencher un processus complexe de raccordements et de connexions aux dimensions de l'Extra-Terre. Ce phénomène vous est enseigné dans le volume* **2593471** *du* **TUSA.**

Ce corps-vaisseau se régulera seul. Il accélèrera les déplacements vers les mondes des Maîtres Ascensionnés. Veillez simplement à faciliter son action par le contrôle de sa pureté.

Le **corps stellaire** *sera toujours immobile au début de la transition.*

Après quelques heures, ce corps, berceau de l'âme nourricière, s'ouvrira en corolle et libèrera les nouveaux codes clés pour amorcer toutes les transformations utiles à l'âme du voyageur. »

VOLUME n° 0088536974

Séquence 119
« Les origines du vivant fréquentiel et cellulaire ».

« ...il est précisé ici que chaque particule de l'Univers s'amalgame pour former des noyaux puis des atomes. Ils s'associent pour générer des molécules de plus en plus alambiquées, destinées à fabriquer des protéines. Celles-ci réussissent à créer des cellules intelligentes qui décident de développer la vie. Les évolutions du vivant et des organismes qui le manifestent s'animent à l'échelle quantique, nanoscopique, microscopique, macroscopique. De manière ininterrompue et sans limites d'espace, de dimensions et de temps, l'énergie se transforme en matière particule et la matière particule se transforme en énergie. Rien ne se perd, tout se transforme pour évoluer.

Cet écosystème fréquentiel et physique universel et intemporel favorise l'unité. Il est à l'origine de tous les nouveaux paradigmes référencés comme modèle de vie. »

VOLUME n° 35001873655

Révélation 3798UT
« La colonne de révolution ascensionnelle ».

« ...comprenez que le plan 1 est le premier étage de la colonne de révolution et d'ascension de l'âme. Cette colonne, dite de lumière, a pour vocation d'aspirer l'âme vers le Très-haut, vers sa Source. En d'autres termes, ce puissant ascenseur énergétique propulse l'âme en direction de son plan d'origine d'où démarre toute création.

Le monte-âmes s'arrête à tous les étages de l'évolution, de la transformation et de la transmutation. Chaque niveau est un monde installé dans une dimension. Chaque dimension possède ses propres fréquences, ses colonnes ascensionnelles et ses portes d'accès. Chaque entrée permet d'accéder aux informations, enseignements, mémoires et guidances pour trouver l'amour illimité et inconditionnel.

Au premier étage des mondes invisibles, l'âme est allégée de sa densité et des couches qui contiennent toutes les informations de l'expérience d'incarnation qu'elle vient d'achever. C'est ici que les premières étapes de la dissociation d'avec le corps physique sont activées. À cet endroit du parcours, les premières questions du défunt sont autorisées, écoutées et souhaitées. Les réponses sont données avec bienveillance et générosité. La justesse des explications permet à l'être en transit de ressentir les premières fréquences de sa constitution divine. Cela faci-

lite l'étape du décollement des corps énergétiques. C'est à ce premier étage que se déclenchent la reconnaissance avec les vibrations de l'être essentiel qui est pur amour. Il n'y a pas de jugement dans cet espace ni dans les suivants. C'est un lieu de bilan où se font de simples constats d'expériences. Pour le défunt, il est possible d'y poser des questions pour comprendre ce qui a été expérimenté ou pas, réussi ou raté, compris ou incompris, accepté ou refusé durant l'incarnation.

À ce niveau, la transformation de l'être est expliquée et déclenchée.

Toutes les expériences d'âmes sont justes et exactes dans le plan dense de la matière. Le plan 1 est le lieu idéal pour amorcer l'ajustement issu des dernières expériences associant états d'esprit et états d'âme. »

VOLUME n° 00012388997

Révélation 81546971G
« La construction séquentielle du projet d'âme ».

« ...rappelons ici qu'une Actria est le programme du projet personnel de l'âme. Un scénario original enrichi à chaque passage dans un niveau informationnel par des données essentielles. Ce patrimoine intelligent pénètre l'âme tout au long de son parcours préparatoire. L'Actria est ainsi construite avec précision et délicatesse. Elle inclut les dossiers qui contiennent les expériences à vivre. Ce sont les Opus.

Les sujets de travail sont classés par ordre chronologique. Ils seront révélés à l'âme, au fur et à mesure de ses expériences et de son évolution.

Les nouveaux sujets sont les Génélopes. Ils n'ont jamais été travaillés par l'âme. Les anciens sujets sont les Oparus. Ils sont repris de projet en projet (de vie en vie) pour être poursuivis, enrichis, modifiés, achevés, transmis ou archivés.

Chaque Opus contient plusieurs clés magnétiques. Ces clés, connues sous le nom d'Epryons, déverrouillent des vortex d'énergies qui alimentent les expériences du projet de vie. Près de neuf-mille-milliards d'Epryons sont à disposition des âmes pour favoriser l'aboutissement de leurs projets. La clé magnétique commune à toutes les Actrias est l'Epryon Kristalame. C'est celui de la guérison universelle indispensable à toutes les âmes en projet de vie pour débloquer ou accélérer leurs expériences.

Tous les Opus et les Oparus sont gouvernés par des Lois Matriciales dédiées à chaque sujet d'expérience.

Ces lois universelles contiennent les mémoires de la connaissance absolue. Elles sont un recours et une référence incontournable pour l'âme, en cas de problème dans le monde où elle vivra. Elle peut s'y connecter pour obtenir tous les éclaircissements dont elle a besoin dans ses expériences et situations de vie.

L'âme choisira la forme la plus adaptée à sa condition pour recevoir et traiter les multiples informations dont elle aura besoin.

En cas d'expérience humaine, elle pourra utiliser la pensée, les émotions, l'intuition, les extrasens, le libre arbitre, les rêves et tous les niveaux de conscience et d'inconscience utiles à ses adaptations et évolutions responsables.

Aux Lois Matriciales s'ajoutent les lois spécifiques qui régissent le monde dans lequel l'âme fait ses expériences. Ainsi, lors de l'ouverture d'un Opus, la Matriciale est immédiatement complète et disponible. Sur la demande de l'âme, elle l'infiltre et s'active dans le langage du monde de l'expérience. Lors de l'activation, l'âme identifie l'archétype qui la gouverne et l'initie.

C'est grâce aux Epryons que le vortex idéal s'ouvre et libère l'énergie qui anime les expériences contenues dans l'Opus et l'Oparus.

Les Opus sont reliés par des phases dites de révolution. Ces séquences, placées entre les Opus, sont des Limsènes. Ces rotules énergétiques articulent tous les Opus entre eux.

Les Oparus ne travaillent avec aucunes Limsènes. Ces articulations vibratoires s'activent pour déplacer les Opus les uns vers les autres et pour déclencher leurs complémentarités. Cette mécanique subtile permet l'enchaînement des expériences pour l'âme. Ainsi, elle peut vivre le déroulement de son projet et identifier ses accélérations et ses ralentissements. Sa vitesse d'intégration d'expériences est donc variable et personnelle. Ce rythme caractérise et individualise chaque âme pour la rendre unique grâce à la formule vibratoire constituée des éléments précités.

L'âme choisit de construire délibérément sa formule vibratoire pour répondre aux besoins des futures expériences de vie. Cette équation céleste est fonction de la constitution de l'âme, de son plan d'origine, de son histoire et de la nature du projet retenu. »

VOLUME n° 22536963147

Loi Universelle 444888222
« Définition et parcours de l'âme ».

« L'âme est un amalgame fréquentiel complexe. C'est une étincelle qui a jailli d'un magma d'amour inconditionnel et divin nommé Source. Celle-ci est une intelligence en soi qui contient la connaissance universelle illimitée. L'étincelle qui s'en extrait est à l'image de la goutte d'eau qui jaillit de l'océan. Cette minuscule goutte contient toutes les informations de l'intelligence de l'océan. La goutte est l'océan.

L'étincelle contient toutes les informations de l'intelligence de la Source.

L'étincelle est la Source.

Elle est animée par son cœur vibratoire qui active tous les systèmes de création dans toutes les formes et les dimensions, sans limites d'expression ni de réalisation.

Toute forme manifestée pour vivre l'expérience contient les informations de l'intelligence de la Source.

Au terme d'un parcours alchimique multidimensionnel, l'étincelle devient l'âme qui évolue vers une forme adaptée à son projet de vie.

Par exemple, elle accède à une forme minérale, végétale, animale ou humaine pour expérimenter la vie sur Terre. Elle peut prendre de multiples formes et aspects, sans limites d'ex-

pression, en adéquation parfaite avec les mondes d'expériences intra ou extra-terrestres.

Dans le cas d'expériences terriennes, toute forme de vie est considérée comme sacrée puisqu'elle est la Source. Pas sa représentante, pas sa porte-parole, pas sa disciple. Elle est la Source en personne.

Il est primordial de se souvenir que les cellules de l'humain contiennent la fréquence de l'essence divine de l'être essentiel, nommée âme, reliée à l'étincelle originelle.

Il est trop souvent affirmé que l'âme dirige, programme, conseille, voire, influence la forme qu'elle a investie pour expérimenter le vivant. C'est une erreur de réduire l'âme à ces fonctions. Certes, elle peut diriger, programmer, conseiller ou influencer, mais jamais sans considérer l'intelligence et les capacités de la forme manifestée dans le plan choisi.

Dans les cas de l'incarnation et de la corporisation, l'âme considère l'intelligence du plan terrien et de ces représentants. Dans le cas contraire, les pouvoirs et l'intelligence de l'âme, aussi universels et illimités soient-ils, se réduisent et ralentissent le développement des multiples expériences. »

VOLUME n° 73913

Épisode Z1758519BA
« Le cheminement céleste intemporel ».

« ...n'oubliez pas qu'à l'état originel, l'étincelle qui jaillit de la Source divine porte un code unique, celui du divin. Elle mute en âme et évolue dans son identité en traversant différents sas de transformation. En passant ces portes, l'étincelle accède aux espaces d'initiation, d'enseignement, de communication, de décision, de transmutation et d'expansion.

L'incontournable premier sas a été celui de l'âme mère.

Cette vaste porte d'entrée ouvre sur la véritable matrice de toutes les familles d'âmes baignées du fluide de l'amour universel inconditionnel et enveloppées du fluide de la Source originelle.

Des étincelles de pure essence y transportent la vibration de la Source en circulant à l'extérieur et à l'intérieur de l'âme mère. Elles voyagent en permanence pour favoriser la circulation et le mouvement de la lumière pure entre les familles.

Derrière cette première porte, les étincelles qui veulent s'incarner passent d'abord par le grand atelier de confection céleste. Lieu de création, de réparation et de stockage des manteaux vibratoires. Au vestiaire énergétique, elles récupèrent leurs habits de lumière personnels, gages de leurs identités subtiles, teintés de leurs parfums et nuances personnelles. Ces manteaux sont emballés avec grand soin et divinement rangés au retour de toute expérience d'incarnation, quels que soient l'espace, le temps, l'époque, la durée, les circonstances et les statuts des âmes exploratrices. À chaque dépôt au vestiaire, les manteaux sont scannés. Souvent déchirés, effilochés ou froissés et ternis par les chocs des expériences difficiles, ils sont réparés, rapiécés, nettoyés et ornementés de nouveaux éclats représentatifs des expériences transmutées. Les traces d'expériences laissées sur les manteaux indiquent les étapes passées par les âmes sur les chemins d'évolution. Ces informations éternelles sont sacrées. Elles permettent à l'âme qui contient l'étincelle de se souvenir de l'entièreté de ses différents parcours. Les manteaux s'épaississent de couches d'informations essentielles à chaque voyage, pour la plus grande joie des âmes qui les revêtent douillettement avant d'investir les différents plans d'expériences.

Embellies de leurs manteaux, certaines âmes ont pu traverser un nombre incalculable de sas pour affiner leurs identités avant de s'installer dans une famille. Cela leur a souvent permis d'affirmer la cohérence de leurs futurs positionnements.

D'autres, dès la sortie du vestiaire, se sont nichées dans leurs familles, aux places souhaitées. Elles ont pris position pour jouer leurs rôles essentiels, être enseignées et faire évoluer la communauté vibratoire par leurs présences actives et dévouées.

Dans cette gigantesque cellule vibratoire familiale sont stockées les informations vivantes essentielles à toutes les formes de créations universelles. Ce nucléus cellulaire est le cœur de la communauté d'âmes. Il aspire l'énergie d'amour pour la redistribuer à l'intérieur et à l'extérieur de son système. Il est garant du bon fonctionnement et de l'équilibre des familles d'âmes.

Parfois, le noyau se démultiplie pour donner naissance à des familles complémentaires plus expertes et dédiées à des interventions plus complexes.

Entouré par des anneaux protecteurs, équipés de filtres ajusteurs, régulé par des stabilisateurs et verrouillé par une bande périphérique, le nucléus aspire sans risque l'énergie issue du monde des étincelles et de la Source originelle. Il se recharge et se réinforme sans cesse.

Les âmes de la bande périphérique reçoivent les fluides de l'extérieur pour les diriger vers les âmes de la bande stabilisatrice qui les guident vers les âmes de la bande filtrante chargées de les injecter dans le noyau.

Le nucléus enrichit les fluides aspirés avant de les expirer pour qu'ils soient filtrés, stabilisés et renvoyés par les âmes vers le monde extérieur des étincelles, des plans, des groupes, des mondes et de la Source. Ce cycle respiratoire éternel alimente le système universel régi par les lois immuables qui gouvernent toutes les formes de créations.

Chaque zone de la cellule de la famille d'âmes est un espace d'enseignement et d'initiation bien spécifique, adapté au projet des âmes qui s'y installent. Celles qui se positionnent dans le noyau participent au renforcement permanent de la puissance du nucléus et de son identité. Celles qui s'installent dans le filtre qui entoure le noyau favorisent la protection, la purification et la distribution de l'énergie reçue et renvoyée par le nucléus. Celles qui se posent dans la bande stabilisatrice qui entoure le filtre créent l'équilibre général de la vibration de la cellule familiale. Elles y collectent, avec diplomatie, les informations qui permettent de stabiliser les fluides qui nourrissent la cellule. Celles qui se fixent dans la bande périphérique qui clôt et enveloppe la cellule canalisent l'énergie extérieure à la famille pour la diriger vers l'intérieur. Elles communiquent avec le monde extérieur et avec toutes les étincelles qui virevoltent autour de la famille d'âmes. Gardiennes et gestionnaires bienveillantes des sas qui entourent l'âme mère, elles aident aux passages des étincelles qui vont se positionner.

Les positionnements et les fonctions occupées dans les cellules encodent les âmes.

Dans l'incarnation, elles manifesteront, consciemment ou inconsciemment, leurs appartenances aux familles vibratoires qui les auront guidées et se mettront à l'écoute de leurs bons conseils.

En fonction de leur projet d'incarnation, les âmes en transit peuvent s'infiltrer dans différentes familles : Chamans, Maîtres, Guérisseurs, Guérisseurs Enseignants, Guerriers, Guerriers Guérisseurs, Alchimistes Fées, Enseignants, Communication, Passeurs, Mécaniciens, Initiateurs de conscience, Piliers, Révélateurs ou Pacificateurs.

VOLUME n° 2020141925

Section n°4963/FA
« Encyclopédie des Familles d'Âmes ».

– ***La famille des Chamans*** *enseigne le goût énergétique d'entretenir la stabilité vibratoire des planètes. Elle équilibre la circulation des fluides planétaires et interconstellaires pour la santé subtile des systèmes ressources. Avec cet encodage, l'âme Chaman porte en elle la faculté d'alchimiser pour aider à tous les phénomènes de transformation qui vont dans le sens de la renaissance élémentaire. Elle corporise l'énergie guérisseuse transformatrice et utilise comme porte-parole sensible la personnalité du véhicule physique qu'elle pilote.*
– ***La famille des Maîtres*** *enseigne le goût énergétique d'initier le mouvement et la voie. Elle aide à déclencher les fréquences qui activent l'énergie impulsive qui montre la direction à suivre pour évoluer dans le sens du grandissement et de l'alignement total. Avec cet encodage, l'âme Maître porte en elle la capacité d'agir en leader. Elle communique cela à la personnalité du véhicule physique qu'elle pilote.*
– ***La famille des Guérisseurs*** *enseigne le goût énergétique de soulager toutes les souffrances, formelles et informelles, pour les guérir en partie ou en totalité. Elle active les fréquences qui réparent tous les systèmes toxiques, chaotiques, destructeurs et morbides. Avec cet encodage, l'âme Guérisseur porte en elle le fluide de la guérison universelle, inconditionnelle*

et illimitée. Elle canalise, diffuse, transmet cela à la personnalité du véhicule physique qu'elle pilote et le rayonne bien au-delà d'elle.

- ***La famille des Guérisseurs-Enseignants** enseigne le goût énergétique de partager et d'enseigner la guérison. Elle partage les fréquences qui facilitent l'accès aux multiples informations de guérison et favorise l'éveil à ses propres pouvoirs guérisseurs. Avec cet encodage, l'âme Guérisseur-Enseignant porte en elle la faculté de persuasion et irradie en permanence sa force bienveillante d'enrichir l'autre. Elle sature de cette énergie la personnalité du véhicule physique qu'elle pilote, pour la forcer à l'expulser sous toutes les formes possibles.*
- ***La famille des Guerriers** enseigne le goût énergétique de protéger, par tous les moyens compassionnels les âmes, les savoirs et les fluides. Son but est de maîtriser les fréquences instables pour les canaliser dans le sens du don sans condition. Avec cet encodage, l'âme Guerrier porte en elle la faculté de parer les attaques et de prévenir les combats. Par sa reliance permanente à la très haute intelligence du cœur héroïque, elle développe sa propre capacité au dévouement. Elle concentre l'essence pure de son abnégation aimante dans la personnalité du véhicule physique qu'elle pilote.*
- ***La famille des Guerriers-Guérisseurs** enseigne le goût énergétique d'organiser et d'assurer la bonne utilisation des fluides de guérisons. Son but est de réveiller les fréquences qui protègent, avec ordre et stratégie, pour lutter contre les attaques, les abus, les dérives, les résistances qui abîment*

ou ralentissent l'énergie aimante du fluide de guérison dans tous les plans des univers. Avec cet encodage, l'âme Guerrier-Guérisseur porte en elle le pouvoir de renforcer sa propre capacité combative responsable. Elle investit de cette charge la personnalité du véhicule physique qu'elle pilote.

– **La famille des Alchimistes-Fées** *enseigne le goût énergétique de spiritualiser la matière et d'alléger les expériences de toute nature. Elle a pour but d'élever les taux vibratoires pour disloquer les nœuds des tresses énergétiques. Avec cet encodage, l'âme Alchimistes-Fées porte en elle la faculté de dédramatiser et d'enjoliver les vies manifestées dans tous les plans. Elle papillonne et vaporise les ondes de la transmutation pour élever tous les taux vibratoires. Elle communique sur l'éternel possible et dématérialise l'impossible incrusté dans la personnalité du véhicule physique qu'elle pilote.*

– **La famille des Enseignants** *diffuse le goût énergétique d'apprendre et de transmettre. Toutes les formes de connaissance, d'expérience, de sensation et d'expertise transportent la vibration de cette famille. Elle excelle à gérer les fréquences qui permettent d'organiser la transmission du fluide de la connaissance en garantissant l'accès, le tri, le classement et l'archivage des données universelles. Avec cet encodage, l'âme Enseignant porte en elle le talent de partager avec passion et d'assurer la transmission véritable. Elle charge les cellules de son corps physique de privilégier la recherche de la vérité et imprègne son incarnation d'un sens très développé de la curiosité.*

– ***La famille de la Communication** enseigne le goût énergétique de la communication par toutes les formes d'expressions et sur tous les supports créatifs. La transmission du savoir-aimer et de l'aimer-savoir gouverne ces communicateurs subtils et sensibles. Elle apprend à modeler les fréquences qui rendent tous les messages accessibles par l'art de la communication et de l'expression. Avec cet encodage, l'âme Communication porte en elle la faculté de reconnaître les signes invisibles qui ouvrent les portes des autres dimensions. Elle rend visibles les évidentes réponses subtiles d'ordinaire bien cachées et inaccessibles. Elle invite la personnalité du véhicule physique qu'elle pilote à se connecter à ses talents de créateur pour composer avec amour l'œuvre inspirée qu'est sa vie.*
– ***La famille des Passeurs** enseigne le goût énergétique d'aider toutes les formes de liaison entre les mondes, les évènements, les périodes, les espaces et les matérialisations. Elle agit pour faciliter la création des ponts énergétiques qui aident aux passages et aux transitions multiples. Avec cet encodage, l'âme Passeur aide aux expériences de changements et à la reconnaissance des temps d'évolutions utiles, voire incontournables. Elle dédie son incarnation à l'assistance aimante permanente sans restriction pour faciliter les changements. Elle invite son corps léger ou massif à lui rappeler régulièrement sa double appartenance matérielle et immatérielle, pour mieux passer de l'un à l'autre.*
– ***La famille des Mécaniciens** enseigne le goût énergétique de la protection et de la réparation des systèmes qui ani-*

ment toute forme d'évolution. Elle sait filer, tisser, tresser les fréquences pour raccommoder et renforcer les circuits des fluides qui composent le voile magnétique qui enveloppe et nourrit tout. Avec cet encodage, l'âme Mécanicien surveille les éléments fondamentaux indispensables à la création et au développement du vivant. Elle protège les essences et veille à assainir les environnements pour réduire les stérilités et fertiliser les terres du devenir. Son enveloppe physique fait corps avec la Terre qui la porte et fusionne avec le cœur vibratoire de la planète pour amplifier la force d'amour de la vie.

– ***La famille des Initiateurs de conscience** enseigne le goût énergétique de l'éveil et de la prise de conscience accélérée. Elle aide à pulser et dynamiser les fréquences qui accélèrent les phénomènes élémentaires pour faire exploser les cristallisations bloquantes. Elle métamorphose, à la vitesse de la lumière, les consciences pour servir, avec précision, l'évolution universelle. Avec cet encodage, l'âme Initiateur de conscience bouleverse rapidement les mauvais codes et réduit les risques d'erreurs massives. Elle honore le corps qu'elle investit et le paramètre comme un outil de haute précision destiné à un usage unique au service de l'excellence, sans vocation de durer.*

– ***La famille des Piliers** enseigne le goût énergétique de la distribution et de l'installation des fréquences célestes dans la densité. Sa mission consiste à organiser les réseaux et créer les points de connexions des fréquences pour favoriser l'exactitude des distributions et des circulations des fluides universels.*

- *Avec cet encodage, l'âme Pilier sécurise les systèmes de répartitions des ressources dans la matière. Elle renforce et stabilise les fondations des systèmes vivants et assure leur fiabilité et le développement de leurs réseaux de communication. Elle oblige l'enveloppe physique qui la transporte à s'alourdir pour marquer sa présence et imposer sa masse. Sa physicalité la relie toujours à la puissance de la densité dans laquelle elle se fixe pour développer ses racines et exprimer ses dons surnaturels.*
- ***La famille des Révélateurs** enseigne le goût énergétique du dévoilement et du partage des vérités indispensables pour enrichir, renouveler et transmuter tous les systèmes d'expériences. Elle veille à réveiller et activer les fréquences des fluides de la connaissance de l'inconnu et de l'inaccessible pour révéler les mystères de la création et de la réalisation sans limites. Avec cet encodage, l'âme Révélateur se positionne comme canal de réception et d'émission pour distribuer les informations qui accélèrent les expansions et les alignements de consciences. La physicalité est mise au service de l'extrasensorialité pour servir d'amplificateur au langage des plans supérieurs et inviter la sagesse divine à prendre sa place dans les expériences de vies.*
- ***La famille des Pacificateurs** enseigne le goût énergétique de la réconciliation pour favoriser l'expérimentation des phénomènes de soulagement et de pacification. Elle calme et alchimise les fréquences agitées et chaotiques pour inverser le sens de la fluidité des énergies qui alimentent les réseaux de*

partages universels. Avec cet encodage, l'âme Pacificateur veille à la restabilisation des systèmes fragilisés ou en danger de déconstruction fatale. Elle intervient pour stopper ou limiter l'élargissement des failles qui aspirent tout, sans distinction de polarité. La présence physique est utilisée comme un laboratoire dans lequel sont neutralisées et effacées les attaques et les influences négatives.
La vocation du corps est d'être l'outil diplomatique qui invite à la négociation et à la transmutation.

VOLUME n° 999000888

Séquence complémentaire n°As019eter « Charte de lumière ».

« ...les différentes fréquences de chaque corps s'accélèreront et s'élèveront à partir du corps dense et visible de la physicalité jusqu'au plus haut corps vibratoire invisible, informe et poudreux, de l'incréé.

Tes corps subtils, à vibration rapide, augmenteront en fréquence et en puissance au fur et à mesure de leur développement et de leur utilisation. Leur stabilité vibratoire, pour la durée de l'expérience, sera assurée par les joints intercristallins qui garantiront l'étanchéité et favoriseront l'autorégénération. Ils seront interreliés, mais ne communiqueront directement les uns avec les autres qu'en cas d'urgence de guérison et de détresse vitale. Leur fréquence personnelle fera d'eux les liens privilégiés avec les espaces-temps auxquels tu pourras te relier et qui resteront tes éternelles dimensions d'appartenance. Leur nombre sera adapté à la dimension dans laquelle tu te livreras à l'expérience du divin manifesté par le vivant.

Dans l'état actuel de l'évolution de l'intelligence développée sur la Terre, tu pourras bénéficier d'un éventail minimum de huit à dix-neuf corps énergétiques identifiés comme : physique, vital, ténébreux, éthérique, bas mental, haut mental, émotionnel, astral, causal, supra-astral, bouddhique, spirituel, atmique, céleste, stellaire, galactique, de lumière, divin, diachronique.

Tous les corps, visibles et invisibles, seront alimentés par ta reliance permanente aux énergies de ta planète d'expérience et au cosmos de l'univers d'où tu viens.

Les énergies captées, stockées et renouvelées seront distribuées dans ta physicalité par des réseaux de vingt batteries principales, six-cents secondaires et trois-mille-huit- cents tertiaires. Toutes seront coniques et rotatives pour aspirer, collecter, traiter, éliminer et expanser toutes les énergies neuves et usées, prises et rendues à l'univers infini.

Une ramification d'innombrables canaux invisibles alimentera tes systèmes psycho-organiques pour les animer et les maintenir en vie. Ce processus miraculeux sera maintenu, avec plus ou moins de stabilité, jusqu'à ta décorporisation finale. Tu auras pour objectif d'entretenir et d'honorer cette anatomie holistique par tous les moyens utiles pour réaliser tes expériences avec justesse et bienveillance.

La cohésion permanente et inéluctable de tout ton système vivant tiendra à l'ancrage de ta corde d'argent qui permettra l'union et l'alchimisation de tous tes corps, visibles et invisibles. Ce cordon de lumière autorisera les différents voyages d'explorations, allers et retours, à travers les plans et les dimensions, hors du champ de la planète d'expérience, pendant l'incarnation.

Ce lien fréquentiel inaltérable ne se détachera du corps physique que dans l'unique cas de ta décorporisation finale. Il réintègrera la première épaisseur du tissu vibratoire de ton âme pendant sa rétroascension.

Ce roman est également disponible en version sonore (livre audio) et numérique (ebook). Renseignez-vous auprès de l'auteur ou de BoD – www.bod.fr

Pour joindre l'auteur :
olivierhildevert@free.fr
www.cleoh.fr